PERNIKAHAN

dan Kenyamanan

kita belajar mencintai, setelah berteman...

Judul asli: Casamento por aparências
Pengakuan : Tantie Kustiantie

BAB I

"Aku tidak bisa menerima bantuan seperti ini!" Amanda berkata pada dirinya sendiri. Rasanya tak terbayangkan untuk mengalami sesuatu yang begitu aneh, bagai mimpi. Itu bukanlah sesuatu yang akan dilakukannya, tidak sepenuhnya.

Bagaimana dia akan menjelaskan kepada anaknya dan keluarganya bahwa dia akan menikahi Antônio hanya untuk menghancurkan harapan Breno untuk hidup bersama lagi? Seorang anak berusia 5 tahun, meskipun sudah terbiasa dengan ketiadaan sang ayah, tidak akan pernah memahami situasi seperti itu.

"Apa yang seharusnya aku lakukan?" pikirnya. Dia harus menghancurkan setiap kemungkinan hidup bersama Breno lagi. Dia tidak akan pernah hidup dengan seorang pria yang tidak lagi bisa dia percayai. Amanda tidak bisa menahannya, bahkan untuk putranya yang kecil. Tidak setelah apa yang Amanda lihat.

Pikiran-pikiran yang menyakitkan datang ke benak Amanda namun berhasil diatasi. Hari itu dia dan putranya pergi ke rumah mertua untuk berkunjung. Ketika mereka tiba, tidak ada siapa pun di rumah, tetapi karena Amanda telah melihat mobil suaminya di garasi belakang, dia yakin dia berada di sana. Mereka mencari-cari dia di lantai bawah, tetapi tidak ditemukan. Rasa penasaran tentang kepergian suaminya, Amanda naik ke lantai atas untuk memeriksa kamar-kamar tidur. Tempat itu sepi, tetapi dia harus ada di sana, Breno tidak akan melewatkan kesempatan untuk pergi dengan mobil bahkan hanya ke pojokan.

Amanda memeriksa semua kamar di lantai atas. Setelah memastikan bahwa suaminya tidak berada di salah satu kamar tersebut, dia pergi ke kamar tidur suaminya ketika masih lajang. Ketika dia membuka pintu, Amanda melihat suaminya di atas tempat tidur berhubungan seks dengan wanita lain. Kejutannya begitu besar sehingga dia tetap diam beberapa detik sambil mengamati tontonan di depannya.

Amanda tidak bisa mempercayai matanya sendiri, itu begitu menyakitkan melihat pria yang telah dia berikan begitu banyak pengorbanan dan cintanya, selingkuh di rumah orang tuanya.

Dia tidak mengetahui apakah yang dia rasakan pada saat itu adalah rasa sakit, kemarahan, atau penyesalan atas pengabdiannya selama bertahun-tahun. Satu-satunya hal yang dia yakini adalah bahwa hidupnya tidak akan pernah sama lagi setelah kejadian itu. Saat Breno melihatnya, dia tetap diam tanpa reaksi apa pun di raut wajahnya, yang bahkan membuatnya semakin bingung dengan sikap sinisnya. Bajingan itu bertindak seolah-olah tidak ada yang benar-benar terjadi. Satu hal yang tampak wajar baginya justru membunuh Amanda. Saat dia melihatnya berdiri di sana dengan ekspresi yang tak tergoyahkan, Amanda meninggalkan ruangan tanpa menoleh ke belakang. Dia menggendong putranya yang sedang menonton TV dan pergi.

Selama perjalanan pulang, ia mencoba untuk tetap tegar, tetapi rasa sakit yang sangat dalam menderanya. Tidak pernah dalam hidupnya ia merasa sangat marah terhadap seseorang seperti yang ia rasakan saat itu, ia juga marah pada dirinya sendiri karena telah menjadi orang yang cukup bodoh untuk mempercayai cinta Breno. Dari

cara Breno yang menatapnya tanpa rasa malu, tampak jelas bahwa pria itu memang selalu seperti ini. Tidak ada sedikit pun rasa bersalah yang dapat ia lihat di mata Breno dan itu membuatnya semakin sedih. Dia tidak dapat memahami mengapa ada orang dapat menghancurkan impian seluruh keluarga dan tidak merasa bersalah karenanya.

Dia tidak tahu apa yang telah dilakukannya sehingga pantas untuk hidup seperti itu. Dengan penuh kesedihan, Amanda mencoba untuk lebih fokus di dalam perjalanan. Dia tidak ingin tragedi lain terjadi pada keluarganya. Sesampainya di rumah, ia meninggalkan putranya yang sedang menonton kartun kesukaannya dan masuk ke kamar tidurnya untuk mencoba menghadapi apa yang telah terjadi.

"Berkali-kali aku menginginkannya," katanya dengan sedih, mengingat penghinaan yang ia rasakan atas penolakan suaminya.

Beberapa kali Amanda menganggap dirinya lebih rendah daripada suaminya, karena Breno hampir tidak pernah menunjukkan ketertarikan padanya, kecuali jika hal itu memberikan keuntungan, selain kepuasan fisik. Rasa sakit itu membunuhnya, rasa sakit yang ia rasakan ketika tahu dirinya telah ditipu.

"Tidak hari ini sayangku, aku seharian sibuk dan aku sangat lelah." dia berbicara dengan penuh kasih untuk meyakinkannya. "Aku ingin tidur."

Istrinya yang penuh pengertian tidak ingin membuatnya kesal karena dia pikir kelelahannya disebabkan oleh pekerjaannya.

Sekarang Amanda tahu mengapa Breno bersikap seperti itu. Dia lebih suka bersenang-senang di luar rumah dengan kekasihnya sementara Amanda menunggunya dengan manis dan selalu siap untuk menyenangkannya saat dia membutuhkannya. Rapat-rapat itu adalah cara lain yang ditemukan si idiot untuk bersenang-senang dengan wanita lain.

"Sayangku, hari ini aku ada rapat yang panjang dan tidak ada waktu untuk pulang. Jangan harap aku bisa makan malam, kita semua akan pergi ke restoran bersama dan mengambil kesempatan untuk berbicara lebih banyak tentang beberapa hal." katanya beberapa kali selama tahun-tahun pernikahan mereka.

Pada saat itu dia tidak ingin memikirkan bagaimana dia dan putranya akan hidup. Jika ia terlalu banyak berpikir, rasa takut akan menghalanginya untuk melakukan apa yang benar. Dia akan meninggalkan Breno dan tidak akan pernah lagi menyentuhnya. Itulah satu- satunya kepastiannya sejak saat itu. Istri yang penuh kasih dan setia yang tidak pernah ia hargai dan cintai sebagaimana mestinya, telah meninggal sejak saat itu. Melihat foto-foto di rak samping tempat tidur, Amanda merasakan kesedihan menyelimutinya. Keluarganya akan menjadi lebih kecil sejak hari itu dan tidak ada yang akan seperti sebelumnya. Bahkan dirinya sendiri.

Nah, beberapa waktu kemudian, Breno kembali lagi dan bersikeras agar mereka berdua kembali bersama. Bagaimana dia bisa menerima lamaran seperti itu setelah semua yang telah dia alami karena pria itu? Tidak, dia tidak akan menerimanya, tapi dia tidak tahu bagaimana menyelesaikannya untuk selamanya! Dia tidak tahu bagaimana cara menyingkirkan mantan suaminya tanpa menjauhkannya dari putranya, meskipun dia tidak terlalu memperhatikannya, Breno tetaplah ayahnya. "Ada ikatan antara ayah dan anak yang tidak dapat diabaikan," pikirnya.

"Aku tidak bisa menerima lamaran seorang teman hanya untuk menyingkirkan Breno." Amanda memberi tahu Antônio. Temannya yang selalu mendukungnya dan merupakan orang yang suka memecahkan masalah, tapi sekarang tampaknya tidak bertindak dengan rasionalitas yang sama seperti biasanya, karena memberinya tawaran gila seperti itu.

"Ini tidak akan menjadi sebuah pernikahan." dia berbicara sambil menggenggam tangan temannya dan mencoba menghiburnya. "Kita akan bersama hanya untuk kenyamanan, tidak lebih dari itu. "Dengan begitu kamu bisa menyingkirkannya." Tampaknya begitu mudah mendengar dia mengatakannya dengan begitu tenang.

"Antônio, kita tidak sedang berada di dalam film atau buku, sayangku. Hal ini sama sekali mustahil terjadi. Aku tidak akan pernah membiarkan diriku melakukan hal seperti itu, terutama karena makhluk hina seperti Breno. Kita tidak bisa menghancurkan hidup kita karena dia." dia meyakinkan.

"Menurutmu mengapa hal itu akan merusak hidup kita?" desaknya, menutupi rasa sakit karena tawarannya ditolak. "Itu tidak akan adil bagimu, Antônio!" katanya, kemungkinan itu mustahil. "Pikirkanlah, jika wanita dalam hidupmu tiba-tiba muncul dan kamu berada dalam pernikahan palsu. Kamu akan kehilangan kesempatan besarmu, dan aku tidak akan pernah memaafkan diriku sendiri untuk itu." katanya rasa penyesalan dan keprihatinan terhadap teman baiknya bercampur baur jadi satu. Dia bersedia

untuk menyelamatkan Amanda.

"Konyol, mengapa menolak?" Antonio penasaran dan mendekati Amanda menimbulkan rasa terlindungi, kasih sayang, dan rasa hormat yang selalu dia berikan kepada Amanda sebagai seorang teman.

"Kamu berhak mendapatkan seseorang di sampingmu yang akan memberimu cinta sejati." pungkas Amanda.

"Biarkan aku yang memutuskan apa yang benar atau salah untukku, oke?" Antônio berkata sambil menatap matanya. "Aku tidak ingin melihatmu tidak bahagia seperti saat kita bertemu. Sulit untuk membuat wajahmu tersenyum ketika kamu sedih." Amanda menatap mata Antônio dengan ekspresi khawatir. Pria itu mengalihkan pandangannya, dia tidak bisa menatap wajah wanita itu.

Perilaku itu membuat Amanda semakin yakin bahwa dia tidak boleh menerima lamaran gila itu. Antônio tidak menginginkan hal itu. Dia hanya mencoba untuk membantu, dan tidak memikirkan konsekuensi yang akan terjadi dalam hidupnya. Beberapa waktu kemudian, dia masih mengingat kata-kata temannya dengan perasaan sedih, tapi juga senang karena tahu bahwa dia selalu bisa mengandalkannya.

Kembali ke dunia nyata, ia tidak dapat membayangkan solusi lain untuk menyingkirkan ayah dari anaknya secara pasti. Breno sangat dekat dan meneleponnya setiap hari, selalu bersikap baik, hal yang tidak sering terjadi saat mereka menikah. Amanda ingat betapa dia sangat mengontrol, suka memerintah dan posesif. Bagaimana mungkin dia tidak pernah menyadari semua yang dia lihat sekarang saat mereka menikah? Amanda jelas tahu jawabannya. Dia telah menempatkannya di tempat yang tinggi di mana kekurangannya tidak dapat dilihat. Dia telah dibutakan oleh cinta atau kenaifan dan mantan suaminya telah mengambil keuntungan dari hal ini.

Baginya, Amanda hanyalah seorang ibu rumah tangga, istri yang selalu ada di sana saat ia membutuhkannya, itu saja. Dia tahu setelah perpisahan itu bahwa hubungan seperti yang mereka jalani tidak mungkin berkembang. Mereka tidak mencintai untuk dua orang, tetapi untuk satu orang, untuk dia sendiri dan tidak ada yang lain. Sekarang, setelah menemukan banyak perselingkuhan yang dilakukan suaminya saat menikah, dia tidak ragu lagi.

Namun dari semua pengalaman menyedihkan itu, harta terbesar Amanda lahir, yakni putranya. Untuk itu dia tidak akan mau hidup lagi dengan semua kebohongan yang telah dia jalani. Anaknya yang kecil tidak pantas untuk tumbuh dalam rumah yang dibangun dari kebohongan dan luka. Dia tidak akan pernah membiarkan hal itu terjadi. Amanda sedang memandangi foto putranya di atas meja ketika sebuah suara yang tidak asing membangunkannya dari lamunan.

"Selamat pagi!" dengan perasaan sedih, dia mengangkat kepalanya dengan senyum samar di bibirnya. "Halo Breno," jawabnya dengan dingin. "Apa

yang membawamu kemari?" Amanda bertanya, ia pura-pura tersenyum untuk menutupi perasaan sebenarnya sambil memikirkan putranya.

"Maukah kamu makan malam denganku besok?" ajak Breno.

"Mengapa begitu ngotot, Breno?" Aku sudah

menjelaskan dalam dua minggu terakhir bahwa aku tidak berniat untuk menyerah pada pesonamu. Kisahkita sudah berakhir dan kamu harus menerimanya." Dia berbicara dengan tetap sopan.

"Kamu sangat kejam padaku Amanda, kita semua melakukan kesalahan dan yang kuminta darimu adalah kesempatan untuk membuktikan bahwa aku telah berubah. Bahwa aku ingin melakukan hal yang berbeda."

"Tapi setahuku kamu tidak hanya melakukan kesalahan sekali, kamu mengulanginya beberapa kali. Ada banyak wanita yang melakukan hal yang sama. Kamu tidak bisa mengatakan bahwa kamu lemah dan menyesalinya.

Kamu tidak menyesal setelah melakukan begitu banyak kesalahan. Ini adalah bukti terbesar bahwa Anda tidak pernah benar-benar merasa menyesal.

"Tidak semua orang dapat menyadari kesalahan mereka saat pertama kali mereka melakukannya." jawabnya dan Amanda memperhatikan pria di depannya. Breno tahu bagaimana cara menipu dengan sangat baik, sayang sekali Amanda sudah sangat siap untuk itu.

"Maafkan aku Breno." jawabnya. "Aku sudah ada janji." meskipun ia ragu bahwa informasi ini akan membuat Breno pergi karena desakan yang ia tunjukkan, ia tetap menggunakan alasan ini.

"Batalkan saja." katanya dengan senyum yang sama di wajahnya.“Sayangnya, itu tidak mungkin." Amanda mulai kesal dengan kesombongan pria itu.

"Aku hanya ingin berbicara denganmu Amanda. Apakah itu terlalu berlebihan untuk diharapkan dari ibu dari anakku?" katanya, memberi isyarat, seolah-olah dia sedang berakting.

"Tunggu Lucas kembali dan kita bisa bicara bersama. Dia adalah orang yang paling berkepentingan di sini dan memiliki hak untuk hadir." pungkasnya.

"Apakah Kamu mencoba untuk menghindarku?" tanyanya sambil mendekati Amanda, dia bisa mencium bau cologne yang mahal itu. "Kamu takut untuk menyerah dan mengetahui bahwa kamu masih menginginkanku!" Amanda memperhatikannya dan nada bicaranya yang berwibawa seolah-olah dia benar-benar yakin dengan apa yang dikatakannya.

"Mengapa aku harus bersikap seperti itu?" Amanda bertanya sambil menatapnya. Breno sudah lebih tua, meskipun ia masih memiliki pesonanya.

Amanda tahu bahwa Breno tidak bisa tidur nyenyak dari raut wajahnya. Dia mungkin telah mengunjungi banyak pesta dan wanita selama dia pergi, tanpa memberi kabar. Meskipun ia merasa jengkel dengan hal ini, Amanda juga tahu bahwa ini bukanlah cemburu, ia sudah lama tidak merasakan hal ini terhadapnya. Dia marah karena dia telah melupakan tanggung jawabnya sebagai seorang ayah.

"Aku tidak yakin mengapa kamu melakukan ini, tetapi kita harus melupakannya, kita memiliki seorang putra dan ini tidak akan baik untuknya." katanya.

"Breno bicara tentang apa yang baik atau tidak untuk anak kita?" pikirnya. Jika dia tidak mengenalnya, mungkin saja dia akan mempercayai apa yang dia dengar.

"Makan malam bersama bukanlah sesuatu yang dibutuhkan oleh anak kita agar ia jadi sehat," kritiknya. Sejak dia kembali, Breno sering mengajaknya makan malam dan selalu memanfaatkan putranya ketika dia menyadari bahwa Amanda akan menolak. "Lagipula, Lucas sudah terbiasa dengan perpisahan ini, yang tidak terjadi kemarin, seperti yang kamu katakan, tapi sudah lama sekali." Amanda merasa jijik karena Breno baru mengkhawatirkan kesejahteraan anak itu sekarang, setelah dia kembali sendirian, dan tidak ada yang menunggunya.

"Kamu sangat menyebalkan, Amanda. Kamu harus menempatkan dirimu pada posisi orang lain." Amanda sangat terkejut dengan komentar itu sehingga mulutnya menganga terlihat seperti sedang tertawa. "Baiklah!" Breno tetap memasukkan tangan ke dalam saku celana. "Aku Aku tidak akan memaksa lagi, untuk saat ini. Kamu perlu waktu luang untuk bisa mengambil keputusan." ia mengakhiri pembicaraan dan Amanda mengabaikan setiap kata yang diucapkannya, karena dia ragu bisa semudah itu. "Kita akan tetap berkomunikasi dan aku ingin Anda tahu bahwa satu-satunya harapan aku adalah memiliki keluargaku kembali, seperti dulu."

"Kamu tidak akan pernah mendapatkannya, Breno. Kamu tidak bisa memperbaiki kristal yang pecah, tidak peduli seberapa besar keinginanmu." Dia tahu betul hal ini.

"Sampai jumpasayang." katanya sambil menggenggam tangannya dan memberikan ciuman ringan sebelum pergi.

Amanda memandang tangannya sambil bertanya- tanya bagaimana mungkin orang mampu mengubah perilaku dan kata-kata mereka hanya dalam beberapa hari demi mencapai tujuan. Breno jadi tampak seperti orang lain, meskipun tetap dengan arogansi yang sama seperti biasanya dan Amanda baru menyadarinya setelah putus.

"Apakah kamu baik-baik saja Amanda?" asistennya, yang berada di kamar sebelah, bertanya.

"Aku baik-baik saja Carol, terima kasih!" sambil mendekat, dia melanjutkan. "Aku tidak tahu apa lagi yang harus aku lakukan untuk menyingkirkan Breno, ini melelahkan." dia menjelaskan dengan raut wajah kesal yang membuat Carol khawatir.

"Terimalah lamaran Antônio." Carol berkata, dia adalah sahabat Amanda dan mengetahui semua masalah yang dialaminya dengan mantan suami.

Mereka sudah dekat sejak sekolah dasar, bahkan ketika Amanda sudah menikah. Melihat Amanda kalah Carol jadi khawatir. Ini bisa jadi

merupakan kekalahan yang ditunggu-tunggu oleh mantan suami sahabatnya itu agar memenangkan pertarungan.

"Aku tidak bisa menerimanya." Amanda bicara, pikiran tentang betapa memalukannya hal itu bagi dirinya dan Antônio muncul di benaknya. "Itu tidak akan adil baginya, atau lebih tepatnya bagi kita semua." katanya sambil berpikir.

"Antoniolah orang yang menawarkan diri untuk menolongmu. Sikapnya itu berarti ada sesuatu." Gadis antusias itu menyatakan pendapatnya.

"Dia tidak berpikir dengan matang saat menawarkan bantuannya." Amanda berkata, membuat Carol menyadari bahwa teman bosnya itu telah mengarang pendapat dan tidak melihat dengan jelas.

"Kamu tidak punya pilihan, kan?" tanya gadis itu mencoba dengan segala cara untuk membuka mata temannya.

"Belum, tapi aku akan memikirkan sesuatu." Amanda akan mencari jalan lain yang tidak terlalu rumit. Ia masih belum menemukan jalan keluar, tapi ia lebih memilih untuk percaya bahwa ada solusi lain yang akan muncul,solusi yang tidak akan mengancam persahabatannya dengan Antonio.

"Dan jika tidak dapat menemukan solusiolusi apa pun, apakah kamu akan mengambil risiko ditipu oleh mantanmu lagi atau kehilangan hak asuh anak?" Amanda merenungkan perkataan temannya dan rasa tegangnya muncul saat membayangkan bahwa Breno mungkin menginginkan hak asuh anak. Breno tidak akan punya keberanian untuk melakukan hal itu, bukan? Karena dia sendiri yang menelantarkan anak itu setelah mereka berpisah.

"Tidak ada sedikitpun kemungkinan aku akan ditipu olehnya lagi, seperti yang kau katakan." gadis itu menatap Amanda dengan senyum lebar. "Mengenai dia yang menginginkan hak asuh Lucas, aku tidak percaya dia akan melakukan itu, Breno tidak bisa hidup dengan seorang anak sepanjang waktu, seseorang yang bergantung padanya." dia lebih suka berpikir bahwa mantan suaminya masih alergi terhadap anak kecil.

"Itu adalah risiko yang harus Anda ambil jika Anda tidak segera mengatasinya."

"Ada risiko yang tidak sebanding dengan ketidaknyamanan yang ditimbulkannya. Aku wanita yang sangat berhati-hati dan aku lebih suka tetap seperti itu." Percakapan tersebut tampaknya mengarah pada pertengkaran, dan Amanda tidak mau berdebat dengan karyawannya yang bersikeras dan sangat disayanginya itu. "Segala sesuatu memiliki risiko, tetapi bukan berarti kita harus menyerah dan berhenti menjalani sesuatu yang baik." Melihat asistennya bicara, Amanda menyadari bahwa ia tidak akan meninggalkannya sendirian jika ia terus menolak kemungkinan untuk menerima bantuan Antônio.

"Baiklah! Aku akan memikirkannya." Katanya sambil melihat sedikit senyum kepuasan di wajah temannya.

"Wanita yang bijaksana!" jawabnya ketika Amanda meninggalkan ruangan.

Di rumah, Amanda memikirkannya dengan lebih jernih. Ya, itu adalah langkah yang drastis, tetapi jika mereka benar, itu hanya akan berlangsung sebentar dan tidak akan merusak salah satu dari mereka seperti yang dia pikirkan. Mereka sudah dewasa dan tahu seberapa jauh mereka bisa melangkah, bukan? Ketakutan kembali menghantuinya, menghancurkan semua kepercayaan dirinya. Tawaran dari Antônio itu tidak masuk akal dan Amanda masih merasa sulit untuk mempercayai bahwa itu adalah tawarannya. "Temannya yang baik hati itu benar- benar membutuhkan pacar." pikirnya sambil tertawa.

Sejak mereka bertemu, Amanda tidak pernah melihat Antônio bersama siapa pun. Dia mengatakan bahwa dia sangat sibuk, tetapi Amanda berpikir bahwa salah satu alasannya adalah karena mereka berdua sangat dekat dan ini membuat para wanita menjauh. Namun, terlepas dari kesediaannya untuk menjalin hubungan dengan siapa pun atau tidak, Amanda tidak memiliki keinginan untuk mengganggu kehidupannya. Itu akan menjadi tindakan yang egois baginya. Kesal karena tidak dapat mengambil keputusan tentang arah mana yang harus diambil, Amanda pergi ke kamar mandi untuk menyegarkan tubuh dan kepalanya. Ketika dia kembali ke kamar, telepon berdering.

"Halo! Apakah kamu di rumah?" sebuah suara bertanya dengan nada lembut.

"Ya, aku di rumah," jawabnya lega mendengar suara yang menenangkan itu.

"Aku mencoba menghubungimu di toko, Carol bilang kamu sudah pulang. Aku memutuskan untuk menghubungi kamu untuk mengetahui keadaanmu." jelasnya. "Dia tidak nyata," pikirnya dengan gembira.

"Terima kasih atas perhatian mu, tapi aku baik-baik saja." katanya.

"Apakah kamu mau makan malam denganku besok?" Antônio bertanya dengan santai.

"Tentu!" katanya dan ternyata mereka sendiri terkejut dengan jawabannya yang siap-sedia, Amanda menyadari kesalahannya dan ingin membenarkan dirinya sendiri.

"Hanya saja Breno mengundang aku untuk makan malam sekali lagi dan aku mengatakan aku akan menyisihkan waktu untuknya, kamu menyelamatkan aku." Amanda merasakan Antonio tersenyum dan ia merasa tidak terlalu tegang atas tindakan cerobohnya yang mungkin membuat Breno percaya bahwa dia ingin melemparkan dirinya ke dalam pelukannya.

"Kamu tahu, aku adalah malaikat pelindungmu, suka atau tidak suka." Kata Antonio, tapi dia sudah tahu bahwa, sejak lama dia telah menjadi malaikat ini. Karena itulah, rasa takut akan merusak persahabatan indah yang telah mereka bangun sangat mengganggunya.

"Aku selalu tahu itu." dia mengucapkan apa yang ada di pikirannya tadi. "Kamu memang unik." pungkasnya. "Kamu juga." itulah jawabannya. "Apakah kamu

sudah mendengar kabar dari Lucas?" Antônio mengganti topik pembicaraan, karena Lucas sedang pergi selama liburan sekolah, untuk menghabiskan waktu bersama kakek dan neneknya dari pihak ibu.

"Ya, aku berbicara dengannya setiap hari melalui telepon atau *webcam*," katanya.

"Saat Anda berbicara dengannya lagi, katakan padanya bahwa aku merindukannya." pinta Antônio. Bagi Antônio Anak itutelah menjadi sama pentingnya dengan Amanda.

Antônio tidak dapat membayangkan kehidupan yang tenang jika tidak memiliki keduanya.

"Pasti." Amanda akan selalu bersyukur atas persahabatan yang Antonio miliki dengan putranya. "Lucas pasti merindukanmu juga, setiap kali aku berbicara dengannya, dia menanyakan kamu." setiap kali si kecil akan menyebut Antonio, yang tidak sama dengan ayahnya.

"Dia adalah anak yang istimewa, dan dengan senang hati aku akan membantu kamu." Antônio menyimpulkan, agar Amanda memahami pesan tersebut, namun ia belum siap untuk menjawab.

Mereka berbicara selama beberapa menit, menjadwalkan makan malam, dan kemudian berpamitan. Ketika Amanda kembali ke kamar, ia teringat akan hari ketika Antônio menawarkan bantuan kepadanya. Dia datang ke rumahnya pada sore hari, seperti yang sering dia lakukan, ketika dia melihat Amanda menangis, dia ingin tahu penyebabnya.

"Siapa orang gila yang menyebabkan air mata ini?" tanya Antonio dengan penuh kasih sayang sambil menyeka air mata Amanda dengan ujung jarinya. Karena Amanda tidak terbiasa dengan perhatian seperti itu, ia menjadi semakin dekat dengannya.

"Ayah dari anakku, yang aku ceritakan kepadamu, ia tidak mau merelakan aku pergi, sehingga mengangguku terus Ia ingin aku pulang kembali ke rumahnya, apa pun yang terjadi. Agar tujuannya itu tercapai, dia memanfaatkan anak kami dan itu membuat akuaku jengkel." Amanda menjelaskan mengapa tidak mudah baginya untuk melihat Breno memanfaatkan anaknya untuk mendapatkan apa yang dia inginkan.

"Kamu tidak perlu menderita karenanya, sayang . Katakan padanya bahwa waktunya sudah habis dan dia akan menyerah seperti yang dia lakukan di masa lalu." Antônio menjelaskan dengan sangat sederhana dan dia ingin percaya pada kemungkinan itu, tetapi sesuatu mengatakan kepadanya bahwa dia akan melangkah lebih jauh.

"Tidak semua pria seperti kamu, Antônio. Ada banyak pria di luar sana yang menggunakan berbagai cara untuk mempertahankan istrinya. Mulai dari masalah keuangan hingga emosional. Bukan hanya wanita yang memanfaatkan sumber daya ini."

"Tapi ini adalah bukti terbesar bahwa pria ini tidak pantas memiliki mu di sampingnya. Orang yang menerima orang lain karena tahu bahwa ia berada di bawah tekanan, tidak tahu arti cinta untuk orang lain, apalagi untuk diri mereka sendiri." dia berbicara sebaliknya.

"Aku yakin itulah masalah Breno. Dia tidak memiliki kemampuan untuk merasakan sesuatu."

"Tapi apakah dia menyiratkan sesuatu yang membuatmu khawatir?" Antônio ingin tahu.

"Breno mungkin mencoba mengambil hak asuh anak kami." jawabnya, wajahnya menunjukkan rasa sakit yang parah dalam batinnya.

"Apakah dia bilang dia akan memperjuangkan hak asuh Lucas?" Antonio bertanya dengan tidak percaya, karena dia tahu bahwa Amanda adalah ibu sekaligus ayah dari anak tersebut.

"Dia belum mengatakannya dengan jelas, tapi aku khawatir ketika dia menyadari bahwa dia tidak akan mendapatkan apa yang dia inginkan, dia akan mencoba membalas dendam dan pergi ke pengadilan untuk itu." katanya.

"Aku rasa tidak semudah itu baginya untuk melakukan hal itu." kata Antonio sambil mengamati wajah Amanda yang menderita . "Kamu pasti akan tetap bertanggung jawab atas Lucas, karena memang seharusnya begitu." dia terdengar sangat yakin.

"Breno adalah orang yang sangat penting di Rio Verde dan kami tahu itu sangat berpengaruh." keluhnya, hampir menangis lagi.

"Jangan khawatir, tidak ada hakim yang akan mengambil anak dari seorang ibu sepertimu." Antônio mencoba menghiburnya.

"Pria itu lebih unggul secara finansial. Jika mau, dia akan memiliki lebih banyak waktu untuk bersama Lucas. Meskipun aku yakin dia tidak pernah peduli dengan putranya." Amanda bercerita, mengingat betapa kecilnya kasih sayang yang diberikan Breno kepada anaknya ketika mereka tinggal bersama.

Dia tidak pernah mau duduk dan bermain dengan putranya. Breno tidak menerima kenyataan bahwa dirinya adalah seorang ayah. Perilakunya itu sangat jelas selama sembilan bulan kehamilan Amanda. Lebih buruk lagi, Breno membuat Amanda merasa bersalah karena hamil akibat Amanda terlewat memakan obatnya, karena Breno tidak ingin menjadi seorang ayah. Itu adalah masa-masa yang sulit, tetapi cinta yang Amanda rasakan untuk suaminya membantunya melewati hal itu. Kemudian, sebuah perasaan yang sangat indah muncul ketika anaknya lahir, dan dia mendapati dirinya sebagai wanita yang paling bahagia. Dia adalah seorang ibu dan itu sudah cukup baginya, sampai hari ketika dia menemukan suaminya berhubungan seks dengan wanita lain.

"Semua itu memang merupakan aspek yang penting, tetapi tidak menentukan. Kamu tahu itu, kamu hanya tidak ingin melihatnya." Antônio yang tegas berbicara untuk membantunya keluar dari rasa sakit itu.

"Kamu mungkin benar, Antônio, tetapi ketikaberada di pihak lain, kamu melihat situasinya secara berbeda. Ini tentang anakku. Anak aku. Hal ini cukup untuk menciptakan banyak ilusi dan pikiran negatif di kepala seseorang."

"Pikiran-pikiran ini tidak akan membantu kamu sama sekali. Sebaliknya, Amanda, mereka akan menguntungkan mantan suamimu dan mengambil kekuatanmu untuk melawannya secara langsung."

Amanda tetap diam dan Antônio dapat mengamatinya dengan lebih baik. Pertama kali dia melihatnya saat mengantar anaknya ke sekolah. Hari itu dia menemukan perasaan baru. Antônio berkantor di dekat sekolah, dan setiap kali ada kesempatan, dia bisa memperhatikan Amanda mengantar atau menjemput anaknya. Kecantikan dan kesederhanaan Amanda memikat Antônio sejak saat pertama melihatnya. Kadang-kadang dia melangkah ke trotoar sehingga Amanda akanmemperhatikannya danmungkin menyapanya atau memberikan senyuman selamat sore. Namun, Amanda tidak menyadari kehadirannya, sampai suatu hari guru putranya, yang merupakan teman Antônio, sedang berbicara dengan Antônio dan Amanda menghampiri untuk menyapanya, jadi Antônio ada kesempatan juga berbicara dengan Amanda. Hari itu adalah hari yang sangat membahagiakan bagi Antônio dan sejak saat itu ia lebih mudah diperhatikan.

Ketika Amanda tiba di sekolah beberapa menit lebih awal, Antônio mengambil kesempatan untuk mengundangnya minum kopi, yang baru ia terima pada tawaran kedua, dan persahabatan pun dimulai. Antônio sangat mengaguminya, dan bukan hanya karena kecantikannya. Amanda adalah seorang wanita yang tinggi dan anggun, ia berjalan dengan anggun, menggerakkan pinggulnya yang lebar dengan cara yang lembut dan sama sekali tidak vulgar. Kakinya yang indah itu besar dan setiap kali dia mengenakan gaun, Antônio menghargainya. Belum lagi rambut panjangnya yang tergerai seperti hujan keemasan di punggungnya. Antônio sering merasa ingin membelai rambut Amanda yang indah bergelombang dan kulitnya yang halus dan cerah. Selain semua sifat-sifat indah yang menarik perhatiannya saat pertama kali melihatnya, seiring berjalannya waktu, ia dapat melihat sifat lain yang bahkan lebih penting di matanya. Temannya adalah seorang pemenang yang telah berjuang dengan gagah berani ketika dia harus merawat putranya sendirian. Banyak orang akan meninggalkan anak itu pada rintangan pertama. Tetapi dia tidak melakukannya, dan Antônio sangat bangga padanya untuk itu. Dia sangat menyadari bahwa keluarga Breno telah mendekati Amanda untuk meminta hak asuh anak, yang telah membuatnya sangat terpukul sehingga dia hampir sepenuhnya menjauhkan diri dari keluarga ayah putranya. Beberapa kali dia menerima bantuan. Dia tidak ingin orang-orang itu masuk ke dalam hidupnya sehingga dia mengambil semua tanggung jawab untuk dirinya sendiri.

Beberapa kali Antônio pergi ke rumah Amanda untuk menanyakan apakah mereka membutuhkan sesuatu, dan bahkan dalam kesulitan pun Amanda mengatakan semuanya baik-baik saja, dengan raut wajah yang sama menyedihkannya seperti saat ini. Antônio tahu itu tidak benar, tetapi dia menghormati keputusannya. Setelah banyak penolakan, dia mulai menerimanya, sebagai teman dan pendengar. Pada awalnya, Amanda hanya berbicara tentang niatnya untuk memulai bisnis kecil dengan bantuan orang tuanya yang bersikeras untuk berkolaborasi secara finansial. Dia meminta saran dan mendengarkan semua orang dengan penuh perhatian. Seiring berjalannya

waktu, setelah merasa lebih yakin dengan persahabatan mereka, Amanda mulai bercerita tentang kehidupan pribadinya, seperti pernikahannya yang gagal. Antônio mendengarkan semuanya, menawarkan pendapatnya hanya jika diminta, dan tampaknya itu menyenangkannya karena percakapan itu menjadi lebih sering, dan dia menjadi teman yang dibutuhkannya. "Sekali lagi, temannya yang berdiri di depannya membutuhkan bantuan dan dia akan menolongnya seperti yang telah dia lakukan, dan selalu begitu. tapi apa yang bisa dilakukan?", dia bertanya- tanya.

"Antônio?" panggilnya, menyadarkannya dari lamunannya.

"Hm!" serunya, kembali ke dunia nyata.

"Apa yang bisa aku lakukan untuk menyelesaikan ini, tolong aku!" permintaan itu sebenarnya adalah sebuah permohonan.

Dalam upaya tanpa berpikir panjang untuk membantunya, sebuah ide gila muncul di benaknya, tapi mungkin bisa berhasil.

"Amanda, aaku punya ide, aku tidak tahu apakah itu yang kamu harapkan, tapi ini bisa membantu." dia berbicara dengan pengetahuan yang pernah dikatakan,

tidak bisa diperbaiki. Amanda memperhatikannya dengan rasa ingin tahu. Ia yakin pria itu punya solusi.

"Apa idemu?" tanyanya sedikit lebih bersemangat, bibirnya yang penuh dan berbentuk indah tersenyum tipis.

"Jika kamu menikah lagi dengan orang yang dapat memberikan anakmu sebuah keluarga yang mapan dan terstruktur, tak seorang pun akan mengambil anakmu dari kamu." Antônio bicara, tetapi segera terdiam setelah melihat reaksi tidak percaya di wajah manda. Amanda melarikan diri dari hubungan, seperti beberapa wanita yang pernah dia temui. Antônio bisa memahaminya, tapi dia menyesali kenapa Amanda harus mengesampingkan dirinya sendiri karena seorang bajingan.

"Aku pikir itu adalah saran yang ekstrem Antônio, cara itu tidak bisa menjadi pilihan pertama untuk menyelesaikan masalah, bahkan itu akan menjadi pilihan terakhir, bukankah begitu?" Amanda bicara setelah rasa terkejutnya hilang. "Kamu benar." Antônio meminta maaf, dia sendiri tidak mengerti mengapa dia mengatakan itu.

"Aku tidak bisa dan tidak ingin menikah lagihanya untuk tujuan itu. Itu akan menjadi hubungan yang gagal lagi." Amanda berkata serius.

"Aku tahu, tapi itu bisa berhasil jika direncanakan dengan baik." bahkan Antônio pun tidak yakin pada apa pun saat itu.

"Apakah kamu percaya bahwa ada orang akan menerima hal seperti itu untuk membantuku?" tanyanya, sekarang ide itu tampak terasa lucu.

"Aku akan melakukannya untukmu." mendengar jawaban Antonio, Amanda menatap matanya sejenak, membuat pria itu gelisah. "Jika kamu mau, tentu saja. Kita akan menikah tanpa ikatan emosional, dan ketika kamu ingin pergi, kamu hanya perlu mengatakannya.".

"Mengapa aku melamarnya dengan cara seperti itu Amanda akan berpikir aku bercanda tentang masalahnya dan dia akan membenciku." pikir Antonio dengan frustrasi.

"Sayang! Aku tahu kamu selalu bersedia membantuku, tapi menikahiku tanpa cinta hanya untuk menyelesaikan masalahku, terlalu berlebihan, aku tidak bisa menerimanya!" Amanda bicara dengan tegas. Kerusakan terlanjur terjadi, sekarang dia harus pergi jauh- jauh, idenya tidak terlalu gila jika dilihat dari sudut pandang yang lain, sudut pandang persahabatan.

"Tolong Pikirkan, Amanda. Kita akan menikah demi kenyamanan. Tidak ada yang perlu tahu. Ini hanya untuk waktu yang singkat, sampai kamu mendapatkan hak asuh terakhir atas putramu dan mantan suamimu menerima bahwa dia telah kehilangan anaknya." Antônio bicara dengan tekad untuk melanjutkannya sampai akhir.

"Aku tidak ingin merusak persahabatan kita. Aku sangat menyukaimu, dan aku tahu bahwa jika aku harus hidup dengan masalahku setiap hari, hal itu dapat membahayakan kita. Hubungan yang memiliki ikatan duniawi saja sudah cukup rumit, bayangkan hubungan yang tidak memiliki keuntungan seperti itu?" dia berargumen dan bertanya. "Aku hanya akan memikirkan sesuatu yang begitu gila jika Breno memaksaku." dia menegaskan pada dirinya sendiri. Antônio jadi lebih tenang. Dia tidak ingin menakut-nakuti wanita itu.

"Semua terserah kamu. Aku ingin kamu tahu bahwa apa pun keputusanmu, aku akan membantu." Segera setelah Antônio selesai berbicara, Amanda menyentuh lengannya sebagai rasa terima kasih atas dedikasi yang luar biasa.

"Siapa pun yang memiliki teman seperti kamu tidak membutuhkan yang lain." memang benar apa yang dikatakannya, Antonio menjadi semakin ia butuhkan setiap hari.

"Senang sekali bisa membantu orang sepertimu, Amanda." katanya dengan jujur." Aku akan pergi. Jika kamu membutuhkan sesuatu, hubungi aku."

"Baiklah dan terima kasih, kamu selalu ada untuk. Aku tidak akan pernah melupakannya." mereka saling mencium pipi satu sama lain dan Antônio pun pergi. Amanda tetap di tempatnya memandang kepergiannya dengan penuh perhatian. Keesokan paginya, saat Amanda tiba di tokonya,

ia mendapati bahwa putranya telah menelepon.

"Dia menelepon ke apartemen kamu dan ketika tidak ada yang menjawab, dia mengira kamu sudah ada di sini," kata asistennya." Dia akan menelepon lagi nanti sore." pungkasnya.

"Tidak apa-apa. Aku akan menunggu, jadi aku tidak akan mengganggu liburannya." katanya, merindukan putranya.

"Kapan dia akan mengembalikan Lucas?" tanya gadis itu.

"Akhir bulan." Amanda menjawab. "Aku sangat merindukan anakku." katanya.

"Aku belum tahu perasaan itu, tapi aku tahu bahwa itu sama besarnya dengan tanggung jawab memiliki dan membesarkan seorang anak." gadis itu menentang menjadi seorang ibu, tetapi Amanda memahami posisinya. Carol masih muda, yang memungkinkannya untuk tidak memikirkan komitmen abadi ini untuk beberapa waktu.

"Jika kamu memutuskan untuk mengenal perasaan ini suatu hari nanti, kamu akan tahu bahwa tidak ada yang seperti ini di dunia." Amanda menunjuk.

"Aku tahu, dan itulah mengapa aku akan memperpanjang kesenangan yang luar biasa ini selama mungkin. Aku hanya ingin mengurusdiri sendiri dan kebutuhan aku sendiri, untuk saat ini. akuSaat berusia 40 tahun, baru aku akan memutuskannya."

"Jangan menunggu terlalu lama atau kamu mungkin akan berubah pikiran." Amanda berkata, tidak yakin apakah gadis itu akan memilih menjadi seorang ibu.

"Tidak ada yang akan berubah karena aku tidak membangun hubungan apa pun, sayangku. - Aku akan membiarkan hidup terjadi dengan sendirinya." keduanya tersenyum ceria seperti yang selalu mereka lakukan sejak remaja.

Hari itu adalah hari Sabtu, toko-toko biasanya tutup pada siang hari, tetapi pada kesempatan itu Amanda memutuskan untuk tinggal lebih lama untuk memeriksa beberapa produk yang telah tiba. Dia sedang memeriksa faktur ketika dia melihat Breno melambaikan tangan dari luar pintu kaca. Dengan marah, dia terpaksa

menghampirinya. 'Lain kali aku aku mengganti pintunya, akuaku akan memilih kaca yang lebih besar,' pikirnya dalam hati saat ia pergi menyapa mantan suaminya yang tidak diinginkan.

"Selamat siang, Breno! Apa ada masalah?" dia cari tahu, sambil melihat fakturnya sehingga pria itu bisa melihat bahwa dia sedang sibuk dan tidakmau membuang-buang waktu.

"Aku datang untuk mengkonfirmasi pertemuan kita malam ini." kata Breno, bersikap sok-polos.

"Sudah kubilang aku sudah ada janji." Amanda tidak bisa mempercayai telinganya sendiri. Amanda merasakan kegugupan yang terlalu kuat untuk bisa ia atasi sendiri

"Kamu gugup kemarin. Jadi, aku pikir hari ini kamu bisa berubah pikiran." Breno membenarkan.

"Maafkan aku." Amanda berkatasambil membuka sebuah kotak. "Tapi keputusanku tetap sama." ia mengakhiri percakapan dan bertanya-tanya dalam hati kapan dia akan menyingkirkan koper itu. "Kamu sudah membuat pilihanmu Breno, sudahlah. Satu- satunya hal yang aku harapkan adalah kamu membuktikan bahwa kamu adalah ayah yang baik, itu saja." katanya perlahan, agar Breno memahami setiap kata-katanya.

"Aku tidak akan menyerah padamu, Amanda." Breno berbicara semakin dekat. "Sekarang aku tahu aku mencintaimu. Aku ingin hidup bersamamu, dan bersama- sama melihat anak kita tumbuh besar." kemudian Breno menggendong Amanda dan memaksanya untuk lebih dekat dengannya. Salah satu faktur terjatuh dari tangan Amanda. Begitulah sifat keras kepalanya.

"Pergilah, kumohon. Jangan mempersulit kita untuk hidup bersama, demi anak kita." pintanya sambil mendorongnya pergi. "Kamu terlambat menyadari cintamu padaku, Breno, dan fakta ini tidak akan mengubah posisiku sama sekali. Aku ragu dengan apa yang kuinginkan dalam hidupku, tapi aku tahu pasti apa yang tidak kuinginkan, dan kamu sudah ada dalam daftar yang tidak aku inginkan itu sejak lama." tak ada lagi ruang untuk bersikap sopan.

"Dengar Amanda." Breno mulai jengkel dengan penolakannya. "Aku tidak ingin menyakitimu, tapi jika kau bersikeras mengabaikanku dan tidak memikirkan kemungkinan kita kembali bersama, aku mungkin akan berubah pikiran dan tidak terlalu peduli dengan penderitaanmu mulai sekarang, kau tahu?" dia menyelesaikannya dengan nada mengancam. 'Apa maksudnya dengan itu.' pikir Amanda.

"Apa kau mengancamku? Apa maksudmu dengan itu?" tanyanya dengan rasa takut. Amanda ingin percaya bahwa dia salah paham, dia tidak bermaksud seperti itu.

"Aku tidak ingin memaksamu melakukan apa pun, tapi aku tidak akan pergi tanpamu dan anakku." Breno memaparkan dengan sangat jelas, seketika ucapan itu menegaskan hal yang ditakutkan Amanda. Dia akan pergi ke pengadilan untuk mendapatkan hak asuh anak. "Jika kita terus seperti ini, aaku akan mendapatkan hakku dan akumeminta hak asuh Lucas." Secara lisan Breno mengkonfirmasi apa yang selama ini Amanda takutkan. Breno tampak bertekad kuat, membuat Amanda semakin gugup.

"Apakah kamu menggunakan anak kita untuk memerasku? Kamu tidak boleh melakukan itu!" Amanda berbicara dengan marah.

"Ini bukan maksudku, Amanda, tapi kamu harus mengerti bahwa sangat sulit bagiku untuk hidup tanpa kalian berdua. Aku membutuhkanmu dalam hidupku."

"Kamu pikir kamu bisa melakukannya dengan memerasku?" tanya Amanda nya sambil menatap mata Breno.

"Aku bersedia melakukan apa saja untuk bisa bersamamu." Amanda tercengang mendengarnya. Bagaimana mungkin dia tidak menyadari orang yang pernah hidup bersamanya ini adalah seorang diktator dantidak memiliki moralitas ini,. Itu adalah penyesalan terbesarnya dalam beberapa bulan terakhir.

"Kata-katamu tidak membuatku takut." dia berbohong untuk menutupi rasa takutnya.

"Keputusan ada di tangan kamu." Breno berbicara dengan nada kesal karena tujuannya tidak tercapai semudah yang ia inginkan. Dia bisa menjadi lebih kejam ketika seseorang menantangnya dan Amanda merasa lebih rapuh. "Bagaimana aku bisa melawan orang yang sangat tidak bermoral seperti Breno?", pikirnya. Menyadari kelemahannya, Breno menyerang lagi. "Aku tahu aku telah melakukan kesalahan, Amanda!" katanya sambil mendekat lagi. "Tapi aku minta maaf, bukankah itu tidak berarti apa-apa bagimu?" tanyanya.

"Tidak lagi." "Penyesalan kamu tidak akan membuat aku melupakan apa yang aku lihat, atau situasi memiliki seorang anak yang harus dihidupi tanpa pekerjaan tetap, bergantung pada bantuan orang tua dan teman-teman aku." katanya, menjelaskan situasinya, tetapi tanpa sedikit pun berniat membuatnya merasa menyesal. Dia tidak pernah membutuhkan belas kasihan siapa pun, apalagi dari mantan suaminya.

"Kita semua pernah melakukan kesalahan dalam hidup. Tapi kita juga bisa belajar," katanya.

"Anda benar, tapi dari sekian banyak kasus yang aku dengar, aku ragu itu pernah terlintas di benak kamu.

Mereka yang mengulangi kesalahan yang sama lebih dari sekali, berarti tidak pernah belajar dari kesalahan, Breno. Bahkan, aku kira kamu bahkan pasti sangat menikmatinya." Amanda bicara sambil tersenyum, tetapi hanya dia yang tahu betapa kesalnya dia dengan semua situasi yang tidak masuk akal ini. "Kamu tidak akan pernah memaafkan aku, kan?" Breno bersikeras.

"Aku sudah mengatakan bahwa jika pengampunan dariku yang kamu inginkan, aku memaafkan kamu. Bukan berarti aku berniat untuk hidup bersamamu lagi." dia menjelaskan, menyadari bahwa memaafkan tidak memaksanya untuk hidup kembali dengan siapa pun yang melakukan kesalahan, itu hanya cara yang rasional untuk melanjutkan hidup, tanpa penderitaan lebih lanjut. Pria itu tetap tidak bergerak, seolah-olah dia akan mencengkeram lehernya kapan saja.

"Aku ingin lebih dari itu. Jika harus, aku akan berjuang untuk mendapatkan setidaknya satu dari kalian untuk hidup bersamaku." dia menariknya ke dalam pelukannya untuk memaksa menciumnya. Amanda dengan berani melawannya ketika dia mendengar suara di belakangnya.

"Lepaskan dia!" dia bisa mendengar suara laki-laki.

"Kamu pikir kamu siapa sampai mau ikut campur dalam pertengkaran pasangan?" Breno bertanya, melihat ke balik bahu Amanda dan kemudian melepaskannya. Ketika Amanda berbalik, ia melihat ekspresi kemarahan di wajah Antônio yang belum pernah ia lihat sebelumnya.

"Setahu aku, kalian tidak lagi berstatus menikah." Antônio berbicara sambil menatap Amanda dengan tatapan yang lebih lembut. Dia segera menemukan kenyamanan di mata temannya.

"Aku senang kau datang menjemputku, Antônio." kata Amanda sambil berjalan ke arahnya.

"Siapa dia?" Breno bertanya. "Apa yang Anda inginkan dari istriku?" sekarang dia bertanya langsung kepada Antônio yang menatap pria di depannya dari atas ke bawah. Dia telah melihat Breno hanya beberapa kali dan baru kali ini sedekat sekarang. Pria itu menunjukkan dengan ekspresinya sendiri bahwa dia adalah seorang pengecut yang mengenakan pakaian bermerek dan tidak berkarakter sama sekali.

"Ini adalah Antonio, orang yang memiliki janji dengankuhari ini." Amanda berbicara untuk mengkonfirmasi apa yang dia katakan sebelumnya dan Breno menatapnya dengan heran. Dia tampak tidak senang dengan informasi itu.

"Aku tidak tahu apakah wanita ini memberitahumu, teman, tapi kamu mengajak pergi seorang wanita yang sudah menikah. Tidakkah itu sedikit mengganggumu?" Breno mencoba memprovokasi Antônio dan Amanda ingin menyangkal perkataannya. Tapi dia lebih memilih untuk diam. Antônio tahu yang sebenarnya, dia tidak membutuhkan penjelasan.

"Apa yang dia katakan padaku sudah cukup, tidak lebih." Antonio menjawab dengan datar.

"Bagaimana status hubungan kalian?" Breno bertanya sambil menatap langsung ke arah Amanda.

"Itu bukan urusanmu, Breno." jawab Amanda dengan tajam. "Hubunganku denganmu hanya sebatas mengomentari kehidupan Lucas, tidak lebih."

"Kalian tidak terlihat seperti pasangan kekasih. Suasananya agak dingin." katanya mengejek, seperti yang sudah terjadi selama beberapa hari terakhir.

"Tidak semua orang memiliki pikiran kotor sepertimu, Breno. Semoga harimu menyenangkan! Jika kamu ingin mendengar kabar tentang anak kita, hubungi aku, jika tidak, aku akan berterima kasih jika Anda tidak menghubunginya." dia berbicara dengan lebih percaya diri.

"Baiklah! Aku akan berbicara denganmu nanti, sayang." Breno selesai berbicara dan berjalan melewati Antônio sambil menatapnya sebentar, lalu pergi.

"Apakah kamu baik-baik saja?" Antônio ingin tahu.

"Ya, aku baik-baik saja." jawabnya, tetapi Antônio mendekatinya, menyadari kelemahan Amanda dan wanita itu tidak bisa menyangkal. "Dia akan meminta hak asuh Lucas." ungkapnya sedih. Matanya berkaca-kaca dan air matanya akan segera jatuh.

"Dasar bajingan! Bagaimana bisa ada orang yang tega seperti itu? Memanfaatkan seorang anak untuk membuat ibunya tinggal bersamanya." Pada saat itu Antônio teringat akan tawaran yang pernah ia berikan. Dia harus lebih bersikeras lagi, demi Amanda. "Terimalah tawaranku Amanda, menikahlah denganku." dia bersikeras membelai rambutnya, rambut yang sangat memikatnya.

"Dia tahu dia memiliki kesempatan untuk memiliki penjaga." dia berbicara dengan air mata mengalir di wajahnya, membuat hati Antonio terasa sangat sakit.

"Aku tahu sayang." Antônio bicara, memeluknya erat-erat di dadanya untuk mengurangi rasa sakitnya. "Dia tahu cinta besar yang kamu miliki untuk Lucas dan dia menggunakan hal ini untuk membuatmu rapuh dan dengan demikian meyakinkanmu untuk kembali padanya."

"Aku tidak ingin hidup seperti itu lagi." Kata Amanda sambil bersandar di bahunya. Dia lelah dengan situasi yang sepertinya tidak akan berakhir dalam waktu lama.

"Kalau begitu, menikahlah denganku." Antônio bicara, menjauhkan Amanda dari tubuhnya. Kedekatan itu membuatnya gila, saat itu Amanda tidak membutuhkan sikap seperti itu darinya . "Ketika kamu ingin membatalkan pernikahan, kita akan mengaturnya. Dalam hal seks, aku tidak akan pernah meminta apapun yang tidak bersedia kamu berikan." Amanda mendengarkan ucapan itu dengan rasa malu, risi membayangkan hal seperti itu. Tampaknya begitu jauh kemungkinan untuk bisa melakukan hubungan seksual, tetapi kata-kata yang diucapkan Antonio membuatnya menggigil.

"Aku tahu kamu tidak akan melakukan itu, tapi aku takut persahabatan kita akan terguncang." Amanda menjelaskan.

"Kamu tidak akan kehilangan persahabatanku dan aku sudah cukup dewasa untuk mengetahui apa yang terbaik untukku, jadi jangan khawatirkan aku." Antônio berkata dengan penuh percaya diri.

"Aku tidak percaya bahwa itu bisa semudah yang kamu katakan, Antonio." dia meragukannya dengan sedih.

"Ini patut dicoba, bukan?" tanyanya.

"Baiklah. Aku berjanji akan memikirkannya, tetapi aku masih tidak yakin itu adalah pilihan terbaik, meskipun aku tidak punya pilihan lain." Waktunya hampir habis dan cepat atau lambat dia harus memutuskan apa yang harus dilakukan. Pada saat itu dia hanya menginginkan kedamaian dan tidak lebih.

"Kita akan membicarakan hal ini lebih lanjut nanti malam," katanya. "Sekarang ayo, aku akan mengantarmu pulang."

BAB 2

"Halo, sayang . Apa kau baik-baik saja?" Amanda bertanya ketika mendengar suara anaknya.

"Aku baik-baik saja, Bu" jawabnya dengan suara kekanak-kanakannya. "Aku tidak meneleponmu tadi karena kakek menunjukkan seekor babi kecil yang baru saja lahir. Dia sangat cantik, Bu." Karena kecintaannya yang besar pada hewan, putranya mungkin akan menjadi dokter hewan. Amanda tersenyum saat mengingat kejadian ketika mereka menemukan seekor anjing yang kelaparan dan sakit. Anaknya tidak membiarkannya sendirian sampai mereka membawa hewan kecil itu ke dokter hewan dan meninggalkannya di sana untuk diselamatkan dan kemudian diberikan untuk diadopsi. Jika mereka tinggal di sebuah rumah, dia tahu bahwa dia akan dikelilingi oleh kucing, anjing, burung beo, dan apa pun yang ingin dia rawat.

"Baiklah, akungku." dia lebih emosional dari biasanya saat berbicara dengan putranya. Mungkin karena kejadian yang baru saja dialaminya. "Bagaimana liburannya? " dia ingin tahu.

"Aku sangat menikmatinya." Amanda mendengarkan, dia tahu bahwa sang anak akan menceritakan semua detail tentang peternakannya dan merasa senang bisa memiliki lebih banyak waktu dengan putranya. Anak yang antusias itu mengungkapkan semuanya secara rinci dan hanya berhenti ketika neneknya mengatakan bahwa dia ingin berbicara dengan ibunya.

"Nenek ingin bicara denganmu." katanya setelah menceritakan kisahnya.

Sayangku, jaga dirimu baik-baik, oke, selamat tinggal." Amanda mengucapkan selamat tinggal kepada putranya sambil menyerahkan telepon kepada neneknya dan pergi meninggalkan rumah untuk mencari lebih banyak petualangan untuk diceritakan pada pertemuan berikutnya.

"Bagaimana kabar putriku?" tanya ibunya ketika mengangkat telepon.

"Sedikit lelah bu, tapi aku baik-baik saja." jawabnya, mencoba untuk menyampaikan dengan suara yang wajar .

"Apakah ada masalah, nak?" Rebeca ingin tahu, menyadari bahwa ada yang tidak beres dengan diri Amanda.

"Indera keenam yang ibu miliki sangat luar biasa." Amanda berkata sambil tersenyum lemah. "Itu Breno, ibu. Dia sudah berada di sini selama dua minggu dan aku tidak memberitahumu karena aku tidak ingin membuatmu khawatir." Ada keheningan sejenak di antara mereka.

"Kamu tidak berniat untuk tinggal bersamanya lagi, kan, nak?" Rebeca bertanya dengan khawatir. "Setelah semua yang telah kamu lalui, melihat dia pergi berpetualang dan meninggalkanmu tanpa bantuan. Pria itu tidak pantas mendapatkan wanita sepertimu." wanita itu menyimpulkan.

"Jangan khawatir bu, bersamanya lagi tidak ada dalam rencanaku." Amanda berkata, yakin bahwa dia tidak akan mengubah posisinya. Dia tidak sendirian, tidak berdaya seperti saat Breno pergi. Ada orang-orang di sisinya yang membantunya melangkah maju. Sambil tersenyum ia teringat akan Antônio, malaikat pelindungnya. Seorang teman yang unik, yang berkat ketidaktertarikan Breno, muncul dalam kehidupannya dan Lucas, membawa angin segar bagi mereka.

"Amanda, mengapa kamu tidak mencari pria lain?" tanya ibunya, pertanyaan yang membuatnya terkejut.

"Aku belum merasa siap untuk memulai lagi, Bu. Selain itu, aku selalu sibuk dan saat punya waktu, akuaku lebih suka menghabiskannya dengan Lucas." dia membela diri.

"Aku tahu hidupmu sangat sibuk, sayang, tapi sebuah hubungan baru akan membuatmu lebih baik dan, tentu saja, menjauhkan pria itu untuk selamanya. Fakta bahwa kamu tampaknya tidak tertarik pada orang lain mungkin membuatnya percaya bahwa kamu masih menyukainya dan ingin rujuk." ibunya punya pemikiran yang sama dengan Antônio, kebetulan ini mungkin berarti sesuatu.

"Aku tidak mencintainya lagi, kamu tahu itu." Amanda bicara dengan percaya diri.

"Kalau begitu, buatlah dia memahaminya. Aku yakin kamu telah memperlakukannya dengan baik ketika dia mendatangi kamu, dan bagi pria brengsek seperti dia, kebaikan sikapmu seperti lampu hijau dalam perjalanannya untuk memenangkan kamu kembali. Ubah hidup kamu. Buatlah rencana yang profesional, tetapi pikirkan juga hati kamu. Jaga perasaan kamu." Nasihat seorang ibu selalu berharga.

"Ibu benar. Aku akan memikirkannya." Amanda berkata, saat dia menyadari bahwa ini adalah saat yang tepat. "Terserah Tuhan," pikirnya.

"Lakukanlah, . Hidupmu tidak boleh berhenti hanya karena sebuah hubungan yang tidak berhasil, dan alasan tidak akan membantu sama sekali, kau tahu?" 'Ibuku ahli dalam memberikan nasihat, dan dia benar.' Amanda berpikir. "Sekarang aku harus menutup telepon, ada dua orang yang lapar di sini meminta makanan. Jaga dirimu baik-baik, anakku, dan pikirkan baik-baik." Ibunya mengakhiri pembicaraan.

"Baiklah, aku akan melakukannya, bu. Sampai jumpa." di akhir percakapan semuanya sudah diputuskan. Dia akan menikah dengan Antônio. Nasib sepertinya telah memberinya kesempatan ini, jadi dia akan mengambilnya untuk menyingkirkan ayah dari anaknya. Waktu akan menempatkan segala sesuatunya pada tempatnya. Dia berharap begitu.

Amanda bersiap-siap untuk makan malam di malam hari. Pada tahun lalu dia hampir tidak pernah meninggalkan rumahnya. Dia benar-benar, seperti yang dikatakan asistennya, menjadi berkarat dan tersesat dari dunia. Karena tokonya, Amanda selalu mengikuti mode saat itu. Dia selalu mengenakan pakaian formalnya. Jika dia bukan pemilik toko, tentu saja pakaiannya akan ketinggalan zaman, sama seperti dirinya.

Setelah berpakaian dan merias wajahnya, Amanda sudah siap. Pilihannya adalah sebuah gaun kasual dengan bahan yang tipis. Cuaca saat itu sedang hangat yang mendorongnya untuk berpakaian tanpa berlebihan. Dia menyukai apa yang dia lihat di cermin. Wajahnya lebih ekspresif dan lebih cerah, meskipun sebagian besar terlihat artifisial. Tubuhnya terlihat lebih tegak dan elegan dengan gaun lurus yang panjangnya sampai di atas lutut, sehingga bagian kakinya yang indah terlihat jelas. Amanda selalu merawat dirinya dengan baik, tetapi dia tidak memperhatikan dirinya sendiri dalam beberapa bulan terakhir. Mungkin karena niatnya adalah untuk tidak diperhatikan oleh pria mana pun, sehingga dia akan aman dari godaan atau kemungkinan komitmen, yang tidak dia inginkan secepat itu.

Pada waktu yang telah disepakati, Antônio tiba, pada kenyataannya, tepat waktu adalah salah satu sifat terbaiknya. Dia punya banyak sifat baik, dia menyimpulkan sambil tersenyum.

"Apakah kamu ingin pergi ke suatu tempat yang istimewa?" Antônio bertanya saat mereka meninggalkan apartemen.

"Kamu saja yang menentukan pilihan," jawabnya tanpa memberikan saran.

"Kita bisa pergi ke restoran baru itu. Lingkungannya menyenangkan dan kita bisa memutuskan apakah kita ingin tempat yang lebih tenang atau tidak."

"Pilihan yang bagus." Amanda menjawab, berusaha bersikap sewajar mungkin.

"Apakah ada masalah, Amanda?" Antônio menyadari sesuatu. "Apa yang dilakukan mantan suaminya yang bodoh itu kali ini?" pikirnya.

"Tidak ada! Kenapa?" jawab Amanda, Antônio mengangguk dan merangkul pinggangnya dan membawanya ke lift. "Aku sudah bicara dengan Lucas hari ini." katanya saat mereka masuk.

"Itu bagus! Bagaimana kabarnya?"

"Sangat senang. Dia menyukai peternakan." komentarnya sambil tersenyum. -"Dia bertanya tentang kamu." Antônio tersenyum mendengar apa yang baru saja didengarnya, karena sangat menyenangkan baginya untuk mengetahui bahwa anak itu mengingatnya, meskipun dia berada di tempat yang begitu indah.

"Anakmu adalah anak yang hebat. Aku sangat menyukainya." Amanda mendengar Antônio berbicara tentang putranya yang berterima kasih kepadanya sambil tersenyum dan mengingat betapa pentingnya dia bagi putranya, tanpa kehadiran ayahnya.

"Apakah kamu sudah memberitahunya bahwa ayahnya ada di sini?" tanyanya setelah beberapa saat.

"Ya, sudah." senyum yang ada di bibirnya seketika hilang. "Dia senang, tapi dia tidak mengajukan pertanyaan tentang ayahnya. Sepertinya Lucas tidak menganggapnya sebagai ayahnya." Amanda sendiri tidak suka sikap Lucas itu, tapi dia tidak bisa mengubah apa yang telah dilakukan Breno.

"AkuAku mengerti apa yang dia rasakan. AkuAku juga pernah ditinggalkan." Amanda terkejut dengan komentar tersebut. "Tapi aku memiliki orang-orang yang luar biasa dalam hidupkuyang banyak membantuaku, dan itu semua telah hilang. Semuanya berubah, termasuk rasa sakitnya." Breno masih merasakannya, Amanda bisa melihatnya, tetapi Antonio pasti sudah melupakannya. Itulah yang paling penting.

"Seperti yang kau katakan, hidup harus terus berjalan." Amanda menghapus bayangan yang muncul akibat dari percakapan itu.

"Tepat sekali!" dia setuju. "Biar kubantu kalian berdua menyembuhkan luka ini." pintanya. Amanda melihat tangan Antonio di kemudi dan membayangkan Antoni mengenakan cincin kawin berukir namanya. Meskipun terasa aneh, dia merasakan kenyamanan saat membayangkannya.

"Baiklah, Antônio. Aku akan menerima bantuanmu." katanya dan Antônio berusaha menyamarkan senyumnya agar tidak membuat Amanda takut. "Hari ini aku berbicara dengan ibuku . Pikirannya sama seperti kamu, bahwa aku harus memiliki seseorang dalam hidupku sekarang ini."

"Kami akan melakukannya sesuai keinginanmu. Tidak perlu takut jika ada sesuatu yang berbeda dari apa yang kamu bayangkan atau inginkan, oke?" kata Antonio sambil menggenggam tangan Amanda yang dingin dan kemudian mengalihkan perhatiannya ke jalan.

"Terima kasih sekali lagi. Aku akan membiarkan pintunya terbuka untukmu juga. Tidak masalah kapan, jika kamu merasa tidak mungkin untuk melanjutkan cerita kecil ini, aku memberi kamu izin bebas untuk pergi kapan pun kamu mau."

"Aku tidak berniat melakukan itu, tetapi agar kamu merasa lebih nyaman, aku akan menerimanya." Antônio menjawab ketika dia melihat tangan Amanda saling bergesekan, wanita itu gugup.

"Baiklah!" sambil mencoba menghibur dirinya sendiri, dia tersenyum ramah padanya. "Sekarang, ayo kita pergi, aku lapar. Aku belum makan dengan baik selama berhari-hari." Sebenarnya, sejak Breno datang kepadanya, dia belum pernah mendapatkan momen tenang seperti itu. Dalam perjalanan, mereka membicarakan masalah ini dengan lebih akrab, yang membuat Amanda tidak terlalu khawatir. Antônio tampaknya tidak peduli dengan kehidupan yang akan mereka jalani sebagai teman.

Restoran itu tidak ramai, dan hal ini disetujui oleh Amanda. Dia tidak ingin ada yang melirik ke arah mereka sebelum dia lebih akrab dengan keputusan itu. Kota itu tidak besar, jadi dia selalu menemukan beberapa kenalan saat dia pergi bersama putranya atau Carol. Dia berharap hal itu tidak akan terjadi malam itu.

"Akan lebih bijaksana jika kita lebih sering keluar bersama sebelum pernikahan, jadi akan lebih mudah bagi orang untuk mengerti dan tidak terlalu banyak bertanya. Antônio menjelaskan ketika mereka sudah berada di meja mereka.

"Kamu benar," dia menegaskan, sebenarnya Amanda masih belum yakin dengan keputusannya.

"Karena kamu setuju denganku, aku yakin kamu tidak akan kecewa jika kita mulai dengan ini." katanya sambil mengeluarkan sebuah kotak beludru kecil dari sakunya. "Kita bisa memulai hubungan kita dengan sebuah cincin pertunangan, sebut apa saja cincin ini sesuai dengan yang kamu inginkan." Amanda berpikir masih terlalu dini untuk memakainya, tapi dia tidak ingin bersikap tidak tahu berterima kasih.

Tidak ada pria lain yang akan melakukan apa yang dia lakukan untuknya. Menunda hidupnya selama berbulan- bulan, atau bahkan entah sampai kapan, demi seorang teman, bukanlah peran yang akan dilakukan oleh banyak orang, tetapi Antônio bersedia dan yang paling tidak dapat ia lakukan adalah bersyukur.

"Ini terlalu indah untuk dipakai sebagai kebohongan," komentarnya, sambil melihat perhiasan yang indah itu. "Kebohongan yang harus kita yakini kebenarannya." Antônio berbicara, memasangkan cincin itu di jarinya dan kemudian memberikan ciuman ringan di bibirnya.

"Kamu tidak perlu menjadi aktor yang baik." Amanda berbicara dengan jantung berdegup kencang. Sungguh situasi yang canggung. Dia merasa panas seperti terkena cabai ketika bibirnya disentuh oleh bibir Antônio. Antônio bersikap seolah-olah kontak di antara mereka adalah hal yang biasa, tetapi baginya itu seolah-olah menghancurkan sebagian dari cinta yang ia rasakan untuknya.

"Jika ada kenalan di sekitar, kita harus saling mencumbu jika tidak, kita tidak akan meyakinkan siapa pun." jelasnya, sambil menunjuk ke arah pasangan latar belakang mereka. Amanda tampak curiga. 'Kami harus mulai berpura-pura sejak pertama kali kami menyatakan bahwa kami berpacaran. Dalam semalam sudah dimulai suatu kesialan yang sangat besar.', pikirnya, berharap ada lebih banyak waktu untuk membiarkan situasi ini berkembang hanya dalam pikirannya saja.

"Kamu selalu benar." Amanda akhirnya berbicara. "Aku mengakui bahwa aku tidak memikirkannya." bagaimana mungkin ada orang bisa memikirkan sesuatu yang begitu tidak masuk akal seperti menampilkan hubungan agar semua orang luar tahu? Hal itu tampak jauh di luar dugaannya.

"Jangan khawatir, aku akan memikirkannya untuk kita berdua. Aku tidak ingin memberikan gambaran negatif kepada orang-orang tentang aku, bahwa aku adalah pria yang membosankan dan tidak memberikan kasih saying kepada calon istrinya, misalnya." Amanda tersentak kaget mendengar komentarnya dan mereka berdua tersenyum bersama.

"Aku bersumpah tidak ada pria yang sepertimu, Antônio." Amanda berbicara dengan nada yang tidak terlalu tegang. Selama makan malam mereka berbicara tentang karier mereka. Amanda tahu bahwa selain sukses, Antônio juga merupakan teladan di perusahaan. Dia selalu tahu bahwa Antônio adalah seorang profesional yang hebat, terutama karena dia telah diundang untuk menjadi bagian dari kemitraan di sebuah perusahaan penting di wilayah tersebut. Mendengar dia berbicara lebih detail tentang dirinya, membuatnya semakin bangga dengan sahabatnya itu.

Ketika Amanda memutuskan untuk membuka bisnis kecilnya sendiri, dia mendengarkannya dan mempraktikkan banyak idenya. Meskipun ia memiliki gelar di bidang arsitektur, Antônio memiliki pengetahuan di beberapa bidang lain, yang memungkinkannya untuk memberikan pendapat yang tepat, sehingga Amanda dapat berinvestasi tanpa risiko, berkat Antônio.

"Apakah kamu mau diajak berkeliling kota atau lebih suka langsung pulang?" tanyanya saat mereka selesai makan malam.

"Lain kali aku akan menerima undangan tur. Hari ini sudah cukup bagiku." Semuanya terasa sangat menyenangkan, tetapi Amanda masih merasa tidak nyaman. Cincin indah itu adalah hal lain yang mengganggunya. Rasanya tidak nyaman merasakannya di tangannya dan kadang-kadang Amanda mendapati diri memutar-mutar cincin itu di jarinya untuk meringankan sensasinya. Antônio juga menyadarinya, tetapi tidak mengatakan apa-apa.

Ketika mereka tiba di apartemen Amanda, mereka sepakat untuk menghabiskan hari Minggu bersama sehingga mereka dapat bertemu satu sama lain sambil mendiskusikan masalah pernikahan juga. Begitu dia sendirian, Amanda duduk di sofa dan menenggelamkan wajahnya ke bantal. Apa yang dia lakukan terhadap dirinya sendiri dan juga bersama Antônio?

Hal itu bisa menjadi kerusakan besar bagi kehidupan mereka, atau setidaknya salah satu dari mereka. Mereka harus sering bertemu dan Amanda tidak suka membayangkan disentuh oleh seorang pria, meskipun pria itu adalah sahabatnya. Sesuatu memberitahunya bahwa ini akan mendatangkan emosi yang tak terduga, hal-hal yang tidak dia tidak siap untuk menjalaninya.

BAB 3

Antônio tiba pada pukul 8.00 pagi, Amanda masih berada di tempat tidur dan mendengar bel pintu yang berbunyi pagi-pagi sekali membuatnya takut.

"Aku tidak tahu kalau kamu biasa bangun pagi di hari Minggu." keluhnya sambil menguap.

"Ketika akumemiliki hal-hal yang menyenangkan untuk dilakukan, aku suka bangun pagi." Kata Antonio, memperlihatkan ekspresi wajahnya yang lucu.

"Apa yang akan kita lakukan hari ini?" tanyanya. Mereka belum menyepakati apa pun.

"Aku akan membawamu ke rumah masa depanmu dan kemudian kita bisa memutuskan apa yang akan kita lakukan dengan sisa hari ini." dia berbicara, Amanda menatapnya dengan heran.

"Apakah kamu sudah membeli rumah? Bahkan sebelum kita menikah!" dia tidak mengerti.

"Belum, Amanda. Rumah ini dibangun beberapa waktu yang lalu, rumah ini terlalu besar jadi akuaku menyewanya sampai aku memutuskan untuk pindah." Amanda bisa membayangkan Antonio dan keluarga kandungnya pindah ke tempat yang telah dia ciptakan dengan penuh cinta dan merasa tidak enak karena Antonio menunda hidupnya karena dirinya. Jadi, kamu ingin segera memiliki keluarga sendiri?"

tanyanya.

"Aku akan memiliki..." Antônio berbicara dengan menyadari rasa tidak amannya. "Keluargaku. Aku, kamu dan Lucas." katanya sambil tersenyum.

"Aku tidak akan pernah bisa menemukan teman sepertimu, kamu tahu? Kamu mengatakan itu agar aku tidak merasa bersalah karena telah mengorbankan hidupmu." Amanda mengeluh.

"Aku akan senang jika kamu sehat dan selamat, berhentilah menyalahkan dirimu sendiri atas segalanya. Sudah kubilang aku sudah dewasa dan aku tahu apa yang kulakukan. Oke?" Antônio ingin mengatakan kepadanya bahwa semuanya berjalan sesuai keinginannya, tetapi dia bertanya-tanya bagaimana cara mengatakannya tanpa membuat wanita cantik itu heran. Satu-satunya jalan keluarnya adalah terus memaksa sampai wanita itu menerima kenyataan dan berhenti menyiksa dirinya sendiri tentang semuanya.

"Baiklah, aku terima itu." dia memiliki karunia kemampuan menghilangkan banyak pikiran buruk yang ada di kepalanya.

"Aku harap begitu," candanya." Aku harus melakukan perjalanan untuk beberapa hari ke depan, jika kamu ingin berbicara denganku, hubungi aku di nomorku yang sudah aku beri." dia mengubah topik pembicaraan.

"Tidak apa-apa." Amanda berterima kasih." Apakah Anda ingin minum sesuatu sementara aku berpakaian?" tanyanya.

"Tidak, terima kasih. Aku baik-baik saja." Antônio menjawab.

Amanda mandi dan berpakaian secepat mungkin agar Antônio tidak menunggu terlalu lama. Dia sedang merias wajahnya ketika dia mendengar Antônio berjalan di sekitar ruangan. Karena penasaran, ia bergegas menemuinya. Ketika dia kembali, Antônio sudah duduk dan mengamatinya dengan seksama, memberikan kesan bahwa dia menyetujui pilihan pakaiannya.

Meskipun telah melalui perubahan menjadi seorang ibu, Amanda, pada usia 27 tahun, memiliki tubuh yang elegan dengan lekuk tubuh yang sempurna, ia tidak diragukan lagi adalah seorang wanita yang cantik dan Antônio sangat mengetahuinya. Berusaha menyamarkan kegembiraannya, dia memulai percakapan.

"Apartemenmuselalu menyenangkan bagiku, sangat nyaman." katanya. "Tapi aku masih berpikir bahwa tinggal di rumah lebih baik untuk seorang anak, ada lebih banyak ruang." pungkasnya, dan Amanda setuju dengannya.

"Aku sangat suka di sini, tapi aku bisa terbiasa dengan rumah." jelasnya, dan itulah yang di harapkan untuk didengar.

"Kamu akan menikmati rumah ini." dia merencanakan dekorasi berdasarkan seleranya dan selera Amanda, dengan mengamati apartemen mereka. Bukan hanya karena ia selalu ingin berbagi ruang dengan Amanda dan putranya, tapi juga karena Antônio merasa nyaman di apartemennya. Ada kedamaian dan harmoni di sana. Semua yang dibutuhkan sebuah rumah keluarga untuk menjadi bahagia.

"Bagaimana kalau kita pergi?" katanya.

Amanda mengikutinya dengan curiga. Dia tidak tahu apa yang akan terjadi. Dalam hatinya ia berharap rumah itu akan lapang, dengan warna-warna yang bagus dan tempat yang aman dan tenang. Semua itu adalah elemen-elemen yang dibutuhkannya, agar ia dapat merasa nyaman di rumah yang baru. Namun, di dalam hatinya Amanda tahu bahwa ia akan menyukai pilihan Antônio. Dia adalah orang yang bijaksana dan pasti akan menganalisa kepribadian seseorang sebelum menciptakan sesuatu yang sederhana atau mewah. Dia lebih menyukai yang lebih tradisional dan berharap ini juga merupakan seleranya.

Antônio memarkir mobilnya di depan sebuah rumah berlantai dua yang elegan di sebuah lingkungan yang nyaman di dekat pusat kota. Ada sebuah taman yang indah di sampingnya, dan juga di sisi lain tempat garasi besar telah dibangun, semuanya ditutupi dengan lantai yang jelas dan desain abstrak. Terdapat banyak jendela di dalam rumah yang tentunya membuat rumah ini tetap terang dan lapang sepanjang hari. Untuk melengkapi keindahan luar, terdapat sebuah pintu kayu yang indah. Hingga saat itu, semuanya sesuai dengan harapan Amanda. Ketika mereka masuk, Amanda terkejut. Rumah itu sudah siap untuk ditinggali seseorang, baru dicat dan dilengkapi dengan perabotan.

"Hasil karya arsitek yang luar biasa dan terkenal." komentarnya, menikmati setiap detailnya.

"Apa kamu pernah ragu tentang itu?" dia menggandeng tangan Amanda dan mengajaknya berkeliling ke seluruh ruangan.

Kamar-kamarnya besar, dengan karpet dan tirai di mana-mana, memberi sentuhan yang canggih. Perabotannya memiliki keselarasan satu sama lain di seluruh ruangan, cocok dengan semua aksesori dan warna dinding. Antônio lebih menyukai warna-warna hangat yang kontras dengan warna-warna dingin, sama seperti

Amanda, agar tidak menimbulkan kelelahan visual yang berlebihan. Dengan begitu, penghuni tidak akan bosan dengan tampilan rumah. Kap lampu cantik yang diletakkan di sudut mengingatkannya pada sebuah film lawas yang pernah ditontonnya dulu. Dua buah sofa kulit berwarna krem menghiasi ruang tamu pertama. Sebuah bufet cantik dengan lukisan karya Cora Coralina berdiri di sudut, di samping salah satu tirai yang menjuntai. Di ruangan lain, yang hanya dipisahkan oleh sofa besar, terdapat ruang TV dan video yang sangat besar yang juga sangat lapang. Tirai renda putih menutupi kaca gelap yang dari situ bagian taman bisa terlihat. Sedikit lebih jauh, ruangan terakhir adalah ruangan yang mengesankan dengan meja dan kursi kayu yang indah, mungkin dibuat dengan tangan, begitulah keindahan fitur-fiturnya. Di ruangan itu, ada tirai kain yang membuatnya sedikit lebih formal dan kalem. Tepat di belakang meja besar, ada bufet di tengah dengan bunga dan cermin oval besar di latar belakang. Dua lukisan, satu di setiap dinding, melengkapi dekorasi yang meriah dan dilakukan dengan baik.

Semuanya luar biasa menurut Amanda. Antônio menyadari kepuasannya, dia menggandeng tangannya dan membawanya untuk melihat kamar-kamar di lantai atas. Tangga kayu yang dipoles mengarah ke atas seperti spiral ringan, dan dari atas dia bisa melihat hampir semuanya, yang membuatnya terpesona. Mereka sampai di sebuah ruangan besar dengan jendela besar yang juga terbuka ke taman. Warna ruangan itu terang, yang memberikan kesan romantis. Di tengahnya terdapat sebuah tempat tidur besar dengan gambar-gambar kecil yang indah menghiasi kepala tempat tidurnya. Warna ruangan itu terang, yang memberikan kesan romantis. Tirai-tirai dipasang di seluruh dinding kaca sehingga ia dapat melihat bagian belakang rumah.

"Ayo lihat ini." dia menggandeng tangannya lagi dan mereka pergi ke lemari, lemari itu terbuka dan memperlihatkan sebuah pintu. Ketika dibuka, sebuah lemari besar muncul, dan di sebelahnya ada kamar mandi yang indah dengan bak mandi yang bisa memuat dua orang untuk mandi atau melakukan aktifitas lainnya. Amanda mengagumi keindahan tersebut.

"Ini akan menjadi kamar kita. Apakah kamu menikmatinya?" Antonio ingin tahu.

"Sangat indah, Antônio. Aku kehilangan kata-kata untuk menggambarkan keindahannya." kata Amanda gembira. Amanda sudah lupa bahwa rumah ini tidak akan menjadi miliknya. Tampaknya rumah ini akan menjadi tempat yang membahagiakannya selama bertahun-tahun yang akan datang. Itulah perasaan yang menguasainya di setiap langkah yang dia ambil di sana. Melihat kembali ke ruangan itu, sesuatu tiba-tiba menarik perhatiannya, hampir mematahkan pesonanya. "Apakah kita akan berbagi tempat tidur yang sama?" tanyanya tidak yakin.

"Jangan khawatir, jika memang kita harus tidur bersama, aku akan menggunakan tempat tidur sofa itu." tunjuknya.

"Tidak apa-apa." dia tahu dengan begitu tidak akan menjadi masalah bagi mereka berdua.

"Ikutlah denganku. Aku ingin kau bertemu dengan kamar Lucas." di koridor dia membuka salah satu pintu dan mereka masuk.

"Indah sekali, Antônio!" komentarnya kagum. Seperti di kamar sebelumnya, semuanya menggunakan warna-warna terang, termasuk perabotannya. Ada mainan di beberapa rak yang memenuhi sebagian dinding. Wallpaper anak-anak menarik perhatiannya karena memiliki karakteristik anaknya. "Apakah ini sebuah kebetulan?", pikirnya. Sebuah komputer dan meja belajar diletakkan di sudut ruangan, siap untuk digunakan. Dia sangat senang dengan kamar mandi. Dinding-dindingnya sangat menarik. Ubin-ubinnya didesain sedemikian rupa, mulai dari lantai hingga langit-langit. Ada juga bak mandi dengan mainan di sekelilingnya. Itu adalah ruang di mana setiap anak, bahkan mereka yang tidak suka mandi akan merasa senang dan benar-benar seperti anak-anak.

"Semuanya indah, Antônio. Dari mana Anda mendapatkan inspirasi untuk melakukan semua ini?" dia ingin tahu.

"Anakmu banyak membantu aku." Antonio mengakuinya. "Meskipun akutidak dan tidak bisa memiliki anak, aku tahu bagaimana mengamati preferensi anak." katanya sambil tersenyum.

"Mungkin suatu hari nanti kamu bisa mengadopsi satu." katanya mengalihkan topik pembicaraan. Dia tahu bahwa meskipun dia telah mengetahui informasi ini selama beberapa waktu, Antônio masih menderita karenanya.

"Maukah kamu menerimanya?" tanyanya, dia terkejut dengan pertanyaan itu. "Mengapa dia ingin mengetahui posisinya?" pikirnya.

"Tentu saja aku mau. Ada begitu banyak anak di luar sana yang membutuhkan rumah, aku pasti akan mengadopsinya." jawabnya dengan mantap.

"Bagus!" serunya. Amanda tersenyum spontan saat ia menariknya untuk melanjutkan perjalanan menuju rumah tersebut. "Ayo!" ajaknya.

"Bapak-bapak duluan." dia mengikutinya. Amanda sudah tidak sabar untuk mengenal lebih jauh rumah indah yang akan menjadi tempat tinggalnya selama perjanjian itu berlaku.

Kamar-kamar lainnya juga sangat bagus, masing- masing dengan kamar mandi sendiri, lapang, dan beberapa kursi di salah satu ujungnya. Di dapur kecil, semuanya ditata secara modern. Semua peralatan telah disiapkan dan dibersihkan.

"Apakah ada orang yang datang untuk mengurus rumah ini?" tanyanya, karena semuanya sudah rapi.

"Ya, pegawai aku datang ke sini dua kali seminggu untuk membersihkan rumah." jawabnya.

"Rumahmu indah sekali." katanya ketika mereka bersiap-siap untuk pergi.

"Rumah kita," dia mengoreksi. Meskipun dia tahu bahwa situasi itu tidak nyata, Amanda senang melihat bahwa dia berusaha sebaik mungkin untuk membuat semuanya senyata mungkin.

"Sekarang aku akan mengajakmu ke rumahku untuk makan siang. Aku rasa kau tidak pernah memberiku kehormatan itu." dia mengingatkan dirinya sendiri, sambil mengerutkan kening padanya. "Hari yang luar biasa," pikir Amanda.

"Aku tidak pernah diundang." candanya saat mereka keluar bersama.

"Jika iya, kamu juga tidak akan bisa menerimanya." Antônio membela diri, membuka pintu mobil.

"Mungkin aku akan menerimanya." Amanda menjawab. "Mungkin tidak." mereka berdua saling memandang seperti pasangan yang akan membangun rumah tangga, dan untuk beberapa saat kedekatan di antara mereka tampak normal di mata Amanda.

"Kita anggap saja kita percaya." dia berjalan mengelilingi mobil, masuk, dan mereka melaju ke sisi lain kota.

Amanda sudah tahu di mana dia tinggal. Dia pernah ke sana bersama putranya beberapa kali. Tapi kali ini hanya mereka berdua, untuk pertama kalinya di rumah Antônio.

"Jadi hari ini aku akan mencoba masakanmu," komentarnya ketika mereka memasuki garasi dan Antônio memarkir mobilnya.

"Kita akan menyantap makanan yang dibuat Dora untuk kita." jelasnya. "Aku tidak pernah menganggap diriku sebagai seorang juru masak yang baik." akunya.

"Aku juga" dia juga memutuskan untuk mengakui hal itu.

"Kalau begitu, aku yakin juru masakku, yang telah bersama aku selama bertahun-tahun, akan diterima di rumah kita." Amanda merasa kalimat itu aneh. Dia tidak tahu apakah dia sedang menyatakan atau bertanya.

"Dia pasti akan diterima," dia setuju.

Antônio meminta Amanda untuk duduk sementara dia memasukkan makanan ke dalam oven untuk memanaskannya. Rumah tempat tinggalnya sangat kecil dibandingkan dengan rumah yang akan mereka tinggali. Antônio akan merelakan tempat yang indah dan nyaman itu untuk tinggal di rumah lain, Amanda merasa bersalah karenanya. Bagaimana jadinya setelah kesepakatan itu selesai? Ketika mereka berbicara, dia berkata bahwa rumah itu terlalu besar untuk ditinggali sendirian, tapi cepat atau lambat dia akan tinggal sendirian di dalamnya, dan mungkin dia tidak akan menemukan tempat yang sebagus rumah itu, dan sekali lagi, itu adalah kesalahannya. Dia seharusnya memiliki seseorang yang lebih baik darinya untuk menghabiskan waktu bersamanya, pikirnya. Dengan kesal, dia menatap beberapa foto dirinya bersama keluarganya.

Makan siangnya lebih enak dari yang diharapkan. Juru masaknya benar-benar seorang profesional yang mengagumkan. Pasta yang dihidangkan sangat lezat. Setelah makan siang, Antônio menunjukkan beberapa proyek yang telah ia kerjakan dan proyek lain yang sedang ia buat. Rumah yang akan mereka tinggali adalah salah satu proyek yang sedang dikerjakan. Melihat detail-detail dalam proyek tersebut, Amanda dapat melihat bahwa proyek tersebut masih baru, telah dirancang beberapa bulan yang lalu dan tampaknya telah diubah beberapa kali, seolah-olah ide-idenya berasal dari satu sudut pandang. Itu sangat menarik.

"Amanda," panggilnya, membawanya kembali ke dunia nyata. "Aku telah aku mengambil hak untuk menyusun beberapa tanggal yang memungkinkan untuk upacara tersebut." Antônio berkata sambil menyerahkan secarik kertas.

"Itu ide yang bagus, Antônio. Kita sudah membicarakan tentang pernikahan, tapi kita lupa tanggalnya." komentarnya sambil mengambil kalender. "Bagaimana kalau dua bulan lagi?" Amanda bertanya setelah memeriksanya.

"Tidakkah menurutmu itu terlalu lama?" tanyanya dengan penuh penyesalan karena ia telah memasukkan tanggal itu. Tanggal terakhir yang ia masukkan, agar tidak terlihat terburu-buru, karena yang lainnya untuk tanggal yang lebih dekat.

"Cukup lama untuk membiasakan diri dengan situasi ini. Jika kamu ingin berhenti, kamu akan memiliki lebih banyak waktu," candanya.

"Aku tidak akan menyerah." katanya serius. "Aku akan menemanimu sampai akhir." Amanda merasa malu karena dia telah membuat Antônio berpikir bahwa dia meragukan perkataannya. Dia tahu bahwa Antônio tidak akan meninggalkannya, meskipun terkadang dia berharap dia akan melakukannya, karena takut menyakitinya dan mengapa tidak, menyakiti dirinya sendiri, masa depan adalah sebuah teka-teki.

"Jangan kira aku meragukanmu. Hanya saja terkadang aku berharap kamu akan melanggar janji ini, yang tampaknya semakin gila setiap hari." dia membenarkan dirinya sendiri.

"Jika kamu ingin mengingkarinya, lakukan saja sendiri. Aku tidak berniat melakukan itu, sayang." dia tulus dan pada saat itu Amanda menyadari bahwa persatuan ini akan terwujud apapun yang terjadi, karena dia tidak akan memiliki keberanian untuk mengabaikan bantuan baik dari temannya dan juga karena dia tidak akan melanggar janji yang dia buat. Pilihan terbaik saat itu adalah membiasakan diri, dan menerima takdir untuk mereka berdua. Ia hanya berharap semuanya akan berjalan sesempurna mungkin.

"Maaf. Seharusnya aku berterima kasih padamu setiap hari, bukannya mencoba membuatmu berubah pikiran." pungkasnya dengan malu.

Antônio meraih tangannya dan membawanya ke mulutnya dan memberikan ciuman ringan. Niat baik Antônio membuatnya takut, tidak ada pria yang biasanya menolong seorang wanita tanpa ada maksud tertentu, namun mengenai Antônio, Amanda tidak bisa melihat sesuatu yang akan menguntungkannya di sana. Dia tidak pernah menunjukkan bahwa dia tertarik padanya. Mereka adalah teman sejati, itu saja. Masalah pernikahan dikesampingkan dan kemudian mereka dapat berbicara tentang kehidupan mereka untuk waktu yang lama sampai Amanda mengatakan sudah waktunya untuk pergi.

"Terima kasih atas waktumu. Hari yang indah." Amanda mengucapkan terima kasih saat pria itu mengantarnya ke pintu gedung.

"Itulah gunanya teman dan calon suami." katanya sambil mencium pipinya untuk mengucapkan selamat tinggal.

Amanda menghabiskan malam itu dengan menganalisis secara singkat pengeluaran dan keuntungan dari tokonya yang memberinya hasil yang baik, dan mengambil kesempatan untuk memverifikasi di sektor mana dari tokonya yang ia harus berinvestasi lebih banyak, karena modalnya mulai berkembang.

Pekerjaan telah menghabiskan begitu banyak waktunya sehingga ia baru menyadari jam berapa sekarang ketika telepon berdering.

"Amanda?" sebuah suara yang sangat dikenalnya bertanya.

"Ya, Breno!" suaranya menegaskan dia telah lelah dengan semua urusan akuntansi dan mantan suaminya.

"Bagaimana harimu?" "Aku sudah ke apartemenmu, dan kamu tidak ada di sana." dia tampak marah dengan hal itu.

"Harikumenyenangkan, terima kasih." jawabnya tanpa menjelaskan lebih lanjut.

"Apakah kamu sedang berkumpul dengan teman?" Breno bertanya, dan ketika tidak mendapat jawaban, dia kehilangan sikap tenangnya a yang dibuat-buat. "Apa kamu tidak takut aku akan percaya bahwa ada sesuatu yang terjadi antara kamu dan pria itu?" dia bertekad untuk merusak sisa malam Amanda. Dia tahu itu. Bahkan, itu sepertinya satu-satunya tujuannya sejak dia kembali.

"Apa yang kau pikirkan atau tidak, bukan masalahku, Breno." dia berhenti berusaha bersikap baik pada ayah dari putranya. "Sekarang aku permisi, aku harus istirahat, ini sudah larut malam." tanpa menunggu jawaban, dia menutup telepon, memutus sambungannya dan pergi tidur. Jika ada yang ingin berbicara dengannya, mereka memiliki nomor ponselnya.

Pada hari Senin Amanda tiba lebih awal di toko, mereka akan menjalani hari yang sibuk yang tidak akan memberinya waktu untuk hal-hal kecil, seperti kehadiran mantan suaminya, yang pasti akan mencarinya setelah meneleponnya pada malam sebelumnya. Breno telah mengganggunya selama berhari-hari dan tanpa malu-malu bersikeras bahwa dia harus makan malam dengannya, tetapi dia selalu menolak. Hari itu mungkin dia akan mengerti bahwa dia tidak punya waktu dan meninggalkannya sendirian.

"Kamu tidak punya waktu untuk makan malam, Amanda?" tanyanya seminggu sebelumnya.

"Ketika aku lapar, aku makan apa saja, camilan misalnya," jawabnya tanpa rasa jengkel saat itu.

Tapi dia tidak terintimidasi dan terus mengundang. Pada hari itu, Amanda merasa memiliki alibi yang bagus, Amanda terkejut karena dia tidak menelepon, dia sudah terbiasa dengan ajakannya, dia merindukannya, tetapi segera bersyukur karena mendapatkan sedikit kedamaian. Sore harinya dia mendengar kabar dari putranya, menambah awal minggu yang baik baginya. Antônio akan sibuk, begitu juga dengan dia. Amanda kemudian memilih untuk tidak mengganggunya dengan mengirim pesan yang mengatakan bahwa mereka akan akan berbicara keesokan harinya.

BAB 4

Pada hari Selasa, ada kejadian yang membuat Amanda tidak senang, Breno menelepon lebih awal.

"Kita harus bicara." katanya di telepon. "Dan jangan mencari-cari alasan, aku akan terus memaksa sampai kamu lelah dan menerimanya." dia berbicara tanpa sedikit pun rasa malu atas penolakannya. Mendengar pria itu berbicara seperti itu, Amanda menyadari bahwa pria itu tidak terburu-buru dan tampaknya malah menikmati kegelisahan yang ditimbulkannya. Melihat lebih dekat, Amanda menyimpulkan bahwa dia harus bertindak di luar ekspektasinya. Breno tidak keberatan mendengar penolakannya. Dia akan menerima ajakan itu, dan mungkin hal itu akan segera membuatnya patah semangat.

"Jam berapa Breno?" Amanda bertanya, bertekad untuk mengakhiri kekesalannya.

"Apakah jam 11 pagi tidak masalah?" dia tersenyum di ujung telepon, terlihat puas karena merasa telah menang. "Aku akan menunggu di sini." katanya, tanpa emosi di suaranya. Amanda akan memberinya satu kesempatan lagi untuk membuatnya kesal, tapi dia akan melakukannya untuk putranya. Dia akan bosan ditolak dan meninggalkanmu sendirian suatu hari nanti.

"Kamu mau makan siang dengannya?" Carol bertanya dengan terkejut, dia tidak menyukai hal itu.

"Tentu saja. Mungkin dengan melihat langsung bahwa a aku tidak tertarik kepadanya, dia akan memutuskan untuk tidak mengganggu aku lagi, setidaknya untuk minggu ini. "Bagaimana mungkin ada orang bisa begitu dangkal seperti itu.", pikirnya dalam hati dengan kesal saat dia berbicara dengan Carol, dan teringat akan sikap mantan suaminya. Breno tidak tahu kapan waktunya untuk berhenti mengganggu. Kesombongannya mencegahnya untuk menerima kata "tidak" dan membuatnya menjadi seorang pria yang tidak memiliki batasan dan tidak memiliki harga diri. Dia harus berubah atau dia akan menjadi contoh yang buruk bagi putranya.

"Sikap seperti itu tidak selalu menyelesaikan masalah, Amanda. Berhati-hatilah untuk tidak membuat terlalu banyak kesalahan dengan mantan suamimu. Dia bisa salah paham dan membuat keadaan menjadi lebih buruk." Carol menasihati.

"Lebih buruk dari sekarang, Carol? Demi Tuhan! Jika terus seperti ini, aku harus meminta hakim untuk menjauhkannya dengan jarak 200 meter dari aku." Amanda tersenyum, tapi di dalam hatinya ia sangat kesal dengan semua ini.

"Perlakukan dia sebagaimana mestinya dan berhentilah mengkhawatirkan fakta bahwa Breno adalah ayah dari anakmu. Tunjukkan padanya apa perannya, peran sebagai seorang ayah saja. Dia tidak memikirkan kamu ketika dia meninggalkanmu tanpa apa-apa. Tentu saja, harus ada rasa hormat di antara keduanya, tetapi kemudian kamu harus menanggung serangan setiap hari, hanya untuk menjaga hubungan yang baik antara orang tua, itu tidak masuk akal." Amanda mendengar temannya berbicara, dia mengangguk setuju.

"Kamu benar, Carol. Aku akan mengingatnya saat diperlukan."

Keduanya kembali ke tugas masing-masing dan saat makan siang mereka telah selesai menyusun produk-produk yang tiba pada akhir pekan sebelumnya. Breno datang tepat waktu. Dia berpakaian rapi, seperti biasa, dan menampilkan senyum yang paling percaya diri dan bahagia di wajahnya.

"Mau ke mana Amanda?" tanyanya memperhatikan pakaiannya yang sederhana namun elegan.

"Kamu yang putuskan," jawabnya tanpa sedikit pun tertarik untuk memilih.

"Oke, aku akan membawamu ke tempat yang benar- benar kamu sukai." Breno berkata dalam upaya untuk menyenangkannya.

Dia benar-benar membawanya ke sebuah restoran yang sangat disukainya. Dia pernah ke sana bersama Antônio beberapa hari yang lalu. Amanda merindukan temannya. Breno tidak seperti dirinya. Antônio sopan, perhatian dan tidak pernah mendekati pelayan dengan sikap superior seperti yang dilakukan Breno saat itu.

"Bagaimana kabar anak kita?" Amanda mendengarkan, merasa aneh karena pertanyaan pertamanya adalah tentang putranya. Itu bukanlah sesuatu yang akan ditanyakan Breno. Pertama, dia mengungkapkan perasaannya dan ketika dia tidak mendapatkan hasil yang baik, dia menyebutkan Lucas, sebagai upaya untuk menembusnya.

"Dia baik-baik saja," jawabnya. "Saat dia kembali dari liburan, kamu harus meneleponnya."

"Aku sudah lama tidak bertemu Lucas. Dia pasti sudah cukup dewasa." dia berbicara dengan serius. Amanda ingin tahu apa yang ada di pikirannya saat itu.

"Kalau soal anak, sudah lama sekali." katanya. "Jadi Breno, apa yang membuatmu kembali?" Amanda bertanya.

"Kamu dan Lucas, tentu saja!" jawabnya dengan cepat. Breno tampak menunggu pertanyaan itu.

"Apakah kamu berniat untuk tinggal untuk waktu yang lama?" dia ingin tahu, untuk mempersiapkan semangat dan kesabarannya untuk apa pun yang diperlukan.

"Selamanya." sebuah jawaban yang menyakitkan untuk didengarnya.

Amanda menatap matanya, dan sepertinya itu adalah niatnya yang sebenarnya. Tidak akan mudah untuk memiliki pria sinis yang selalu mengganggunya. Dia harus mengumpulkan banyak kesabaran, kalau-kalau pria itu tidak mengubah sikapnya terhadapnya.

"Katakan sesuatu padaku, Amanda." dia tampak penasaran dengan sesuatu. "Tidakkah kamu merindukan kebersamaan kita?" dia ingin mengatakan padanya bahwa dia tidak pernah merindukan kebohongannya, kesenangannya di luar pernikahan, suasana hatinya yang selalu buruk. Dia hanya merindukan ayah dari anaknya yang meninggalkannya tanpa alasan. Pada saat itu, dia hanya bisa merindukan satu orang yang mendukungnya dan membantunya seperti yang tidak pernah bisa dilakukan oleh Breno, Antônio. Dia merindukannya. "Amanda, apakah kamu di sana?" tanyanya, menyadari ketidakhadirannya.

"Tentu saja, aku di sini, di mana lagi aku bisa berada?" dia tahu di mana dia berada dan itu tidak jauh dari sana.

"Aku katakan bahwa kita bisa mengatasi hal ini, hanya dengan sedikit percakapan dan pengertian. Aku jamin bahwa aku bersedia melakukan apa pun yang aku bisa untuk memperbaiki keadaan." Amanda hanya menatapnya. Aneh, tapi dia bahkan tidak bisa merasa kasihan pada mantan suaminya. Tidak ada yang dia katakan atau lakukan yang mempengaruhinya secara emosional atau membuatnya merasa kasihan padanya, seolah-olah Breno tidak pernah menjadi bagian dari hidupnya. Sesuatu telah menyingkirkannya dari pikiran dan hatinya. Dan dialah yang harus disalahkan.

"Aku rasa itu bukan pilihan terbaik untuk kita berdua." dia berbicara dengan tenang.

"Ini adalah alternatif terbaik dan satu-satunya yang kita miliki untuk memulihkan keluarga kita dan memberikan anak kita sebuah rumah yang utuh." cara dia berbicara membuatnya kesal. Seolah-olah hanya dia yang tahu apa yang terbaik untuk mereka bertiga dan hanya dia yang siap untuk memutuskan untuk mereka berdua. Amanda ingin mengatakan bahwa ada pria lain dalam hidupnya, bahwa mereka akan segera menikah, dan dia akan menyediakan rumah yang layak dan baik untuk putra mereka. Namun, dia tidak mengatakan apa-apa, mungkin Breno tidak berniat mengajukan hak asuh dan jika Amanda memaksanya, dia mungkin akan mempertimbangkannya kembali. Pelayan datang membawa minuman.

"Minuman kesukaanmu." Breno menyerahkan gelas merah yang telah dipesannya tanpa sepengetahuan Amanda. Amanda sama sekali tidak senang dengan pertemuan itu dan hanya setuju untuk pergi untuk putranya. "Itu bukan favoritku lagi, Breno." dia berbicara

untuk membantunya menyadari bahwa sebagian besar Amanda yang telah ditipu olehnya sudah tidak ada lagi. "Waktu mengubah orang." dia selesai berbicara dan mengambil minuman yang, meskipun bukan lagi favoritnya, masih enak.

"Aku menyadari bahwa kau telah berubah. Lebih percaya diri dan feminin." Breno mengakui hal itu , sambil memperhatikannya. "Apa yang menyebabkan perubahan ini, cincin kecil ini?" dia mengejek, menyentuh jarinya di atas meja.

"Kamu yang menyebabkannya," katanya, merasakan kesenangan tersendiri karena berhasil melewatinya.

"Berarti aku masih memiliki kekuatan atasmu!" Breno akan menjadi sangat marah ketika dia tidak bisa mengendalikan keadaan.

"Tentu saja kamu punya. Kekuatan untuk menghancurkan semua rasa manis, kenaifan, dan kerapuhan yang ada di dalam diriku. Kamu telah mencapai semua ini, selamat." Tidak ada kepahitan dalam suara Amanda. Perasaan ini tidak lagi memiliki tempat dalam hidupnya dan tidak akan pernah ada lagi. Bahkan jika Breno bersikeras untuk membalas rasa sakit hatinya, dia tidak akan pernah mengizinkannya karena dia dan perasaan itu telah terhapus dari hidupnya.

"Pria yang memberikanmu ini," katanya, sambil menunjuk ke arah cincin itu. "Akan mengambil lebih banyak lagi darimu. Aku harus kehilanganmu untuk melihat seberapa besar aku menginginkanmu. Dia belum pernah mengalami hal seperti ini, dan mungkin dia bahkan tidak menyukaimu. Apa gunanya mengambil risiko jika kamu memiliki kesempatan untuk memperbaikinya denganku." Keyakinannya membuatnya semakin yakin bahwa dia telah membuang-buang waktunya untuk pergi ke makan siang itu dan mencoba membuatnya melihat bahwa tidak ada lagi masa depan bagi mereka.

"Dari mana Anda mendapatkan kepercayaan diri ini?" dia ingin tahu.

"Katakan padaku, bagaimana dengan pria yang kamu temui ini?" dia mengabaikan pertanyaannya.

"Dia adalah seorang pria yang tidak seperti pria lainnya. Dia adalah seorang teman dan selalu ada ketika aku membutuhkannya. Dia memperlakukan Lucas dan aku dengan penuh cinta dan rasa hormat. Dia akan segera menjadi suami aku." "Dia perlu mendengar sesuatu yang dapat mengguncang keyakinannya yang bodoh ini.", pikirnya.

"Kamu bisa saja serius! Kamu mengatakan itu untuk menyakiti aku." dia telah mencapai tujuannya karena ekspresi wajahnya telah berubah. "Tidak akan ada yang bisa mencintaimu seperti aku. Tanamkan hal ini sekali dan untuk selamanya di dalam kepalamu. Sikap keras kepala hanya akan membawa penderitaan untukmu dan Lucas. Kamu selalu mencintaiku dan perasaan yang luar biasa seperti ini tidak akan berakhir dalam semalam." Breno memberi isyarat saat dia berbicara. Dia memang tegang melihat pertarungannya berakhir dan dia kalah.

"Hampir setahun yang lalu kamu menghilang dan aku tahu alasannya, tidak perlu berpura-pura jujur. Cinta bukanlah benih kecil yang Anda tanam, sirami, dan akan menghasilkan buah sepanjang hidup Anda. Dibutuhkan perawatan yang konstan, Breno. Tidak ada perasaan yang bertahan dengan begitu sedikit. Aku dapat meyakinkan kamu bahwa satu-satunya hal yang aku harapkan darikamu adalah menjadi ayah yang belum pernah kamu lakukan untuk Lucas selama ini. Jika kamu gagal memberikan Lucas cinta dan perhatian yang layak ia dapatkan, aku tidak akan meminta Anda untuk berperan sebagai ayah lagi." Itu adalah harapan terbesarnya, tetapi dia tidak bisa menginginkan sesuatu yang akan mempengaruhi putranya. Dia tidak punya hak seperti itu.

"Kamu terluka, sekarang aku mengerti, tapi aku ingin berubah, Amanda. Beri aku kesempatan!" Breno tidak bisa mengalihkan pandangannya dari mata Amanda. Jika dalam situasi lain, ia mungkin akan mempercayainya, aktingnya begitu hebat.

"Breno, aku hanya ingin dua hal darimu, jika kamu bisa melakukannya, aku akan berterima kasih banyak." dia berhenti berbicara dan menatapnya dengan penuh rasa penasaran. "Aku berharap kamu menjadi ayah yang tidak pernah menjadi ayah bagi Lucas dan melanjutkan hidupmu tanpa mengajak aku . Kisah kita sudah berakhir dan tidak ada yang bisa membuatku kembali pada keputusanku." katanya dengan yakin.

"Kamu bersikap kejam pada kita dan pada kisah kita." tegasnya.

"Tidak, aku tidak kejam, Breno. Sebentar lagi aku akan menikah dan mungkin aku akan bisa berbahagia dengan pria lain, sesuatu yang tidak kita miliki saat kita bersama. Dan aku benar-benar berharap hal yang sama untukmu." mungkin ini bukan saat yang tepat untuk mengungkapkannya, tetapi Amanda sudah lelah mendengarnya berbicara tentang topik yang tidak menarik baginya dan tidak akan pernah terjadi.

"Aku menunggu percakapan yang lebih intim sebelum aku membuat keputusan, dan kamu telah berhasil membuat aku sangat kesal, Amanda, sehingga aaku harus mengungkapkan kepada publik tentang niatkuuntuk mempertahankan hak asuh anakku." dia berbicara dengan suara tenang yang penuh dengan kebencian.

Amanda sudah menunggu saat itu. Itu hanya akan menunda hal yang tak terelakkan jika dia terus menghindar untuk jujur padanya.

"Lakukan apa yang kamu inginkan." jawabnya dengan rasa sakit yang luar biasa dalam jiwanya. "Aku pikir kita harus pergi sekarang." dia tidak perlu lagi memaksakan hubungan yang menyenangkan dengannya, Breno tidak pantas mendapatkannya.

"Habiskan makanannya. Tenang saja, kamu masih bisa berubah pikiran." Breno meneguk semua minuman yang dipesannya.

"Aku tidak lapar, terima kasih." Ada sesuatu yang sangat besar di tenggorokannya yang mencegahnya menelan atau meminum apa pun.

Breno tampak percaya diri. Kepastian di wajahnya terlihat jelas, dia tahu dia bisa menang, dan itu membuat Amanda merasa sangat kecil sehingga dia sangat berharap Antônio ada di sana untuk membantunya, seperti yang selalu dia lakukan. Tapi ternyata tidak, dan dia harus berani dan menjaga dirinya sendiri.

Setelah beberapa menit, dia meminta tagihan dan mereka pergi. Di dalam mobil, Breno mencoba menyentuh tangannya, tapi Amanda melepaskannya sebelum dia mencapai tujuannya.

"Aku tidak ingin membuat Anda menderita. Pikirkanlah!" katanya dengan suara lembut yang membuatnya menggigil.

"Aku tidak ingin membicarakan hal ini lagi, Breno. Keputusanmu sudah bulat dan begitu pula denganku." Dia tidak akan membiarkannya menyadari betapa rapuhnya dia dengan berita itu. Dia harus menjadi kuat demi dirinya dan putranya.

"Aku akan meminta pengacaraku untuk menunggu beberapa hari, siapa tahu kamu berubah pikiran." dia tampak tidak percaya dengan keputusannya. "Apakah kamu ingin aku mengantarkami ke toko?" tanyanya.

"Kamu bisa mengantarkanaku ke gedungku." katanya, masih dengan tegas dengan kata-katanya.

Sepanjang perjalanan, mereka tidak berbicara. Amanda lebih suka memperhatikan pergerakan jalanan dan tetap seperti itu sampai mereka tiba.

"Terima kasih untuk makan siangnya," katanya sambil keluar dari mobil.

"Berpikirlah sedikit lagi, aku akan menunggu" Amanda berjalan masuk tanpa menoleh ke belakang. Dia harus menyingkirkan pria itu agar topeng rasa sakitnya terbuka.

Di rumah, dia menangis semua yang akan dia tangisi di restoran tadi, seandainya suaminya tidak ada di sana. Putranya tidak bisa diambil darinya, itu akan membunuhnya. Dia tahu bahwa ia punya hak untuk mendapatkan hak asuh anak, tetapi ketika menyangkut undang-undang Brasil di mana orang yang paling berpengaruh selalu menemukan cara untuk bergaul, menggunakan celah dalam hukum, apa pun bisa terjadi. Sekarang dia harus menunggu dan bekerja demi kepentingannya untuk mendapatkan penjaga yang pasti dan menyingkirkan Breno. Dia akan menghadapi dua pertarungan besar di depannya dan peluangnya sangat besar untuk memenangkan keduanya. Dan ia akan melakukan yang terbaik untuk meraih kesuksesan.

Setelah mandi air dingin, Amanda berbaring untuk mencoba tidur dan melupakan makan siang tadi. Untuk waktu yang lama, ia tetap memejamkan mata, membayangkan betapa menyenangkannya jika Breno pergi dari hidupnya untuk selama-lamanya, meninggalkan dia dan putranya sendirian. Namun, Breno selalu berada di dekatnya dan tidak akan berhenti mengganggu sampai dia memiliki kesempatan. Tenggelam dalam pikirannya, Amanda tertidur tanpa menyadarinya. Setelah terbangun dari istirahat singkatnya, Amanda mandi lagi, untuk menghilangkan rasa panas.

"Dia hanya menunggu aku mengumumkan pernikahan untuk menunjukkan siapa dia sebenarnya. Aku tahu bahwa ketika dia yakin akan kehilanganmu, dia akan menggunakan kesempatan terakhirnya," kata temannya dengan marah ketika dia mengetahui topik makan siang itu.

"Dia bilang dia akan menunggu beberapa hari, tapi aku tahu dia akan meneruskannya karena aku tidak akan kembali padanya lagi." Kata Amanda.

"Jangan khawatir, semua akan baik-baik saja. Bukti-bukti dan Antônio akan sangat membantu." Carol menghiburnya.

"Jadi biarlah." Amanda berkata sambil mengingat pengaruh kuat yang dimiliki Breno. Peluangnya pasti akan lebih besar daripada Breno jika mereka bertarung secara seimbang. Dia tahu ini, tetapi ketika sampai pada keputusan seorang hakim yang mungkin adalah teman Breno, dia tahu bahwa dia dalam masalah, dan jika dia kalah, dia harus mengajukan banding, membuat keputusan yang panjang dan menyakitkan bagi putranya. Namun jika memang perlu, dia sanggup akan pergi ke pengadilan terakhir di dunia sekalipun.

Setelah mengobrol, keduanya kembali ke pekerjaan yang mereka lakukan sebelum makan siang dan tidak membicarakannya lagi. Di malam hari, di rumah, Amanda menikmati camilan malamnya seperti biasa dan setelah membaca beberapa artikel tentang fashion, dia pergi tidur. Dia merasa lelah yang membantunya tidur lebih cepat. Mimpi buruk datang menyiksanya di malam hari.

Amanda sendirian di sebuah tempat yang tidak dapat ia kenali. Wajahnya sedih dan tidak ada seorang pun di sekitarnya, dia sangat kesepian. Dalam situasi yang membingungkan itu, ia berkata pada dirinya sendiri bahwa ini bukanlah kenyataan, bahwa semua penderitaan itu adalah ilusi, tetapi rasa sakitnya tampak begitu nyata dan menyakitkan sehingga ia mulai ragu apakah ini adalah mimpi atau ia terjaga. Putranya tampak tidak ada sekarang, dan dia tidak tahu bagaimana atau kapan dia pergi. Tidak peduli seberapa keras ia mencoba mengingat sesuatu, ia tidak bisa. Pikirannya kosong dan tidak ada yang bisa membantunya memecahkan teka-teki itu dan mencari tahu di mana dia berada. Untuk waktu yang lama, dia terus merasa tidak enak sampai kelelahan mengambil alih dan dia benar-benar tertidur.

BAB 5

"Halo! Antônio" Ternyata Amanda yang menelepon. "Amanda kejutan yang luar biasa, kamu meneleponku!" dia berbicara dengan gembira, mendengarkan suaranya yang merdu.

"Kuharap aku tidak mengganggu. Aku perlu berbicara dengankamu." katanya, masih ragu apakah dia benar meneleponnya.

"Aku punya waktu luang di pagi hari. Apakah ada sesuatu yang terjadi?" tanyanya khawatir. Antônio tahu bahwa dia tidak akan menelepon hanya untuk menyapa, ada sesuatu dalam nada suara Amanda yang membuatnya khawatir.

"Kemarin aku dan Breno makan siang bersama." informasi itu memberi Antonio sebuah peringatan. Amanda akan mengatakan bahwa mereka tidak dapat melanjutkan rencana tersebut dan dia akan kembali bersama suaminya. Antonio tidak siap untuk mendengar kata-kata seperti itu, tetapi dia akan menerimanya dengan cara yang terbaik.

"Benarkah?" dia menjawab dengan intonasi bertanya dan dengan suara lemah.

"Dia mengancam aku lagi. Dia bilang dia akan menunggu beberapa hari dan jika aku tidak berubah pikiran dan kami kembali bersama, dia akan meminta hak asuh Lucas kepada hakim." Amanda berbicara dengan suara sedih di akhir kalimat sehingga Antônio merasa malu karena berpikir bahwa Amanda telah menyerah kepada mantan suaminya.

"Apakah Anda mengatakan sesuatu yang mendorongnya untuk mengambil keputusan secara tiba-tiba? Kita sudah menduga dia akan menggunakan cara pemerasan seperti ini, tapi dia melakukannya dengan sangat cepat, bukan?" Antônio ingin tahu.

"Aku katakan bahwa kita akan segera menikah." ketika mendengar informasi ini, Antônio merasakan suka cita yang luar biasa menguasai tubuhnya. "Aku menyadari kemarin bahwa aku harus menghadapinya karena aku sama sekali tidak berniat untuk menyerah pada pemerasannya." wanita itu terus berbicara dan membuat Antônio bangga dengan wanita yang telah dipilihnya untuk menjadi istrinya. "Aku harap aku dapat mengandalkan kamu di masa sulit ini." Amanda berharap dia juga bisa mengatakan kepadanya bahwa dia merindukan kenyamanan yang dia berikan kepadanya di saat-saat seperti ini, tetapi dia lebih memilih untuk diam, akan lebih baik seperti itu. Dia tidak membutuhkan masalah dan keraguan lagi dalam hidup mereka.

"Jangan pernah meragukannya. Aku tidak akan meninggalkanmu sendirian." hanya itu yang bisa dia katakan, karena dia tidak berada di dekatnya untuk lebih menghiburnya.

"Hanya itu yang perlu aku dengar. Aku harap aku tidak menuntut terlalu banyak darimu." dia meminta maaf.

"Kamu tahu, kamu bisa mengandalkanku." Antônio berbicara dan Amanda mulai merasa lebih tenang. Dia tahu hal ini hanya akan terjadi jika dia berbicara dengan Antônio, jadi dia meneleponnya lebih awal.

"Kita akan memenangkan pertarungan ini, percayalah." Antusiasme Antônio membuatnya sangat senang. "Ceritakan sesuatu padaku Amanda. Apa kau meneleponku hanya untuk membicarakan tentang ayah Lucas? Apakah kamu tidak merindukanku?" Pertanyaan Antônio membuatnya terkejut, tetapi karena dia adalah teman terbaik dan tersayang, dia memutuskan untuk mengikuti petunjuknya dan mengesampingkan masalah itu sejenak.

"Kamu tidak bisa membayangkan betapa aku merindukanmu," katanya dan teringat betapa ia menginginkan pelukan sahabatnya itu.

"Itu bagus karena aku juga merindukanmu," Antonio mengakuinya . "Satu-satunya alasan aku tidak pergi sekarang untuk menemuimu adalah karena aku memiliki pekerjaan yang sangat penting." katanya. "Menyenangkan juga untuk pergi untuk sementara waktu, jadi mungkin kamu akan merindukanku dan menyadari bahwa kamu tidak bisa hidup tanpaku." ia berharap dalam hati dan kemudian tertawa dengan imajinasinya yang konyol.

"Sulit untuk tidak merindukanmu, kau tahu?" Amanda mengaku senang karena dia tidak bisa melihat wajahnya begitu merah.

"Apakah teman yang mengatakan itu atau istri," dia bertanya dengan rasa ingin tahu akan jawabannya, tetapi tanpa menunjukkan ketertarikan pada apa yang akan dikatakannya. Sementara keduanya berpura-pura bermain kucing-kucingan, mereka bisa menjernihkan pikiran mereka yang sedang bermasalah.

"Keduanya, tentu saja!" jawabannya cerdas dan tidak berbelit-belit. "Orang mana yang tidak akan merindukan teman sepertimu, dan wanita mana yang tidak akan merindukan pria sepertimu?" dia menyelesaikannya.

"Kapan calon istrikuakan memberikan jawaban yang tidak terlalu rumit?" candanya, membuatnya tertawa.

"Aku tidak tahu. Untuk saat ini, hanya itu yang aku miliki. Sekarang bayangkan orang-orang melihat pasangan yang akan datang bercakap-cakap seperti itu." katanya sambil tertawa. Suara itu menggetarkan hati Antônio di seberang sana.

"Aku bahkan tidak ingin memikirkannya. Tapi kita harus tidak terlalu formal bahkan ketika kita sedang berdua. Fakta bahwa kita terbiasa memperlakukan satu sama lain seperti saudara dapat membuat kita bertindak seperti ini di depan orang lain, kita bahkan tidak menyadarinya." Antônio berkata dengan percaya diri.

"Kamu benar." Amanda setuju, menyadari bahwa dia tidak memikirkannya.

"Jadi lain kali kita akan lebih bergairah, setuju?" Antonio bertanya.

"Setuju!" jawab Amanda tidak yakin. Antônio adalah temannya, bagaimana mungkin ia memanggilnya "cintaku", atau semacamnya?

"Apa kamu mau memulainya sekarang? Kita tutup teleponnya dan kamu telepon aku lagi, tapi sekarang sebagai pengantin yang sedang jatuh cinta dan bahagia." Antônio tertawa, tetapi jauh di dalam dirinya ada sesuatu yang berdegup kencang. Bagaimana rasanya mendengar, bahkan jika itu tidak benar, Amanda mengatakan bahwa dia mencintainya?

"Aku rasa itu bukan ide yang bagus. Lain kali saja." Percakapan itu dibawa ke arah yang berbahaya. Dia harus berhenti di situ. "Aku akan membiarkanmu bekerja, kita akan bicara lagi nanti." Amanda berkata mencoba menyingkirkan situasi canggung itu.

"Aku akan selesai tepat waktu, jangan khawatir." Antônio menyadari bahwa Amanda mengubah topik pembicaraan dan memilih untuk tidak memaksa.

"Kapan kamu kembali?" pertanyaannya tidak lebih dari sebuah bisikan. Sepertinya dia ingin bertanya, tetapi dia takut dengan apa yang akan dipikirkannya.

"Pada hari Sabtu, aku yakin. Aku tidak mengatakan apa-apa karena aku tidak tahu pasti." dia membenarkan.

"Sampai jumpa pada hari Sabtu." Amanda mengucapkan selamat tinggal. Ia berharap minggu ini cepat berlalu agar ia dapat memiliki teman yang paling mendukungnya kembali.

"Amanda?" dia memanggil. "Jika kamu membutuhkan sesuatu atau hanya ingin berbicara denganku, hubungi aku kapan saja Anda mau."

"Terima kasih Antônio!" ia yakin ia akan tidur lebih nyenyak malam itu.

Setelah berpamitan, Amanda kembali ke tempat kerjanya untuk menyibukkan pikirannya sepanjang hari agar tidak ada pikiran buruk yang dapat mengacaukan kegembiraan yang ia rasakan saat berbicara dengan Antônio. Pekerjaan benar-benar telah menjadi sekutu yang baik baginya dan dia baru menyadari betapa banyak waktu yang telah berlalu ketika asistennya mengatakan kepadanya bahwa mereka akan tutup dalam beberapa menit dan perlu mengatur bagian terakhir yang hilang.

Di rumah, Amanda merenungkan percakapannya dengan Antônio. Dia tampak sangat ingin tahu apakah Amanda merindukannya. Meskipun Antônio menyamarkannya dengan baik, seperti halnya dirinya , Amanda tidak dapat menyangkal bahwa dia sangat merindukan pria itu, tetapi dia juga tidak dapat menjelaskan dengan baik sejauh mana, karena bahkan dia sendiri tidak menyadari seberapa besar ia membutuhkan temannya itu. Satu hal yang pasti, ketika Antônio ada di dekatnya, Amanda selalu merasa terlindungi.

Dia sangat lelah hari itu sehingga Amanda masuk kamar tidur lebih awal dan kemudian terlelap. Pada hari-hari berikutnya dia mencoba mengulangi hari kerjanya yang berat. Dia memesan barang dari pemasok dan menelepon pelanggan premiumnya untuk memberi tahu mereka tentang peluncuran barang baru telah tiba. Asistennya menyadari kegelisahan Amanda, karena dia melakukan pekerjaannya sebagai asisten mendampingi Amanda, tetapi memilih untuk tidak mempertanyakannya, karena dia tahu Amanda butuh waktu untuk sendiri.. Amanda menata ulang apa yang sudah tertata agar tidak menyadari waktu berlalu.

Pada hari Sabtu, Amanda merasa cemas tetapi dia tidak tahu mengapa. Temannya yang memperhatikannya, memutuskan untuk meredakan ketegangannya dengan sebuah komentar yang tidak pantas.

"Mengapa kamu begitu cemas Amanda? Aku ingin tahu apakah itu karena kedatangan seseorang yang telah hilang selama berhari-hari!" pertanyaannya yang sudah terjawab tepat mencapai sasarannya.

"Berhentilah membuat sindiran yang tidak masuk akal, nak." Amanda membentak. "Pikiran kamu kotor."

"Aku tidak mengatakan apa-apa. Kamulah yang tampaknya berpikirankotor hari ini." Amanda mendengar pernyataan ini, dan menatapnya.

"Aku?" gadis itu tertawa terbahak-bahak melihat rasa terkejut yang ia lihat di mata atasannya.

"Ada hal-hal yang hanya bisa kamu lakukan, Amanda. Kapan kamu akan mengerti apa yang terjadi di dalam dirimu." dia berbicara seolah-olah dia mengenal Amanda lebih baik dari dirinya sendiri, dan itu membuat Amanda kesal.

"Urus saja urusanmu sendiri!" meskipun Carol tidak tahu bagaimana rasanya menempatkan diri pada posisi Amanda, Amanda senang memilikinya sebagai teman dan karyawan. Dan dia tahu bahwa wanita muda itu sangat cerdas, itulah sebabnya dia khawatir dengan komentarnya.

"Aku mencoba, tetapi yang membuat aku khawatir adalah Anda sepertinya tidak tahu bagaimana menjaga diri sendiri. Dan sebagai teman yang baik, aku harus membantumu." asistennya berbicara sambil menunjukkan senyumnya yang merdu.

"Konyol! Aku bisa mengurus diri akusendiri. Jangan mencari-cari alasan untuk mengganggu hidupku." Kata Amanda.

"Bagaimana mungkin kamu tidak menyadari bahwa kerinduan ini muncul ketika Antônio tidak ada." Amanda mendengar informasi ini dengan tatapan kaget pada temannya.

"Siapa pun yang memiliki orang seperti dia akan merasa kehilangan saat dia tidak ada, terutama saat mereka sangat membutuhkannya." Amanda membenarkan dirinya sendiri.

"Tidak apa-apa. Terserah kau saja. Orang yang mengatakan itu sudah tidak ada di sini." Carol berbalik dengan senyum terselubung di sudut mulutnya dan melanjutkan apa yang dia lakukan.

Pagi hari berakhir dan Amanda belum mendengar kabar dari Antônio, ia semakin cemas. Asistennya mengatakan bahwa Antônio mungkin baru akan tiba pada sore hari atau dia mungkin sedang membereskan barang- barangnya karena dia telah pergi berhari-hari. Untuk menenangkan kegelisahannya, ia mencoba untuk menaruh ide ini di dalam kepalanya dan hal ini memberikan efek yang baik. Namun, ia masih merasa sangat ingin berbagi dengan temannya tentang kejadian tersebut dan mendengarkan nasihatnya.

Setelah bekerja, Amanda memutuskan bahwa ia akan mengistirahatkan tubuh dan pikirannya, sehingga ia tidak akan punya waktu untuk memikirkan apa yang akan terjadi pada Antônio. Dengan tekad bulat, dia mengatur lemari dan membuang majalah kesehatan dan kecantikan lama. Kemudian dia pergi ke kamar putranya dan di sana organisasi itu menghabiskan sisa sore itu, di penghujung hari dia kelelahan. Setelah semuanya berada di tempat yang semestinya, Amanda mandi lama untuk membersihkan tubuhnya. Di kamarnya ia mengoleskan krim agar kulitnya lembabdan mengenakan pakaian yang nyaman, lalu menonton TV di ruang tamu. Amanda sedang mencari sesuatu yang menarik ketika bel pintu berbunyi. Terkejut dan berharap itu adalah orang yang ditunggunya sepanjang hari, ia pun membukanya.

"Untukmu!" kata Antônio sambil menyerahkan buket bunga kecil ketika dia membuka pintu. "Terima kasih. Bunga-bunga itu indah! " kata Amanda sambil menerima hadiah itu. "Aku tidak menyangka kamu akan datang." Amanda mengeluh tanpa peduli apa yang akan dipikirkannya.

"Jadi, kamu benar-benar merindukanku!?" kata Antonio sambil tersenyum.

"Apa kau masih meragukannya?" katanya. "Mungkin aku butuh kau untuk lebih meyakinkan, tapi untuk saat ini tidak apa-apa." dia juga menganggap situasi itu sebagai pengalih perhatian agar mereka tidak bosan. "Aku sudah memesan meja di restoran yang kita kunjungi bersama Carol dan pacarnya. Apakah kamu mau pergi?" Antônio bertanya dengan penuh semangat.

"Beri aku waktu sebentar untuk berpakaian!" pinta Amanda sambil menunjukkan kursi untuk duduk. Amanda pergi ke kamar tidur dan segera bersiap-siap. Sementara itu dia ingat betapa jantungnya berdebar kencang saat melihat Antônio di depan pintunya. Ada hubungan yang aneh di antara mereka. Mereka tampak seperti belahan jiwa, tetapi sayangnyaatausebenarnya tidak apa-apa juga , mereka akan berbagi cinta yang lebih lembut dan persaudaraan. Namun, sangat menyenangkan merasakan detak jantung berdegup liar seperti yang dirasakan seseorang saat gairah muncul. Memang ada perasaan di antara mereka, tetapi tidak egois atau dangkal, sesuatu yang membuat perbedaan besar baginya.

Amanda sudah siap untuk pergi ketika ia bergabung dengan Antônio yang sedang menunggu di ruang tamu sambil membaca salah satu majalah mode.

"Anda sangat menikmati fashion, bukan?" Antônio berdiri, tetapi tidak sebelum mengamati wanita cantik di depannya.

"Aku rasa Anda sudah menyadarinya sebelum aku," katanya sambil tersenyum.

"Kadang-kadang, kita membutuhkan orang yang akan menunjukkan jalan. Aku senang bisa membantu." Amanda memperhatikan cara Antônio berbicara dengan lembut. Seumur hidupnya, dia belum pernah bertemu dengan pria seperti Antonio. Mungkin dia bahkan tidak akan memiliki kesempatan itu lagi. Ia harus menikmati persahabatan itu dan sebisa mungkin berbahagia.

Ketika mereka tiba di restoran, mereka berdua mendapat kejutan besar ketika mereka melihat Breno ditemani oleh seorang wanita cantik. Amanda berusaha menutupi rasa malunya agar tidak memberi kesan kepada Antônio bahwa dia cemburu. Orang sering salah paham dalam situasi seperti ini, dan dia tidak ingin membuat Antônio merasa tidak enak.

"Jika kamu mau, kita bisa pergi ke tempat lain." Antônio menawarkan sebelum mereka memilih meja.

"Tidak bisa. Kita akan tetap di sini." Amanda menjawab dengan merangkul lengan Antônio. "Sekarang aku bisa mengerti mengapa Breno menghilang minggu ini." komentar ini menenangkan pikiran Antônio. Antônio penasaran ingin tahu apakah mantan suami Amanda mengganggu Amanda selama dia pergi.

Pelayan membawa mereka ke meja di dekat Breno dan teman kencannya, dan beruntungnya Amanda, Antônio mengatur agar dia membelakangi Breno.

"Hari ini kamu yang memilih apa yang akan kita makan." Kata Antônio sambil memegang tangan Amanda di atas meja. "Hari ini akan menjadi salah satu hari di mana kita harus berpura-pura dengan baik. Seperti yang kamu katakan padaku, Breno tidak percaya pada hubungan kita." Antonio bicara dengan disertai kilau yang kuat di matanya. "Baiklah, tapi janganberlebihan." pinta Amanda merasa gugup menduga-duga apa yang akan terjadi jika belaian itu terus meningkat.

"Ini akan menjadi seperti yang kamu inginkan." Amanda tidak mengerti arti kata-kata itu, tapi dia lebih memilih untuk melupakannya. Pelayan mendekat untuk mengambil pesanan mereka.

Setelah Amanda memilih makanan, mereka berdua terlihat tegang. Dia tahu penyebab kegelisahannya, sebentar lagi mereka harus saling mencumbu dan dia tidak tahu apakah dia siap untuk itu, Antônio menampilkan ekspresi yang sulit ditebak di wajahnya. 'Dia sedang merencanakan sesuatu.', pikir Amanda khawatir.

Amanda menyadari bahwa pelayan telah dipanggil ke meja Breno dan menyadari bahwa Breno juga baru saja tiba. Dia lebih suka jika mereka sudah dalam perjalanan keluar, tetapi yang terjadi justru sebaliknya. Tak lama kemudian, sebuah wine disajikan di meja mantan suami Amanda dan pelayan menghampiri sambil mengacungkan sebotol wine ke arah Amanda dan Antônio.

"Pemberian dari pria di belakang," kata anak laki-laki itu sambil melayani mereka berdua setelah menunjuk ke arah Breno yang menyambut mereka dengan anggukan kepala. Amanda melihat Antônio melakukan hal yang sama sebagai tanda terima kasih.

"Dia memiliki selera anggur yang bagus." Antônio berkata saat dia mencicipi wine tersebut berkata.

"Itu salah satu dari sedikit sifat baiknya." Amanda

"Kalau begitu, bersulang untuk sedikit sifat baik ayah dari anakmu, karena jika dia memiliki banyak sifat baik, kamu tidak akan ada di sini bersamaku." lelucon itu membuatnya tertawa meredakan suasana tegang yang menyelimuti tempat itu. Mereka bersulang.

"Bagaimana hari-harimu selama aaku di luar kota?" tanyanya, ingin tahu.

"Tidak ada kabar khusus! Aku bekerja, berbicara beberapa kali dengan anak aku, orang tua aku, dan bekerja lagi." komentarnya membuat mereka tersenyum bersama. "Bahkan Breno tidak muncul untuk menyiksaku seperti biasanya. Hari-hari kesendirian aku terasa sangat damai. Bagaimana dengan kamu?"

"Aku bekerja dan bekerja. Aku pergi keluar beberapa kali untuk melihat pergerakan kota dengan bantuan asisten klien aku." informasi terakhir itu tampaknya paling menarik perhatiannya. Antônio menyadari hal itu.

"Itu bagus sekali! Jadi, Kamu sudah tahu sedikit tentang kota ini?" tanyanya.

"Ya, gadis itu sangat baik kepadaku a. Dia meninggalkan pekerjaannya untuk menemani aku ke beberapa tempat." Dia mulai menikmati permainan itu, tetapi tidak akan pergi jauh, dia mungkin berpikir bahwa dia akan mencari kesenangan di luar rumah selama mereka menikah.

"Aku senang kamu menemukan seseorang untuk diajak jalan-jalan." "Lampu merah," pikirnya. Dia mulai kesal dengan percakapan itu, sudah waktunya untuk berhenti.

"Suaminya adalah sopir kami dan juga sangat baik. Pasangan yang menyenangkan." Ekspresi Amanda berubah dan sejak saat itu, dia lebih banyak berbicara dan tersenyum. Dia yakin bahwa pada awalnya, dia merasa cemburu, mungkin lebih sebagai seorang wanita daripada seorang teman

"Aku mencintaimu!" Antônio berkata tiba-tiba, membuat Amanda hampir tersedak anggurnya.

"Apa?" tanyanya terkejut. Antônio meraih tangannya dan mendekatkannya ke bibirnya, mencondongkan tubuhnya sedikit ke bawah. "Mantan suamimu sering memperhatikanku." Antônio berbicara dengan lembut. "Dia sepertinya memperhatikan bibirku dan pasti mengerti apa yang kukatakan." dia menjelaskan untuk menghilangkan keheranan di wajahnya.

"Aku tidak pernah tahu dia belajar membaca gerak bibir," komentarnya, masih terkejut.

"Aku berani bersumpah dia mencoba Amanda." Antônio berdiri lagi dengan posisi yang sama, tegak dan protektif.

"Jika menurutmu kita perlu berpura-pura, tidak apa-apa." Amanda setuju. Antônio meletakkan kedua tangannya di atas meja.

"Mereka dingin!" katanya. Mereka saling bertatapan dan sedikit rasa dingin menjalar di tulang belakang Amanda. Dia memalingkan wajahnya dengan cepat. Masih terlalu memalukan baginya untuk berpura- pura terlibat dengan teman baiknya.

"Kamu sangat pandai berpura-pura, Antônio. Matamu menipu bahkan orang yang mengetahui seluruh rencana kita," kata Amanda, sambil menatap kaca di depannya.

"Sepasang kekasih terkadang perlu saling memandang dengan penuh gairah. Tidakkah kamu menyukainya?" dia ingin tahu.

"Aku tidak menentangnya. Tapi itu terlalu nyata. Aku tidak bisa melakukannya dengan baik." Amanda mengeluh sambil menggambar tepi gelas dengan jarinya.

"Ikuti saja aku." Setelah mendengar Antônio berbicara, Amanda menarik napas dalam-dalam dan mengangkat wajahnya agar mereka bisa saling memandang. Antônio tidak melihat kilau yang sama di mata Amanda yang mungkin ada di matanya sendiri, tapi dia terlalu senang melihat Amanda berbagi momen itu dengannya. Mungkin suatu hari nanti mata Amanda akan berkilau saat melihatnya, mungkin.

"Apakah dia masih memperhatikan kita?" dia ingin tahu.

"Ya, dan bahkan lebih dari sebelumnya." tanpa peringatan, Antônio menarik Amanda sedikit lebih dekat dan membungkuk di atas meja, dia menciumnya. Dia merasakan tubuhnya membeku dengan sentuhan mulut Antônio. Dengan lembut dia memeluknya dan dia tidak menolak. Amanda tahu bahwa dia harus mengikutinya dan semuanya akan baik-baik saja. Lidah mereka bermain dengan penuh kasih sayang satu sama lain. Perasaan senang menyelimuti Amanda dan sulit untuk meyakinkan dirinya sendiri bahwa itu hanyalah adegan palsu. Beberapa detik kemudian Antônio dengan lembut mencium bibirnya terus terbawa suasana sambil menggumamkan sesuatu yang tidak terbaca.

"Sungguh situasi yang memalukan, Antônio!" Amanda berseru tanpa bisa menatapnya.

"Jangan merasa seperti itu. Kita harus melakukan yang terbaik, ingat?" dia bertanya.

"Ya!" jawabnya dengan memaksa dirinya untuk berpura-pura seperti halnya Antônio. Meskipun Amanda tahu bahwa itu semua palsu, alam bawah sadarnya tampaknya tidak melihatnya dengan cara yang sama dan membuat tubuhnya bereaksi positif terhadap sentuhan Antônio. Hal itu sama sekali tidak positif dalam hal kebohongan. Tapi dia tidak akan menyerah pada keinginan tubuhnya dan hanya akan fokus pada kesepakatan.

"Dia sedang istirahat sekarang." Antônio melaporkan, menyadari bahwa Amanda tidak pada tempatnya dengan situasi ini. Dia tidak ingin melihatnya seperti itu, tetapi dia harus membantunya sebisa mungkin, dan tentu saja jika dia bisa mengubah cara Amanda memandangnya, itu juga bagus. Jika hal itu tidak terjadi, semuanya akan berakhir sesuai rencana dan mereka akan tetap berteman.

"Amin! Aku akui kepada Anda bahwa jika aku membayangkan akan seperti ini, aku tidak akan menerima permainan ini. Breno tidak pantas mendapatkan begitu banyak usaha dari kita." Amanda berkomentar.

"Kami tahu itu, tapi tujuan utamanya bukan untuk memukulnya, tapi untuk menjaga kesehatan Lucas." Kata Antônio. Amanda tersenyum ketika mendengar Antônio berbicara tentang putranya. Antônio benar sekali, mereka tidak melakukan pengorbanan itu untuk mantan suaminya, tetapi untuk menjaga keluarga mereka. Dia dan putranya.

"Kamu benar sekali, tapi karena dialah yang menyebabkan semua ini, terkadang aku teralihkan dari target besar kita, yang tentu saja bukan Breno." Persahabatan kembali terjalin, dan mereka dapat menikmati situasi ini tanpa rasa takut.

"Ketika aku sedang pergi, aku berbicara dengan seorang temanku yang memiliki waralaba besar pakaian dalam internasional dan aku pikir akan menarik untuk memberikan informasi kontak jika kamu ingin tahu lebih banyak. Antônio mengeluarkan sebuah kartu dari saku jaketnya dan memberikannya kepadanya. "Akses situsnya dan lihat apa saja yang ada di dalamnya, dan jika Anda tertarik, hubungi nomor di bawah ini." Amanda melihat logo tersebut.

"Seharusnya tidak mudah untuk mewakili perusahaan seperti itu, tetapi aku akan mencobanya." Dia memasukkan kartu itu ke dalam tasnya dan mengalihkan perhatiannya kepadanya.

"Mereka memiliki program dukungan dan peningkatan layanan. Itu bisa sangat bagus untuk Anda. Mungkin Anda bisa membuka cabang dan bekerja hanya dengan bagian-bagiannya saja. Aku akan memberikan semua dukungan yang kamu butuhkan." sekali lagi Antônio memberikan dukungan yang seharusnya diberikan oleh suaminya, namun tidak pernah dilakukannya karena Breno percaya bahwa lebih baik jika istrinya yang mengurus rumah dan anak. Ini juga merupakan cara untuk membuatnya tetap berada di bawah kendalinya. Amanda menyadari hal ini kemudian. Melihat sahabatnya, ia memilih untuk menyingkirkan pikiran seperti itu dari benaknya. Masa-masa keterasingannya telah berakhir dan tidak baik untuk mengingat hal-hal buruk karena itu tidak akan membantu sama sekali dan dia tidak punya waktu untuk membuang-buang waktu untuk hal yang tidak penting.

"Aku akan mengunjungi halaman itu dan kemudian kita akan membicarakannya. Terima kasih sekali lagi." dia berterima kasih dengan menyentuh tangannya. Sentuhan itu terasa seperti sebuah pelukan bagi Antônio.

"Anda tahu betul bahwa aku mendukung Anda dan aku akan membantu Anda kapan pun Anda membutuhkannya. Apa pun yang terjadi mulai sekarang. Mengerti?" mereka berdua saling membelai tangan satu sama lain dan Amanda merasakan beban tertentu dalam kontak itu. Hidupnya akan jauh lebih bahagia jika ia bertemu Antônio dalam situasi yang lain.

Setelah makan malam, Antônio mengajaknya berdansa bersama dengan pasangan-pasangan yang telah memenuhi bagian tengah lantai dansa. Amanda langsung menerimanya. Menari masih merupakan salah satu dari sedikit hal yang dia simpan dalam hidupnya untuk waktu yang lama. Saat mereka berjalan ke lantai dansa, mereka memutuskan untuk berterima kasih kepada Breno atas anggurnya karena mejanya menghalangi.

"Terima kasih untuk anggurnya." Amanda berkata kepada Breno dan rekannya dengan senyum ramah. Dia membuat gerakan singkat dengan kepalanya dan keduanya mengikutinya.

Saat mereka mendekati lantai dansa, Antônio memeluk erat pinggang Amanda dan mereka mulai menari. Amanda membiarkan dirinya terbawa oleh alunan musik dan menyandarkan kepalanya di pundak Antônio.

"Mereka sering memainkan tarian samba yang sangat bagus di sini, tapi hari ini mereka melakukannya dengan lebih baik." katanya, puas dengan irama yang lebih lambat. Mereka begitu dekat sehingga Amanda terkejut ketika dia menyadari kecocokan yang sempurna di antara mereka. Diam-diam, Amanda menjauh sedikit. Sudah lama sekali dia tidak berdekatan dengan seorang pria. Bahkan jika itu adalah seorang teman, lebih baik tidak melakukan pelecehan.

"Jika kita terus menari dengan jarak sejauh ini, yang paling mereka pikirkan adalah kita adalah teman atau sepupu." Antônio berkomentar beberapa saat kemudian. Amanda membiarkan dirinya bersandar padanya dan mencoba mengabaikan sinyal yang dipancarkan tubuhnya. "Maafkan aku, tapi aku tidak bisa berakting

dengan baik." katanya berusaha untuk tidak menghirup aroma maskulinnya. Antônio memakai cologne yang sangat enak sehingga indera Amanda mulai memancarkan tanda-tanda kenikmatan yang sudah lama tidak ia sadari. "Kebutuhan seorang wanita dapat dengan mudah menghilangkan akal sehatnya.", dia menyimpulkan pada dirinya sendiri.

"Lain kali jangan pakai parfum ini!" Amanda berpegang pada alasan ini untuk menyamarkan suasana tegang yang menggantung di udara.

"Kamu tidak suka?" Antônio bertanya dengan khawatir. Dia telah memilih parfum terbaiknya untuk acara tersebut.

"Sebaliknya, aku menyukai baunya." katanya sambil meletakkan hidungnya di leher Antônio yang membuatnya menggigil.

"Jadi jangan mengeluh, nikmati dan rasakanlah." pendekatan itu membuatnya sedikit lebih mudah untuk membuat kesepakatan berjalan dengan lancar.

"Oke, tapi jangan mengeluh jika aku melompat ke lehermu dan menggigitmu." dia berbicara untuk menutupi rasa gugupnya.

"Bayangkan jika kamu yang melakukannya. Aku rasa kamu akan mati kelaparan jika kamu membutuhkannya untuk makan." Antônio mengambil keuntungan dari iklim yang sejuk di antara mereka dan mendekatkan wajahnya ke bagian belakang kepala Amanda, membuatnya menggigil dari ujung rambut sampai ujung kaki seperti yang dia lakukan beberapa menit yang lalu. Ketika bibirnya menyentuh lembut bagian belakang leher Amanda, kontak itu terasa seperti bulu yang lembut dan hangat. Manis dan mendesak seperti yang seharusnya terjadi antara pria dan wanita yang saling menginginkan satu sama lain. Sudah lama sekali dia tidak merasakan sensasi seperti itu dalam tubuhnya yang sedang tidur. Amanda dapat merasakan setiap sel dalam tubuhnya berusaha untuk membentuk dirinya sesuai dengan Antonio dengan sebuah urgensi yang tidak ia ketahui sebelumnya. Tanpa rasa malu, ia menyandarkan wajahnya ke dada yang kuat dan ramah yang telah sangat berguna baginya di saat- saat kesakitan dan kesusahan, dan sekarang menyebabkan sensasi aneh yang tidak dapat ia pahami. Amanda tiba- tiba merasakan dorongan untuk tertawa dan menangis pada saat yang bersamaan. "Betapa rapuhnya kasih sayang dan kontak intim ," pikirnya! Bagaimana dia bisa merasa seperti itu terhadap sahabat dan satu-satunya sahabatnya? "Sangat konyol dan menyedihkan untuk berpikir bahwa kamu membiarkan diri mati sebagai seorang wanita karena seorang pria yang tidak pernah memberikan cinta." Kontak itu menyadarkannya akan kebutuhan tubuhnya, yang sangat menyenangkan, tetapi tidak diketahui dan berbahaya karena mereka hanya berakting.

Namun, dia masih akan menikmati perasaan singkat ini, karena dia tahu ini akan berlangsung singkat, cukup untuk tidak meninggalkan bekas yang besar. Sambil bersandar padanya, Amanda terdiam sejenak merasakan detak jantung Antônio yang semakin cepat, yang mungkin juga merasa malu seperti dirinya.

"Kita harus pindah ke tingkat yang lebih tinggi karena dia tidak akan berhenti memandang kita." Antônio berbicara dengan berbisik agar tidak merusak momen yang sangat menyenangkannya. Dia ingin lebih, lebih banyak lagi. Dia harus menahan diri untuk tidak pergi ke tempat yang diinginkan oleh pikirannya. Setelah mendapatkan sedikit lebih banyak kendali atas dirinya, Antônio memberikan ciuman ringan di telinga Amanda dan menarik diri sehingga dia bisa melihat sekilas bibirnya. Ciuman itu dimulai dengan lambat. Amanda terlihat terkejut dan malu, tetapi karena tidak ada penolakan darinya, dia memperdalam kontak. Dia setengah membuka bibirnya untuk menerimanya dan itu adalah penghalang terakhir bagi Antônio untuk mencicipi manisnya madu dari mulut Amanda yang sangat diinginkannya. Ciuman Antônio begitu bersemangat, manis, dan mendominasi, seperti yang belum pernah ia rasakan sebelumnya. Perasaan itu membuatnya tidak bisa bereaksi. Tubuhnya menginginkan lebih sementara pikirannya tidak lagi mengendalikan situasi. Ciuman itu, meskipun lembut, penuh dengan rayuan dan kenikmatan. Gerakan mereka disinkronkan. Lidah mereka saling terlibat dalam sentuhan yang nikmat dan sensual. Mereka tahu bahwa itu hanyalah sebuah akting, karena tidak satu pun dari mereka yang siap untuk melihat kenyataan, dan mungkin tidak akan pernah siap. Setelah kegembiraan kembali normal, Antônio memperlambat intensitas ciuman agar tidak membuat Amanda takut, dan dia mengambil kesempatan untuk menenangkan diri dan secara diam-diam menarik diri.

"Seharusnya tidak perlu terlalu meyakinkan. " katanya, nafasnya masih berat.

"Anda setuju untuk membiarkan aku membuat keputusan." Antônio mengingatkannya, sambil tersenyum penuh kasih.

"Baiklah! Aku akan mencoba untuk tidak melupakannya." jawabnya masih tidak yakin apakah dia telah membuat pilihan yang tepat. Setelah selesai, keduanya terus berdansa hingga Amanda meminta mereka pergi. Dia lelah dan dengan seribu pikiran di kepalanya. Mereka melewati meja Breno lagi, dan kali ini dia tidak bersikap sopan seperti sebelumnya. Amanda tahu alasannya.

Saat mereka akan pulang, Amanda melihat diam- diam ke arah pengemudi. Antônio sangat menggoda malam itu. Meskipun mereka telah berteman sejak lama, mereka hampir tidak pernah melakukan kontak yang terlalu intim, kecuali ciuman di pipi ketika dia tiba di tokonya. Mungkin itulah sebabnya dia merasa tidak enak dengan kedekatan yang tiba-tiba di antara mereka. Ketika mereka tiba, Antônio hendak keluar dari mobil untuk membukakan pintu untuknya ketika Amanda menghentikannya.

"Tidak perlu repot-repot Antônio, aku sendiri yang membukakan pintu," katanya sambil menekan tombol. "Terima kasih untuk malam yang indah, kita telah melakukan pekerjaan dengan baik, seperti aktor profesional." dia membenci dirinya sendiri karena telah mengucapkan kata-kata itu, tetapi dia tahu dia tidak bisa memikirkan hal yang lebih baik lagi setelah semua yang telah dia lalui.

"Kapan saja." itu adalah satu-satunya kata yang dia ucapkan dengan nada rendah sebelum dia pergi dan menutup pintu di belakangnya, dia melambaikan tangan untuk mengucapkan selamat tinggal.

Amanda menghilang di dalam rumah. Antônio berdiri sejenak melihat ke arah Amanda pergi dan pikirannya membawanya ke apartemen Amanda sambil membayangkan bagaimana reaksi Amanda dalam situasi tersebut. Dia meyakinkan dirinya sendiri bahwa dia hanya bermain-main untuk mendapatkan kebebasannya, atau dia merasa bingung dan ingin melangkah lebih jauh, sama seperti dirinya. Antônio tidak tahu jawabannya, tidak sekarang. Dia menyalakan mobilnya, dengan penuh konflik batin dia mengucapkan "selamat tinggal" pada momen ajaib itu.

BAB 6

Amanda membuka pintu apartemennya secara otomatis. Otaknya bekerja tanpa henti mencari jawaban atas apa yang baru saja terjadi antara dia dan Antônio. Belaian yang tampaknya perlu itu sebenarnya membuat pikirannya menjadi gila. Tidak akan mudah untuk memalsukan hubungan seperti yang dia lakukan. Kedekatan itu terlalu berlebihan baginya. Sentuhan- sentuhan itu tidak luput dari perhatiannya meskipun dia menginginkannya. Dia harus bekerja keras untuk memenuhi kesepakatan itu tanpa fantasi duniawi dengan Antônio. Kapanpun memungkinkan, ia harus mengingatkan tubuhnya bahwa pria itu bukan miliknya dan ia tidak akan pernah bisa menghilangkan kecemasan dan stresnya di antara empat dinding bersamanya.

Butuh beberapa saat baginya untuk menyadari bahwa ada seseorang yang mengetuk pintunya. Dia mengira itu adalah Antônio yang lupa mengatakan sesuatu, Amanda membukanya tanpa memastikan siapa yang berada di luar rumah.

"Breno!" katanya terkejut. Dia telah melihatnya di restoran sebelum mereka pergi dan sepertinya dia ingin tinggal di sana untuk waktu yang lama. "Apa yang membawamu kemari selarut ini?" dia ingin tahu.

"Aku ingin berbicara dengan Anda." katanya, masuk dan menutup pintu. Breno tampak terganggu oleh sesuatu, tapi kebanggaannya begitu besar sehingga dia berusaha menyamarkannya dengan cara apa pun, menjaga struktur esnya yang hampir tidak bisa dihancurkan.

"Tidak bisakah kita bicara besok pagi?" tanyanya, menyadari bahwa Breno lebih kesal daripada yang dia bayangkan.

"Apa yang kamu pikir sedang kamu lakukan?" Breno berbicara dengan kasar. "Kamu menganggap lelucon ini sangat serius, bukankah begitu?" "Apa yang memberinya hak untuk mencampuri hidupku dengan otoritas seperti itu, seolah-olah dia adalah miliknya.", Amanda berpikir dalam hati sambil memperhatikan wajah cemberut Breno.

"Lelucon apa yang kamu bicarakan? Aku tidak tahu apa yang kamu maksud." Amanda tidak mengerti mengapa semua kemarahan itu terjadi. Tapi dia sudah membayangkan alasannya.

"Adegan kecil di restoran tadi." jelasnya tanpa mengalihkan pandangan darinya.

"Aku tidak melihat ada yang lucu di sana. Aku seorang wanita lajang dan aku akan menikah dengan pria yang Anda lihat hari ini." jawabnya datar, karena dia tidak harus memberikan kepuasan padanya.

"Kamu tahu aku ingin kamu kembali dan itulah mengapa kamu memainkan permainan kecil ini denganku. Kamu ingin membalas dendam karena telah mengkhianatimu." katanya. "Tidak bersalah", pikirnya dalam hati. Satu-satunya hal yang dia inginkan ketika dia membuat perjanjian seperti itu adalah untuk menyingkirkan orang yang pernah menjadi suaminya dan sekarang tidak berarti apa-apa baginya. Amanda menyimpulkan pada dirinya sendiri saat dia mendengarkan tindakan Breno.

"Aku tidak tahu dari mana Anda mendapatkan ide bahwa aku bermain-main dan ingin membalas dendam," katanya. "Aku tidak punya waktu untuk membuang-buang waktu untuk hal-hal yang tidak berarti dan aku terkejut melihat bahwa Anda benar-benar percaya bahwa aku menganggap Anda begitu penting."

Suara Amanda begitu tenang dan meyakinkan sehingga bahkan dirinya sendiri tidak bisa mempercayai suara yang didengarnya. Dia ingin melemparnya keluar pintu, bersama dengan rasa percaya dirinya yang luar biasa dan aura superioritas yang pernah dikaguminya, karena menurutnya itu adalah sesuatu yang baik.

"Kamu tahu bahwa aku minta maaf, bahwa aku tidak akan bisa hidup tanpamu." "Bahkan ketika dia menyatakan kepada aku, suaranya keras dan dingin seperti es. Bagaimana aku tidak melihat itu sebelumnya?", Amanda bertanya-tanya sambil menatap pria itu yang tampak semakin aneh baginya setiap hari.

"Kisah kita sudah lama berakhir, Breno, tidak ada sedikit pun kemungkinan untuk kembali bersama, waktu menyembuhkan hampir semuanya, hanya saja tidak menghapus kenangan." dan dia tahu bahwa semua rasa sakit yang disebabkan olehnya masih sangat hidup dalam benaknya, tetapi itu tidak masalah lagi, dia telah meninggalkan semuanya di belakang, seperti yang telah dia lakukan dengan pria itu.

"Aku tidak percaya apa pun yang Anda katakan!" serunya dengan penuh percaya diri. "Bagaimana kamu berharap aku bisa menerima bahwa kamu akan menikah jika beberapa hari yang lalu kamu bahkan tidak punya pacar." Amanda terkejut, tapi dia yakin pria itu akan mendengarnya, lagipula, ada anggota keluarganya di kota ini. "Selama ini kamu tidak punya siapa-siapa, dan sekarang setelah aku kembali, kamu mencium seorang pria di mana saja. Kamu tidak pernah senakal dan genit padaku seperti yang kamu lakukan hari ini." Amanda terdiam, mendengarnya mengatakan hal itu. Apakah dia akan bertindak seperti yang dia katakan atau Breno baru saja menciptakan hal itu dalam pikirannya yang buruk?

"Jangan ragu untuk menerima apa pun yang Anda inginkan." Amanda menyatakan kesal karena harus hidup dengan situasi yang membosankan dengan mantan suami yang mengganggunya setiap saat.

"Jika Anda bersikap seperti itu kepada aku saat kita masih bersama, mungkin aku tidak akan pernah mengkhianati Anda. Wanita yang aku lihat hari ini, yang sangat seksi itu bukanlah kamu, itu adalah seorang aktris yang mencoba menyenangkan penontonnya." ejeknya. "Baiklah, kamu telah meyakinkan aku, sekarang aku bahkan lebih tertarik untuk mengambil kembali apa yang menjadi milikku." Amanda tersenyum riang, layak mendapat tepuk tangan untuk interpretasinya. Itu karena dia tidak benar-benar menginginkannya seperti itu.

"Aku tidak berniat untuk menyenangkankamu." katanya, masih dengan sedikit senyum di bibirnya. "Aku ada di sana untuk menyenangkan teman kencan aku dan dia bukan Anda." dia mengklarifikasi.

"Aku mengenal kamu dengan baik dan kamu tidak pernah membiarkan diri dicium seperti itu di depan umum. Apakah aku salah?" tanyanya.

"Masalahnya bukan pada tempat atau aku, tapi kamu yang mengubah tindakan kasih sayang biasa menjadi sesuatu yang vulgar." Amanda menjawab. "Kamu tidak pernah tahu bagaimana cara berbagi perasaan tanpa membuatnya kotor. Selain itu, Anda tidak pernah tahu bagaimana memperlakukan aku dengan hormat seperti aku diperlakukan hari ini oleh Antônio. "

"Rasa hormat?" dia mengejek. "Pria itu membelai bagian belakang lehermu dan menciummu seperti bajingan! Kamu masih bersikeras menempatkannya pada tingkat yang lebih tinggi dariku, mari kita hadapi itu Amanda! Kamu pasti sudah tidak waras." 'Dia bukan orang yang tepat untuk berbicara tentang akal sehat.,, pikirnya.

"Aku rasa pembicaraan ini tidak akan berguna bagi kita berdua." pungkasnya dengan lelah.

"Aku mengatakan semua ini karena aku ingin kamu melihat kebodohan besar yang kamu lakukan. Kamu tidak perlu bersikap seperti itu untuk mendapatkan perhatianku sayang,, aku akan kembali padamu."

"Sungguh mustahil untuk tidak marah dan pada saat yang sama merasa kasihan pada pria ini.", kata Amanda dalam hati.

"Aku tidak tahu dari mana kamu menyimpulkan semua ini, tapi percayalah Breno, aku tidak peduli dengan apa yang kamu pikirkan. "Sudah lama kamu tidak membuatku tertarik dan kamu harus melihat itu atau kamu akan menjadi orang yang mulai bertingkah seperti orang bodoh jika kamu tidak mengubah caramu dan menerima bahwa pernikahan kita sudah berakhir sejak aku melihatmu dengan wanita lain di rumah orang tuamu." katanya dengan tenang, dia tidak akan mengakhiri malam itu dengan cara yang pria itu inginkan, pahit.

"Benarkah?" dia masih terlihat sama. "Kita lihat saja nanti, karena aku tahu pada akhirnya kamu akan menjadi milikku lagi, atau kamu akan kehilangan anak kita." Breno mencium bibirnya dan pergi.

Amanda bersandar di kursi sofa dan membayangkan ciuman yang pernah ia lakukan bersama Antônio. Ciuman itu tidak biasa seperti yang ia bayangkan, ada hasrat di dalamnya dan tidak hanya dari pihak Antônio, ia juga membalasnya. Antônio adalah seorang pria yang tampan, dan karena dia belum pernah melihatnya dengan seorang wanita, dia membutuhkan kasih sayang seperti dirinya, yang membuat mereka bereaksi dengan cara yang sama terhadap ciuman yang mereka lakukan berdua, yang tentunya tidak akan memiliki intensitas seperti itu jika mereka tidak terlalu membutuhkan. Sadar akan kesimpulan ini, Amanda pergi ke kamarnya untuk beristirahat. Semua perasaan itu akan hilang apabila mereka sudah terbiasa berakting di depan banyak orang.

Pada hari Minggu, Amanda tinggal di rumah sepanjang hari. Dia telah membatalkan perjalanan dengan Antônio karena dia perlu beristirahat dan meninjau kembali perjodohan itu, yang, meskipun sangat membantunya, juga bisa menjadi masalah besar bagi salah satu pihak atau bahkan keduanya.

Di penghujung sore, Amanda menelepon untuk berbicara sedikit dengan putranya, tetapi dia tidak membicarakan tentang ayahnya dan begitu juga dengan sang anak, yang meringankan pikirannya, karena dia tidak ingin suaranya terluka saat membicarakannya kepada putranya. Dan akan sulit untuk menghindari perasaan ini terhadap Breno, jadi Lucas tidak menyebutkan ayahnya adalah hal yang ideal saat ini, dengan cara ini ia dapat melindungi putranya dari rasa sakit hati di masa depan. Karena dia yakin bahwa sudah sulit bagi sang anak ketika sang ayah meninggalkannya selama berbulan-bulan seolah-olah dia tidak penting dalam hidupnya.

BAB 7

"Aku tidak percaya dia mengatakan hal itu!" Carol berbicara ketika Amanda menceritakan apa yang terjadi.

"Breno percaya bahwa aku berakting untuk membuatnya cemburu dan cepat atau lambat aku akan kembali padanya atau ditinggalkan tanpa anak aku." Amanda menjelaskan, sama kesalnya dengan dirinya ketika mantan suaminya memberitahukan kabar tersebut.

"Pria yang malang! Aku merasa kasihan pada pria yang menggunakan trik murahan seperti ini untuk mendapatkan wanita. Pria itu benar-benar bodoh." gadis itu tampak sama kesalnya dengan Amanda. "Saat dia tahu bahwa hubungan ini bisa berkembang menjadi pernikahan yang indah, dia akan terkejut." Carol berbicara dengan nada penuh dendam

"Apa?" Amanda bertanya dengan alis terangkat. Kemudian, setelah tersenyum diam-diam, ia memilih untuk mengabaikan karyawan itu. Akan lebih baik seperti ini. "Aku tidak tahu apakah aku harus melakukan ini." Kata Amanda. "Bagaimana jika salah satu dari kita jatuh cinta di tengah jalan, bagaimana nasib kita?" tanyanya dengan ragu-ragu.

"Aku pikir Anda harus mengambil risiko itu." "Asisten aku tampak semakin gila setiap hari.", pikir Amanda sambil menatap gadis cantik itu. "Dan jangan menatapku seperti itu." Kata Carol, menyadari bahwa Amanda sedang mengkritiknya dari dalam.

"Aku belum siap untuk menyerahkan diri aku kepada seorang pria. Meskipun tubuh aku mengeluh, pikiran aku meminta aku untuk menunggu lebih lama. "

"Amanda. Tidak ada yang harus menghentikan hidup mereka karena hubungan yang tidak berhasil. Kamu tidak pantas mendapatkannya, hidupmu telah tertahan selama berbulan-bulan." Carol bersikeras.

"Aku tidak punya waktu untuk memikirkan kehidupan emosionalku ku." keluhnya, takut untuk memikirkannya.

"Tentu saja tidak. Kamu menggunakan alasan itu untuk segala hal dan kamu akan selalu mempercayainya." Carol menjawab.

"Kamu kejam sekali padaku." Amanda mengeluh. "Teman sejati tidak pernah kejam jika niatnya adalah untuk mengeluarkan temannya dari masalah."

Kata-kata itu tidak sesuai dengan pribadi Carol yang Amanda kenal. "Kadang-kadang kamu harus meninggalkan orang lain, bukan karena kamu dingin, seperti yang dipikirkan banyak orang, tetapi untuk keluar dari lubang yang dibuat oleh orang itu." Amanda menyadari kehangatan dalam ucapan temannya. Carol menatapnya dengan lembut.

"Apa kau pikir aku berada di dalam lubang?" Amanda bertanya, terguncang oleh pernyataan itu.

"Kamu tidak berada di dalam lubang, tapi kamu sudah memulainya untuk beberapa waktu." Amanda tahu Carol akan selalu jujur padanya, jadi dia mengajukan pertanyaan yang Carol tahu bagaimana cara menjawabnya.

"Sehari sebelumnya aku merasa aneh ketika dia menyentuh aku. Meskipun aku tahu itu adalah sebuah pertunjukan, aku merasa terguncang. Anda tahu aku sudah lama tidak bersama seorang pria," katanya, sambil menyerap semua yang telah ia dengar.

"Jadi, ambillah apa yang kamu bisa dan manfaatkan sebaik-baiknya, maka kamu akan mengakhiri pantangan ini dan kembali melihat hubungan ini hanya sebagai permainan sementara." Carol berkata dengan lembut, karena dia sudah cukup keras tadi. "Percayalah, Amanda! Kerapuhan fisikmu ini hanya akan memperumit cerita kecil ini. Jika kamu menyembuhkan rasa lapar dari tubuhmu ini, nalarmu akan bekerja lebih baik dan mungkin tidak akan menciptakan ilusi di tempat yang tidak ada." orang kepercayaan dan rekan kerjanya menasehati sekali lagi.

"Aku tidak bisa melakukan ini pada Antônio, Carol! Dia sangat baik kepada aku dan aku mencintainya sebagai seorang teman." katanya. Dia selalu mencintai Antônio sebagai seorang teman, tetapi dia juga sadar bahwa kebutuhannya akan membuatnya menjadi mangsa empuk bagi seorang pria, terutama pria yang penyayang dan baik hati seperti Antônio.

"Aku mengenal banyak teman yang memiliki keterlibatan dan bergaul dengan sangat baik hingga saat ini. Itu akan terjadi pada Anda jika Anda mencobanya. Lagipula, jika tidak berhasil, kita masih bisa berteman." gadis itu menjelaskan, bertekad untuk meyakinkan Amanda.

"Aku tidak akan tahu bagaimana memandangnya dengan cara yang sama seperti sebelumnya jika kita memiliki hubungan yang lebih intim." Amanda memberi tahu temannya.

"Omong kosong! Ini jauh lebih normal dari yang kamu bayangkan. Orang perlu mengambil risiko, terkadang kita berpikir bahwa cinta itu jauh dan kita terus mengacaukan pikiran kita dengan urusan-urusan sementara tanpa menyadari bahwa cinta itu ada di sana." Carol berkata sambil menunjuk ke arah jalan. "Pasangan lain, di sisi lain, menyadari kecocokan pada waktunya dan memulai hubungan yang dapat berjalan seumur hidup mereka, dan jika tidak seperti yang mereka bayangkan, mereka masih bisa tetap berteman seperti sebelumnya atau bahkan mungkin lebih dari itu, karena mereka saling mengetahui kelemahan, kualitas, dan kekurangan masing- masing dari sudut pandang yang lebih luas lagi." gadis itu bertekad untuk membantu temannya untuk melihat di luar ketakutannya.

"Mari kita jaga agar tetap seperti itu." Kata Amanda. "Kami menganggapsatu sama lain sebagai teman dan kami akan tetap seperti itu sampai akhir." asistennya lengah.

"Kamu tidak tahu apa yang kamu sia-siakan! Satu pengalaman lagi tidak akan merugikan siapa pun." Carol menyimpulkan, sambil menata ulang beberapa karya yang telah ia tunjukkan kepada seorang klien beberapa menit sebelum mereka memulai percakapan. Amanda memperhatikan Carol yang kembali beraktivitas dan juga melakukan hal yang sama. Ia harus menyibukkan pikirannya dengan sesuatu atau ia akan menjadi gila dan melemparkan dirinya ke dalam pelukan Antonio atau menyerahkan segalanya dan mengambil risiko kehilangan putranya, dan masih harus menanggung mantan suaminya lebih berat lagi.

BAB 8

Hari-hari berlalu seperti angin. Amanda dan Antônio sering pergi keluar bersama untuk membuat orang-orang percaya pada persatuan itu. Breno sesekali muncul, tetapi dia tidak banyak mengganggu. Pada beberapa kesempatan ketika Amanda dan Antônio keluar bersama, mereka menemukan teman-teman yang menyambut mereka dengan suka cita dan beberapa bahkan mengatakan kepada mereka bahwa mereka sudah menunggu pernikahan, karena keduanya membentuk pasangan yang serasi, meskipun mereka bersikeras menyatakan bahwa mereka hanya berteman. Ketika ia membaca komentar- komentar tersebut, Amanda bertanya-tanya dari mana mereka mendapatkan ide tersebut, apa yang mereka lakukan untuk membuat orang-orang itu berpikir bahwa mereka bisa memiliki hubungan antara pria dan wanita. Entah mereka melihat sesuatu yang tidak ada, atau mereka dibutakan oleh persahabatan mereka dan tidak pernah menyadari kemungkinan untuk memiliki hubungan yang lebih dari sekedar persahabatan. Kebohongan yang mereka ceritakan menjadi semakin rumit dan menarik.

Pada suatu malam yang mendung, Amanda menjadi sangat khawatir dengan arah hubungan mereka. Mereka diundang ke sebuah pesta teman yang ia putuskan untuk datang karena desakan Antonio. Acara tersebut ternyata lebih baik dari yang ia bayangkan. Mereka melakukan permainan dengan perselisihan antar pasangan dan Amanda mendapati dirinya bertarung dengan segenap kekuatannya untuk kemenangannya dan Antônio. Jika bukan karena persahabatan mereka yang luar biasa, mereka pasti bisa mencoba hubungan yang lebih intim. Namun tidak ada lagi ruang untuk perubahan radikal dalam hidup mereka. Mereka harus menerima apa yang telah diberikan oleh takdir dan melanjutkan hidup sebaik mungkin.

Kadang-kadang Antônio akan memeluknya dengan posesif ketika mereka berbicara dengan orang lain. Mereka saling membelai tanpa disengaja seolah-olah sikap ini adalah hal yang konstan dalam hubungan mereka. Mereka mulai masuk ke dalam permainan dan Amanda mulai membebaskan diri sehingga dia merasa nyaman dengan semua kedekatan yang mereka alami.

Hari sudah larut ketika musik lambat mulai dimainkan dan semua pasangan, tanpa kecuali, harus pergi ke lantai dansa. Amanda sudah sangat akrab dengan orang-orang itu dan tidak keberatan menghampiri Antônio, yang berada di sisi lain ruangan sedang berbicara dengan rekan kerjanya, untuk mengajaknya berdansa. Ketika dia melihat Amanda mendekat, begitu cantik dan sama sekali tidak percaya diri, Antônio merasakan denyut nadinya bertambah cepat dan nalurinya mengatakan kepadanya untuk sangat berhati-hati karena akhir malam itu bisa jadi sangat berkesan namun memilukan bagi mereka. Ketika Amanda menyentuh lengannya, nafasnya terhenti selama beberapa saat dan rasanya seperti berjam-jam. Amanda memberinya senyuman lembut dan mereka berjalan ke lantai dansa bersama.

"Bukankah kamu yang mengatakan bahwa kita tidak perlu memainkan hubungan yang begitu nyata?" kata Antonio saat Amanda menyandarkan tubuhnya ke tubuh Antonio.

"Kamu tidak seharusnya berakting begitu nyata, aku bisa!" Amanda merasa gelisah dan pemikirannya tampak lebih lambat dari biasanya. "Anggur sialan!", pikirnya, mencoba menyaring apa yang harus dan tidak boleh dia katakan kepada Antônio. Dia telah meminum beberapa gelas minuman tersebut dan merasa lebih bahagia dari sebelumnya.

"Jadi, kamu bisa melakukan apa pun yang kamu inginkan padaku tapi aku tidak bisa?" tanyanya sambil bercanda, tetapi dengan suara yang jahat.

"Ya, tidak apa-apa!" mereka saling berpandangan selama beberapa detik dan Amanda menyandarkan kepalanya yang sudah berat ke bahunya dan mereka mengikuti irama musik bersama-sama. Setiap inci dari tubuhnya diperhatikan oleh Antônio dan situasi ini membuatnya keluar dari pikiran normalnya, memicu beberapa kali peringatan selama dansa yang terlihat lebih seperti sesuatu yang berbau seksual. Memiliki wanita cantik dalam pelukannya adalah sesuatu yang sangat menantang baginya, seorang pria yang selalu mengendalikan diri dan rasional.

Lagu pertama selesai, membuat Antônio bisa bernapas lebih lega. Sama sekali tidak mudah untuk menghabiskan waktu sekitar tiga menit membungkus Amanda dalam pelukannya tanpa menggerakkan satu jari pun untuk membelai tubuhnya yang hangat. Saat mereka meninggalkan lantai dansa, sebuah lagu cinta yang indah dimulai dan semua orang tetap berada di tempat mereka berada. Keduanya mendapati diri mereka terperangkap dan tetap diam sambil menyaksikan pasangan-pasangan yang berciuman dan menari semakin dekat dan semakin mesra.

"Apa yang harus kita lakukan? Tempat ini bukan untuk kita." dia berbicara dengan ragu.

"Aku pikir aktingnya harus bagus hari ini. Anda memilih pesta paling romantis di dunia untuk kita." Amanda berkata dengan senyum palsu.

"Kita bisa pergi sekarang jika kamu mau." hanya itu yang dia inginkan atau dia tidak akan bertanggung jawab atas tindakannya yang akan datang.

"Seperti yang dikatakan asistenku, mari kita nikmati malam ini." itu bukanlah jawaban yang ia butuhkan, tapi jika ia ingin melanjutkannya, biarlah.

Sekali lagi Amanda melingkarkan lengannya di sekelilingnya, dan kontak itu menghilangkan semua kendali yang masih dimiliki Antônio, dia memeluknya seperti harta yang tidak ingin dia hilangkan. Amanda perlahan mengangkat wajahnya dan dapat melihat rasa sakit di matanya. Keinginannya adalah untuk menyentuh pipi temannya seperti yang telah dilakukannya berkali-kali untuk menghilangkan rasa sakitnya. Antônio tentu saja tidak senang dengan situasi ini, tetapi tidak ada jalan untuk kembali dan mereka harus tetap melanjutkan perjalanan. Mereka harus menghadapi keraguan dan ketidakpastian. Satu hal yang diperlukan hanyalah tatapan darinya agar Amanda terpesona oleh tatapan matanya dan tak kuasa untuk menghindar lagi. Mengangkat bibirnya, Amanda menutup mulut Antonio dengan bibirnya sendiri. Kejutan itu terjadi secara timbal balik, namun tak satu pun dari mereka dapat mencegah kontak itu. Antônio merasakan mulutnya yang penuh gairah, penuh kenikmatan dan menikmati sensasi itu. Dia tahu Amanda berada di bawah pengaruh anggur, tapi dia tidak melihat ada yang salah dengan satu ciuman saja. Dia membutuhkan momen itu seperti halnya dia membutuhkan udara segar.

Lidah mereka tampak bergerak mengikuti irama musik, pelan, manis, dan menyatu seperti dalam tarian. Amanda menyentuh pipinya dengan lembut sambil berusaha mencicipinya lebih dalam. Sungguh aneh dan nikmat cara dia bereaksi pada saat itu, sepertinya dia belum pernah dicium sebelumnya dan setiap saat mereka akan menjadi lebih intim. Tubuh mereka sangat menginginkannya, dia bisa merasakannya, dan bahkan jika dia ingin menyangkalnya, dia tidak bisa. Amanda mengerang pelan, saat dia dibelai di bagian belakang lehernya dan segera merasakan kehangatan tangan jantan di punggungnya. Tubuhnya bukan lagi miliknya. Dia harus mengakhiri rasa butuhnya dan Antônio adalah pria yang tepat untuk itu. Sambil memegang lehernya, Amanda menempelkan payudaranya pada Antônio dan memberikan sedikit tekanan yang hampir membuatnya terengah-engah.

"Apakah kamu baik-baik saja?" tanyanya, mundur sedikit dan memegang dagunya.

"Kurasa begitu," jawabnya, memalingkan wajahnya ke samping untuk menyembunyikan keinginannya. Antônio mencium pipinya dengan lembut.

Kemudian dia menatapnya dengan penuh kasih sayang dan merasa sudah waktunya untuk berhenti.

"Mari kita ucapkan selamat tinggal pada orang- orang, kita harus pergi." dia menggandeng tangannya, dan mereka meninggalkan lantai dansa.

Suasana dalam perjalanan pulang terasa dingin. Amanda bersandar di kursinya dan tetap diam, dia tidak memikirkan konsekuensi dari malam di bawah pengaruh alkohol. Meskipun jumlah yang diminumnya tidak cukup untuk membuatnya tidak terkendali seperti sebelumnya. Akan lebih baik untuk membiarkannya apa adanya, ada sesuatu yang lebih besar dan lebih penting daripada mereka pada saat itu. Ketika mereka tiba, Antônio menggunakan semua pengendalian dirinya untuk membawa Amanda ke apartemennya. Perjalanan pulang terasa hampa, tidak ada percakapan di antara mereka, tetapi itu adalah pilihan terbaik agar malam itu tidak berakhir dengan mereka berdua bersama di atas ranjang, memuaskan tubuh mereka yang membutuhkan cinta.

"Terima kasih untuk malam yang indah yang kita lalui." Amanda mengucapkan terima kasih saat mereka sampai di depan pintu apartemennya dan dia mencari kuncinya.

"Aku senang kamu menyukainya." Antônio berkata dengan suara pelan. Mereka berdua berjalan masuk dengan perasaan malu. Meskipun malam itu sangat menyenangkan dan menjanjikan, mereka tampak takut akan sikap mereka. Masing-masing dari mereka tahu rasa bersalah mereka dalam situasi itu, tetapi keduanya tidak tahu bagaimana cara mengatasinya.

"Malam ini, sangat meyakinkan!" Amanda berkata sambil meletakkan tasnya di sofa.

"Kamu benar. Benar-benar sangat terbuka bagi para kenalan kita." tambahnya, sambil berdiri di dekat pintu.

"Apakah kita melakukan sesuatu dengan cara yang benar, Antônio?" Amanda bertanya dengan tidak yakin. Ada sesuatu yang mengganggunya.

"Aku tidak tahu Amanda, tapi aku harap begitu." jawabnya. Mereka saling memandang dengan cara yang berbeda, Amanda menyadari. Itu bisa menjadi awal dari akhir sebuah persahabatan yang hebat dan Amanda tidak mau kehilangan teman yang begitu penting baginya.

"Jika aku mengatakan kepadakamu bahwa aku ingin membatalkan perjanjian kita, apakah kamu setuju?" Amanda mundur. Dia harus melakukan ini demi putranya, tetapi dia merasa bahwa ini tidak akan berjalan sebaik yang mereka bayangkan.

"Kecuali kamu bertekad untuk menghentikan semuanya, aku tidak setuju!" dia mengklarifikasi, mencoba untuk terlihat lebih percaya diri daripada dia.

"Tidak apa-apa. Jika kamu masih percaya pada kemungkinan hasil yang baik, aku bersamamu." dia tidak bisa melakukannya sendiri dan karena dia tidak memiliki dukungan untuk menghentikan semua situasi itu, dia akan melanjutkan, tetapi dengan lebih hati-hati.

"Aku harus pergi. Selamat malam!" Antônio menghampirinya dan memberikan ciuman ringan di pipinya.

"Selamat malam, Antônio!" mereka saling menyapa sambil bergandengan tangan, Antônio kemudian pergi.

Setelah mengantar Amanda ke apartemennya, Antônio berkeliling kota sebelum pulang ke rumahnya. Pada awalnya, ia yakin ia dapat mengendalikan diri dan bersikap seperti teman yang selalu ia miliki untuk Amanda, ia membutuhkannya, tetapi sekarang ia tidak tahu apa yang harus ia lakukan untuk menghentikan perasaan lama yang muncul setiap saat. Pengendalian dirinya akan segera berakhir dan ia harus tetap bertahan sampai semuanya berakhir, atau sampai Amanda menyadari *chemistry* yang sangat besar yang ada di antara mereka, tetapi dengan keras kepala ia abaikan, mungkin karena takut. Dia tahu bahwa sejak saat itu perjuangannya akan semakin besar karena mereka akan semakin dekat karena tanggal pernikahan yang semakin dekat dan dia tidak dapat lagi membayangkan bagaimana rasanya berbagi ruang yang sama dengannya saat bulan madu. Cuaca semakin mendung, saatnya untuk kembali ke dunia nyata dan pulang ke rumah. Antônio menyalakan mobil dan melaju pulang.

BAB 9

Antônio tiba dengan penuh semangat di rumah Amanda. Sudah berhari-hari mereka tidak bertemu dan dia harus membuat Amanda merasa nyaman dengan semua situasi itu. Pertemuan terakhir tidak berakhir dengan baik. Adalah tugasnya untuk menghibur temannya yang masih tetap dalam keadaan menarik diri, takut akan apa yang mungkin terjadi selama pertandingan itu. Dia juga memiliki ketakutannya sendiri, tetapi keinginan untuk membantunya dan keinginan untuk bisa sedikit lebih dekat dengan Amanda dan Lucas memberinya keberanian, dan ketidakpastiannya dapat diatasi. Semua itu sepadan dengan pengorbanannya. Bahkan, jika harus membiasakan diri untuk berpisah di kemudian hari.

Saat dia mendekati pintu apartemen, dia menyiapkan senyum terbaiknya dan memencet bel. Dia menantikan apa yang akan terjadi.

"Selamat malam, Amanda!" ia menyapanya dan segera mematahkan senyum yang ada di wajahnya ketika ia menyadari bahwa suasananya tidak terlalu menjanjikan.

"Hai Antônio, ayo masuk!" jika Amanda tidak berpakaian untuk pergi keluar, dia yakin malam itu telah hilang di ambang pintu. "Silakan duduk. Apakah Anda ingin minum sesuatu?" Amanda tampak mencari-cari alasan untuk mengatakan apa yang diinginkannya. Dia mengenalnya dengan baik dan yakin bahwa memang demikianlah yang terjadi.

"Tidak, terima kasih." dia menatapnya dengan rasa ingin tahu, tapi dia tidak akan menanyakan apa pun. Dia mengharapkan wanita itu untuk memulai apa yang ingin dia bicarakan. Dia tidak pernah terburu-buru dan tidak akan menjadi terburu-buru sekarang.

"Baiklah Antônio, aku telah memikirkan situasi ini, sebenarnya aku bahkan tidak tahu harus menyebut apa yang sedang kita lakukan." dia tersenyum lemah di wajahnya. "Aku telah memutuskan bahwa kita tidak bisa melanjutkan ini. Segalanya terasa indah, namun aku merasa takut melihat betapa cepatnya segala sesuatunya terjadi. Kita sudah memiliki rumah baru, kami saling berciuman mesra di depan umum. Kita memiliki hubungan yang lebih konkret daripada banyak pasangan lainnya dan ini melampaui apa pun yang kita rencanakan. Hal ini tidak sehat bagi kami berdua. Seperti yang aku katakan sebelumnya, akan ada konsekuensi yang sangat besar dan aku tidak menginginkan hal tersebut bagi kami." Dia tidak senang bahwa dia telah menempatkan mereka berdua dalam situasi tersebut, tapi dia yakin bahwa dia telah melakukan hal yang benar saat ini.

"Jika Anda takut bahwa kita akan mengalami perselisihan selama pernikahan kita, tenanglah Amanda. Semuanya akan berjalan sesuai keputusan Anda, aku sudah menjelaskannya kepada Anda. Kita sudah dewasa dan tidak akan melakukan apa yang tidak ingin kita lakukan. "Aku yakin itu adalah rasa tidak aman yang kamu rasakan, tetapi kamu tidak bisa membiarkannya menghalangi kebebasan Anda dengan putra Anda." dia menatapnya dengan penuh kasih sayang Dia selalu mengerti dengan temannya, tetapi Amanda terlalu enggan dengan apa yang mereka lakukan dan hal itu menuntutnya lebih dari yang seharusnya. Cukup sulit baginya untuk melihat lamaran ini hanya dari sisi pertemanan, ketidakpastian di matanya membuat keadaan menjadi lebih buruk. Tapi dia akan membiarkannya memiliki ruang sendiri, dia selalu bersikap seperti itu.

"Aku ingin kita menghentikannya, Antônio." ia menghela napas kecil dan tersenyum malu-malu padanya.

"Kamu yang memutuskan apa yang harus dilakukan. Itu yang telah kita sepakati dalam perjanjian kita, kan?" Amanda merasa lega, namun rasa sakit yang menusuk masih menghantam dadanya. Temannya telah membantunya dan dia dengan tidak tahu berterima kasih menolak bantuan yang begitu berharga. Dia takut mendorongnya menjauh dan dia tidak menginginkan hal itu.

"Biarkan saja semuanya seperti apa adanya, aku pikir ini akan lebih baik dan sebentar lagi Breno akan meninggalkan aku sendiri." katanya, mencoba untuk terlihat ceria. Dia harus percaya akan hal itu, dan dia berkomitmen untuk melakukannya.

"Tidak apa-apa." Dia tersenyum penuh kasih sayang padanya. Dia tidak ingin memaksanya untuk melakukan sesuatu yang mungkin akan dia sesali nanti, meskipun dorongan itu sangat kuat. Karena tidak tahu bagaimana harus bertindak, dia berdiri.

"Baiklah, aku akan pergi kalau begitu. Aku yakin kamu ingin tinggal di rumah hari ini." katanya, tetapi di dalam hatinya, ada satu pertanyaan lagi yang ingin dia tanyakan.

"Kita masih bisa keluar jika kamu mau." dia merasa lega dan akan menerima malam itu sebagai kebebasannya. Dia tidak ingin Antônio menjadi bagian dari masalahnya lagi. Antônio berhak mendapatkan kedamaian, yang mungkin tidak akan dia dapatkan untuk waktu yang lama.

"Aku pikir kita bisa pergi ke pub hari ini. Melihat dinamika kota. Aku suka melakukan itu." itu masih bisa menjadi sesuatu yang berharga, selama dia bisa membuatnya sedikit tersenyum malam itu.

"Tentu saja, kita bisa." tidak ada salahnya minum sesuatu yang dingin. Hari Minggu itu sangat panas. "Aku akan mengambil tasku." ketika ia pergi, Antônio menggaruk-garuk kepalanya, khawatir. Tapi dia sudah menunggunya menyerah. Itu ada di dalam naskahnya. Dia memutuskan untuk membiarkan waktu yang akan menjawab bagaimana persahabatan itu dan kehidupan Amanda selanjutnya.

"Ayo, kita tidak boleh pulang terlalu larut. Kita punya waktu seminggu penuh ke depan." Memang benar, dia akan mengalami hari-hari yang panjang dan mereka mungkin hanya akan berbicara melalui telepon. Sekarang dia bahkan tidak tahu apakah dia harus meneleponnya atau beristirahat sejenak.

"Ayo!" dia memberi ruang untuknya berjalan dan mengikutinya, mencium aroma harum Amanda.

Di dalam mobil, dia membukakan pintu untuknya dan segera berjalan mengitari mobil dengan penuh semangat. Mereka akan bersenang-senang, itulah yang terpenting. Selama perjalanan mereka berbicara tentang kegiatan yang akan mereka lakukan sepanjang hari dan jelas bagi Antônio bahwa dia harus benar-benar menjaga jarak dan menerima keputusannya tanpa memaksa. Bukan berarti dia ingin, tetapi dia harus melakukannya. Bahkan suasana di antara mereka tampak lebih cair. Segalanya kembali normal, sedikit demi sedikit semuanya berjalan dengan baik. Amanda sendiri tampak tidak terlalu malu-malu lagi sejak dia memutuskan untuk tidak mengambil posisi dan menyerahkannya untuk memutuskan sesuatu. Dia mulai berubah pikiran tentang mereka berdua dan tidak menyadarinya.

Dia tahu bahwa itu adalah kebiasaan temannya untuk menyabotase segala sesuatu yang membuatnya merasa bahagia dan juga lebih rapuh, mungkin itu sebabnya dia mendorongnya menjauh sebagai seorang pria. Melihatnya dari sudut matanya, dia bisa melihat bahwa dia ingin melarikan diri dari sesuatu, yang tidak akan dia izinkan dengan mudah. Mereka berdua berhak untuk bahagia dan ketakutan Amanda tidak bisa menjadi penyebab ketidakbahagiaan mereka. Dia sangat yakin bahwa mereka diciptakan untuk satu sama lain sehingga dia akan terus melangkah tanpa takut akan masa depan yang tidak diketahui yang menanti mereka.

Begitu mereka tiba dan memesan bir, Antônio beraksi lagi.

"Apakah semuanya baik-baik saja denganmu? Apakah kamu lebih lega?" dia tampak malu dengan pertanyaan itu, tetapi segera menyamarkannya.

"Aku yakin kita membuat pilihan yang terbaik." dia menggelengkan kepalanya dengan positif. Itulah yang dia rasakan saat itu, kepastian dan kelegaan.

"Aku turut berbahagia untukmu." itu benar.

"Dan bagaimana dengan berita terkait kondominium yang akan kamu kerjakan?" Amanda senang mendengar tentang proyek-proyek Antônio. Dia ingin selalu memberi tahu Amanda tentang kehidupan profesionalnya, hal ini sangat bagus untuk persahabatan mereka. Mantan suaminya biasanya tidak memberi kabar terbaru tentang kegiatannya dan dia sekarang tahu bahwa itu karena dia menganggapnya tidak mampu memberikan pendapat atau memahami pekerjaannya. Tetapi itu tidak menjadi masalah lagi. Ia merasa lebih senang mendengarkan Antônio.

"Seperti yang aku katakan sebelumnya, aku pikir ini akan menjadi kenyataan. Kota ini berkembang pesat dan, meskipun kecil, kami memiliki banyak pelanggan di sini dengan tingkat sosial yang tinggi yang tertarik untuk berinvestasi di bidang real estat, kesejahteraan, dan keamanan.

"Kami telah menandatangani dua kesepakatan dari total tiga kesepakatan." cara dia berbicara, dengan antusias, membuatnya berseri-seri atas kesuksesan temannya. Dia pantas mendapatkan itu dan lebih banyak lagi.

"Tunjukkan proyek Anda suatu hari nanti, aku ingin sekali mengetahuinya sebelum diimplementasikan."

"Aku akan mengatur agar Anda datang mengunjungi aku. Aku akan menunjukkan proyek aku dan proyek lain yang mungkin tertarik." Percakapan berjalan dengan menyenangkan seperti biasanya dengan mereka. Musik latar yang ceria juga membantu waktu berlalu dan mereka segera memilih untuk pergi.

Ketika meninggalkannya di depan pintu gedung, Antônio tidak lagi bersemangat seperti sebelumnya. Masih ada harapan, dan dia akan berpegang teguh pada petunjuk kecil apa pun. Selalu seperti ini dalam hidupnya. Terutama jika menyangkut Amanda. Dia menunggunya masuk ke dalam gedung dan pergi.

BAB 10

Di rumah sepulang kerja, Amanda memutuskan sudah waktunya untuk membersihkan hal-hal sepele dari pernikahannya yang dia simpan sampai saat itu. Hal-hal itu tidak penting baginya, dia hanya menyimpannya untuk menghormati putranya. Tetapi jelas bahwa apa yang dibutuhkan seorang anak, Breno hampir tidak pernah memberikannya, kehadiran dan teladan. Dia sedang fokus pada aktivitasnya ketika dia mendengar bel pintu. Mungkin itu Tony, sudah berhari-hari mereka tidak bertemu dan dia merindukan kehadirannya setiap kali dia beristirahat di siang hari, yang mungkin saja terjadi pada saat itu.

Amanda membuka pintu sambil tersenyum, namun begitu dia melihat siapa tamunya, dia menjadi serius.

"Kudengar kamu putus dengan teman kecilmu." Breno berbicara dengan gembira sambil berjalan masuk. Ia juga tidak peduli dengan penolakan Amanda untuk memberinya lebih banyak ruang.

"Kau pikir kau tahu segalanya, Breno. Aku tidak tahu darimana kamu mendapatkannya." Amanda tahu bahwa informasi itu datang dengan cepat untuk Breno. Dia punya uang dan bisa membayar seseorang untuk mengawasinya.

"Jangan coba-coba membodohi diri sendiri, sayang. Alasan perpisahan kita sudah kita ketahui, kan! Kamu telah sampai pada kesimpulan bahwa keluarga kita jauh lebih penting daripada hubungan asmara tanpa masa depan." Ia duduk dengan santai dan terlihat penuh kemenangan. Terlihat dari wajahnya bahwa dia akan berhasil dalam tujuannya untuk mendapatkan Amanda kembali.

"Sekedar mengingatkanmu, kehidupan pribadiku bukan lagi urusanmu. Kita tidak perlu membicarakan kehidupan sentimental kita. Kita hanya masa lalu masing-masing." kegembiraan di wajahnya membuat Amanda marah. Dia memilih untuk menjauh dari Antônio bukan karena mantan suaminya, seperti yang dia yakini, tetapi karena persahabatan dan kasih sayangnya yang besar kepada temannya. Ia tidak dapat membayangkan dirinya tanpa Antônio. Namun, fakta bahwa dia putus tampaknya telah mengusirnya pada masa itu. Namun, tak lama kemudian semuanya akan kembali normal, seperti sebelumnya.

"Kehidupan pribadi Anda selalu menjadi urusan aku dan akan tetap seperti itu, Amanda. Kamu akan menjadi istriku lagi atau kamu akan kehilangan segalanya." Ancaman yang berulang-ulang itu membuat Amanda gelisah.

"Bisakah kamu pergi? Aku punya hal yang lebih baik untuk dilakukan daripada berdebat denganmu." dia sangat marah sampai-sampai dia hampir menjatuhkan vas bunga yang ada di bufet dekat pintu.

Breno bangkit perlahan dan ketika dia mendekati Amanda, dia memojokkannya ke dinding dan mulai menciumnya dengan paksa.

"Breno, hentikan! Kegilaan ini harus diakhiri." Amanda mencoba mendorongnya, tapi Breno jauh lebih kuat darinya.

"Berhentilah memperjuangkan sesuatu yang kamu inginkan, cintaku. Aku sangat merindukan tubuhmu." tangannya yang kotor menyentuhnya di bagian pinggang hingga ke salah satu bagian bawahnya, sementara dengan mulutnya Breno mulai menciumi lehernya. Sebuah dorongan untuk muntah menguasai Amanda yang merasa sangat kotor sehingga ia menahan kata-kata yang ingin ia keluarkan. Sentuhan itu terasa menjijikkan. Breno telah menjadi pria yang menjijikkan, dia tidak pernah bisa menjadi pria yang lembut bahkan ketika dia mencoba memenangkan hati seseorang. Tangannya berat dan tidak memiliki kemahiran. Lidahnya sepertinya hanya mencari nafsu dan tidak lebih.

Begitu dia merasakan salah satu tangan pria itu naik dan menyentuh keintimannya, dia berhasil menyadarkan dirinya dari mimpi buruk itu dan menendang pria itu di antara kedua kakinya.

"Gadis pemberontak. Itu membuatku semakin bergairah. Aku tidak sabar untuk mencicipi Anda lagi dan melihat bagaimana Anda setelah setahun tidak bercinta." dia mengabaikan tatapan jijik dari mata Amanda.

"Kamu bajingan, Breno. Kamu tidak punya perasaan sama sekali. Kamu jahat dan dingin." katanya, menyadari bahwa kata-katanya sama sekali tidak mempengaruhinya.

"Hm! Bagaimana dengan si bodoh itu? Jangan beranggapan bahwa dia lebih baik dariku, kita semua sama, ingat?" di wajah yang pernah dianggap cantik oleh Amanda itu hanya ada kesombongan dan superioritas.

"Tidak ada orang yang setara. Jadi, omong kosong jika kamu berpikir seperti itu. Orang-orang seperti kamu berpikir bahwa kamu memiliki hak untuk menjadi hina dan kotor. Tidak semua orang seperti kamu!" dia masih bisa merasakan lidah basah itu menjalar di lehernya. Rasa ingin muntah kembali muncul di perutnya.

"Kamu tidak masuk akal, sayangku a. Bercintalah denganku hari ini dan aku yakin kamu akan menjadi milikku lagi dalam beberapa menit." Dia menjilat bibirnya dan bergerak ke arahnya lagi. Kali ini Breno memegang lehernya dengan kuat dan menciumnya dengan kasar.

"Kamu menjijikkan. Itulah yang aku rasakan tentang Anda. Lepaskan aku, bajingan!" lidah yang marah itu berusaha sekuat tenaga untuk melewati bagian itu. Dan ketika dia berhasil, seolah-olah ada sesuatu yang dingin dan tidak berasa masuk ke dalam mulut Amanda. Saat dia memaksa masuk, dia mendengar suara pecahan sesuatu di belakangnya.

Lepaskan tanganmu darinya, atau aku akan memenggal lehermu tanpa ampun." Breno melepaskan tangannya dan berbalik sambil tersenyum.

"Sahabat pelindung baru saja tiba." sementara Amanda menyeka mulutnya, keduanya saling menatap dengan kebencian.

"Kau seharusnya malu pada dirimu sendiri atas apa yang kau lakukan. Memaksa seorang wanita adalah tahap terakhir dari seorang bajingan busuk dan tak berkarakter sepertimu. Tidak seperti Amanda, aku tahu bagaimana cara membela diri dengan sangat baik, jadi dukunglah aku, Breno." saat dia berbicara, Carol melihat temannya yang terlihat seperti hantu, begitu pucat. Dia juga bisa melihat bahwa Amanda merasa jijik dengan dirinya sendiri saat dia menyeka mulutnya. "Aku akan memberitahumu sekali lagi, Breno. Amanda bukan lagi milikmu, terimalah itu atau kamu akan mendapat masalah serius dengan hukum.

"Hukum apa, sayang? Negara yang menyebalkan ini tidak adil bagi siapa pun. Dan aku hanya menginginkan apa yang dia inginkan." dia menatapnya dengan kemarahan, tapi Carol telah hidup dengan pria seperti dia dan belajar untuk membela diri sebelum hal terburuk terjadi.

"Anda seharusnya malu atas apa yang Anda lakukan. Sudah jelas bahwa dia tidak menginginkan apa yang Anda inginkan. Amanda mencintai pria lain dan Anda harus menerima pilihannya, seperti halnya dia menerima pilihan Anda ketika Anda menghilang di dunia dan meninggalkannya. Keluar dari sini atau aku akan menusukmu dengan ini." katanya sambil menunjuk ke arahnya." Aku juga pandai membuat skandal dan aku yakin semua penduduk setempat akan datang ke sini jika Anda memaksa aku. Aku masih menuduh Anda melakukan percobaan pemerkosaan karena itulah yang aku lihat di sini.

Dengan kekerasan dia meninju pintu apartemen dan pergi menatap mereka dengan sombong.

"Apa yang orang ini pikir dia lakukan? Kau harus melakukan sesuatu Amanda. Ini bisa menjadi serius."

"Aku tahu Carol. Aku akan mulai dengan melarangnya datang ke sini."

"Ayo, aku akan menyiapkan teh untuk kita. Jika aku punya pistol, aku tidak tahu apa yang akan aku lakukan. Aku percaya bahwa pemerkosa dan mereka yang mendukungnya benar-benar layak ditembak di tengah-tengah, sehingga mereka tidak akan pernah menggunakan benda kecil itu lagi. Lagipula, jika mereka bertindak seperti itu, itu karena mereka tidak tahu cara menggunakannya. Siapa yang tahu bagaimana cara menggunakannya bisa membuat wanita mengerang karena senang, bukan karena jijik." Amanda menemaninya. Dia sedikit lebih tidak tegang.

"Tenang Carol, dia tidak akan melakukan itu. Breno adalah seorang pengecut dan dia hanya mengujiku. Dia perlu memastikan bahwa dia masih membuatku takut."

"Dan dia pasti pergi dari sini dengan perasaan penuh kemenangan karena Anda terlihat seperti hantu di tangannya. Tapi jangan khawatir, ketika Antônio tahu bahwa dia mencoba memperkosamu. Karena dia akan melakukan itu, bahkan jika Anda percaya dia tidak akan melakukannya." wanita muda itu menunjukkan dapur seolah-olah dia berada di rumahnya sendiri, dan ketika dia tiba di sana, dia mulai mengatur panci dan rempah-rempah untuk membuat teh. "Aku suka teh yang terbuat dari bahan-bahan alami." sambil mengambil barang-barang yang diperlukan dengan cara yang sangat familiar, Amanda memperhatikan dengan mata tertunduk.

"Aku putus dengan Tony." katanya, merasakan badai datang.

"Ya Tuhan! Apa yang harus kulakukan padamu, Amanda?" Carol bertanya dengan kecewa. Dia merasa gelisah dengan keinginan untuk mengatakan beberapa kebenaran kepada Amanda, tapi dia tahu bahwa ini bukan saat yang tepat.

"Anda akan segera setuju dengan aku. Aku juga telah banyak berpikir sebelum mengambil keputusan ini, tapi aku yakin ini adalah keputusan yang tepat, itu saja." dia yakin, itu sudah cukup.

"Jika Anda berpikir demikian, maka jadilah begitu. Tapi aku yakin keputusanmu itu bodoh, aku tidak bisa menyembunyikannya!" gadis itu menyiapkan teh dengan sangat efisien, sementara Amanda tetap duduk di depannya, seperti patung. "Tapi letakkan sesuatu di kepalamu." kali ini, Carol menatapnya dengan serius. "Kebiasaan yang dimiliki beberapa wanita untuk percaya bahwa mantan pasangannya tidak memiliki keberanian untuk memenuhi ancamannya sangat berisiko. Ketika para pengecut ini mencoba untuk menjadi tangguh, mereka melakukan banyak kerusakan. Jadi jangan naif untuk berpikir bahwa anjing ini tidak akan menggigit, dia bisa menggigit, dan Anda akan begitu yakin akan kebutaan. Anda sehingga ketika Anda melihat kebenaran, Anda tidak akan punya waktu untuk membela diri. "Bangun Amanda!" segera bau itu mulai menguasai ruangan. "Aku rasa kamu lebih membutuhkan teh ini daripada aku." Amanda tahu bahwa temannya benar. Dia akan lebih memperhatikan mantannya. "Aku tahu kamu mengerti kekhawatiranku dan akan membatalkan beberapa omong kosong yang telah kamu lakukan, bukan?" katanya, ingin menutup momen itu dengan dua cangkir panas yang sudah ada di tangannya. Amanda bersikap tenang dan mengubah topik pembicaraan.

"Aku sangat senang dengan kemitraan baru yang telah kita jalin. Aku telah mencoba menjalin kemitraan dengan perusahaan ini selama beberapa waktu, tetapi mereka sangat menuntut dan baru sekarang kami berhasil. Ini akan sangat positif bagi toko kami.

"Tentu saja." Carol setuju, pikirannya melayang jauh.

BAB 11

Beberapa hari berikutnya tampak tenang, yang membuat kedua sahabat ini memiliki suasana hati yang lebih baik dan bersemangat dengan tren baru yang akan datang. Amanda mendedikasikan dirinya untuk toko dan Carol mengikutinya. Mereka selalu memiliki keselarasan yang luar biasa dalam hal bekerja bersama. Ini adalah pilihan terbaik yang Amanda buat dalam beberapa hari terakhir. Dia menunggu toko tersebut berkembang sedikit lagi sebelum mengajukan kemitraan kepada temannya dan dengan demikian semakin membangun kerja sama mereka dalam bisnis.

Suatu pagi, Carol terlambat datang beberapa menit dan ketika ia tiba, ia terlihat bahagia yang membuat Amanda yakin bahwa temannya itu sedang memulai hubungan asmara yang baru. Dia memilih untuk tidak mengomentari hal itu, agar tidak merusak kegembiraan yang lain. Carol adalah orang yang sangat istimewa. Sedikit gelisah dan penuh dengan kebebasan. Tapi Amanda berharap suatu hari nanti bisa bertemu dengan seseorang yang pantas untuknya, seseorang yang akan membuatnya ingin hidup. Tidak mudah untuk menemukan seseorang yang bersedia menghadapi kebebasan temannya. Tapi dia tahu itu hanya masalah waktu. Dia tidak menyangka hal ini akan terjadi dengan cepat, sama seperti temannya, dia bersedia menjalani kisahnya sendiri tanpa pasangan. Untuk saat ini, itulah yang sangat dia inginkan.

Saat itu sore hari dan Amanda sedang menata kotak- kotak kecil perhiasan di atas meja ketika dia melihat sebuah mobil berhenti di depan tokonya. Dia mengenal mobil itu dan dengan penasaran menunggu untuk memastikan kecurigaannya. Dia berpura-pura fokus ketika dia mendengar suara langkah kaki mendekat.

"Selamat siang Amanda!" seseorang yang luar biasa dan sangat tenang berdiri di depannya.

"Hai Antônio, apa kabar?" dia mendekat dan memberikan ciuman di pipinya. "Apa yang telah aku lakukan sehingga aku layak menerima kunjungan yang menyenangkan ini?"

"Aku datang untuk melanjutkan perjanjian kita," katanya dengan percaya diri sambil memasukkan kunci ke dalam saku celananya. Matanya berbinar, secerah senyumnya.

"Aku masih berpikir bahwa ini bukanlah keputusan terbaik yang bisa kita ambil. Kita bisa berada dalam masalah besar karenanya."Amanda sangat senang melihat temannya lagi setelah berhari-hari tak berjumpa, sampai-sampai dia tidak menyadari bahwa Carol telah kembali ke toko.

"Lebih baik daripada mempertaruhkan tubuhmu sendiri di tangan orang gila?" kata Antonio, Amanda menatapnya dengan rasa malu. Temannya telah membocorkan rahasianya. Menyadari kekesalannya, Antônio melanjutkan. "Maafkan aku karena terlalu jujur, Amanda. Tapi aku tidak bisa berpura-pura bahwa semuanya baik-baik saja setelah mengetahui bahwa orang gila itu mencoba memaksamu. Aku seorang pria dan aku percaya bahwa ketika seorang pengacau seperti Breno sampai pada tingkat itu, dia sudah gila atau sangat tidak bermoral. Dan aku lebih suka Anda tidak mengetahuinya sendiri."

"Dia putus asa, Antônio. Dia kehilangan wanita yang dia yakini akan menjadi pendamping hidupnya. Sekarang dia mengetahui bahwa wanita itu berencana untuk menikah dengan pria yang jauh lebih baik darinya. Dia merasa tidak pada tempatnya tanpa kekuatan yang selama ini dia miliki."

"Jika kamu berpikir seperti itu tentang aku, mengapa Anda mempersulitnya?" tanyanya dengan serius.

"Karena aku terlalu menghargai persahabatan kita dan menyadari nilainya, aku kesal melihat Anda membuang-buang waktu."

"Kalau begitu, biarlah aku yang membuang-buang waktuku. Seperti yang aku katakan sebelumnya. Ini milikku, aku akan melakukan apa yang aku inginkan dengannya." Antônio yakin dengan apa yang dia lakukan di sana. Ketika dia mendengar apa yang telah terjadi, dia ingin meninju Breno, tetapi dia memikirkannya dengan lebih hati-hati. Antônio tidak akan menggunakan kekerasan seperti yang dilakukan Breno. Hal ini akan membuatnya kalah dalam kompetisi. Dia akan memperlakukannya dengan kecerdasan dan kebijaksanaan, yang tidak dimiliki Breno. Dengan begitu dia akan memiliki keunggulan dibandingkan mantan suami Amanda.

"Aku akui bahwa aku sedikit tidak yakin dengan beberapa hal." Amanda mengaku.

"Kalau begitu terimalah aku, dan yang bisa aku lakukan terhadapmu adalah mencampurkan pakaian kita atau sikat gigiku dengan milikmu." Senyumnya yang lembut membuatnya rileks.

"Apa maksudmu? Kita harus punya lemari sendiri. Apa kau pikir aku akan membiarkanmu mengacaukan kamarku?" Antônio mendekat dan Amanda dapat mencium aroma parfum yang menyenangkan yang meskipun ia tahu akan persahabatan dan ketidaktertarikan fisik yang dimiliki oleh salah satu dari mereka, ia tidak dapat menahan diri untuk tidak menciumnya lebih dekat.

"Hidup tidak memberikan banyak kesempatan. Bagaimana kalau kita segera mendapatkannya? Mari kita bersenang-senang bersama. Tidak ada yang salah dengan itu." dia tidak tahu mengapa, tapi dia melemparkan dirinya ke dalam pelukannya. Dia rapuh, jadi dia membutuhkan dukungan yang lembut dan baik seperti itu. "Hei! Anggap aku ada, oke?! Aku hanya ingin kau baik-baik saja, dan aku tahu kau membutuhkan seseorang di sisimu sekarang. Mencairkan suasana di dalam dirimu." tanyanya sambil membelai rambutnya.

"Aku berharap aku jatuh cinta padamu." pernyataan itu mengejutkannya. Tapi itu adalah kebenaran. Dia akan sangat bahagia jika hatinya memutuskan untuk memandangnya secara berbeda.

"Tapi aku pikir kamu mencintaiku, karena aku mencintaimu." Antônio meremasnya lebih erat dalam pelukannya. Selalu menjaga jarak yang aman.

"Aku mencintaimu, tetapi tidak seperti yang seharusnya." dia tidak peduli dengan pengakuannya. Dia tahu kebenaran itu dan menerimanya dengan senang hati. Dia berharap untuk tetap bersikap positif tentang hal itu.

"Apakah kita akan melanjutkan dengan tanggal pernikahan yang sama?" dia ingin tahu. Jika dia mengubah seluruh rencana, dia harus menjadwal ulang beberapa anji.

"Ya, semuanya seperti semula. Apakah itu masalah bagi kamu jika kita tetap mempertahankannya? Mungkin kamu sudah mengubah rencana kamu akhir-akhir ini." katanya, malu karena kekanak-kanakan menolak uluran tangan yang diulurkannya.

"Jadi begitu." kegembiraan yang dia rasakan jauh lebih besar daripada senyum yang dia tunjukkan. Dia akan melanjutkan rencananya untuk merawat Amanda dan Lucas selama dia bisa.

"Maafkan aku karena telah menjadi pengecut yang tidak tahu berterima kasih. Suatu hari nanti aku akan belajar, aku janji." dia menjauh darinya dengan penuh kasih sayang Amanda tidak bisa memanfaatkannya.

"Aku memaafkanmu jika kamu tidak akan pernah melakukannya lagi. Kita masih punya beberapa minggu lagi dan aku tidak ingin kamu mengubah rencana yang telah kita buat." kata Antonio dengan serius. Dia tidak tahan jika Amanda kembali mundur lagi.

"Aku berjanji tidak akan melakukannya lagi." dia lebih bersemangat dengan kekuatan yang diberikan temannya.

"Kalau begitu kita bersama lagi. Dan aku ingin kamu tetap mengawasi mantanmu. Kamu bisa menghubungiku saat kamu membutuhkanku dan jangan ragu untuk memberitahuku jika dia mendekatiku dengan cara seperti itu lagi, janji?" dia mengangkat tangannya untuk menyegel kesepakatan itu. Amanda juga mengangkat tangannya sendiri.

"Aku janji," katanya, menatapnya dengan tatapan yang membuatnya terpesona.

"Aku harap Anda menaruh ide di kepala gadis itu." Carol tampak ceria setelah menyelinap keluar saat mereka mengobrol, dia sengaja keluar dari toko. Dia tahu Antônio akan pergi ke sana. Dia menjadi sangat kesal ketika Carol menceritakan apa yang telah terjadi.

"Kamu memang pembual." Carol mengabaikan komentar Amanda dan pergi ke kantor untuk menyimpan kuitansi yang telah ia keluarkan dari tasnya.

"Aku akan kembali ke pekerjaan aku. Anda bisa melanjutkan pembicaraan seolah-olah aku tidak ada di sini, oke?! Salam Antônio, aku senang bertemu dengan Anda lagi!" teriak Amanda dari tempatnya berdiri.

"Demikian juga, Carol. Dan terima kasih telah menjadi gadis yang cerdas, peduli dan gigih. Bosmu berhutang budi pada kamu untuk hal ini." katanya sambil melihat ke arah Amanda, yang mengerutkan keningnya.

"Tolong katakan itu padanya." semua orang tertawa mendengar komentar itu dan Amanda diam saja, sibuk membuat catatan di lembar kerja tagihan yang sudah dibayar.

"Aku ingin mengajak kamukeluar malam ini, apakah kamu mau?" Amanda tahu bahwa pria itu sama sekali bukan orang yang suka berpesta, bahkan sebaliknya, tapi ia penasaran ingin melihat pria itu dalam lingkungan seperti itu.

"Pasti menarik melihat kamu menari funk."

"Lupakan saja, yang paling bisa aku lakukan adalah menari dengan sebuah lagu, tapi tidak ada yang ekstrim." Mereka berdua tertawa membayangkan adegan itu.

"Aku akan menjemputmu jam 8 malam." dia melambaikan tangan dan berjalan keluar pintu, meninggalkan cahaya hangat di ruangan itu.

"Aku akan membawanya bahkan dengan penutup mata, Amanda! Pintar-pintarlah, wanita lain mungkin juga memikirkan hal yang sama denganku." Carol berbicara dari ruangan lain ketika dia menyadari bahwa dia telah pergi.

"Brengsek kau!" Amanda menjawab sambil tersenyum dan pergi mengambil secangkir kopi.

BAB 12

Malam itu sangat menjanjikan. Setelah makan malam singkat ditemani dengan anggur yang enak untuk bersantai, mereka berdua menuju ke klub malam di pusat kota.

Suasananya masih seperti yang mereka ingat. Setengah gelap dengan meja-meja di sudut-sudutnya dan sebuah jalan besar yang memberikan kesempatan bagi orang-orang untuk saling melihat satu sama lain sebelum menuju ke lantai dansa untuk bersenang-senang. Orang-orang tampak ingin menikmati satu sama lain dan segera mereka tidak lagi merasa seperti penyusup. Mereka hanya ingin bersenang-senang bersama, tidak lebih.

"Kemarilah! Mari kita duduk di meja yang ada di sudut sana. Dari sana, kita bisa melihat hal-hal hebat yang pasti akan terjadi di sini. Biarkan orang lain dengan sikap sangat bebas dan tidak tahu malu menari serta menginspirasi kita untuk lebih santai." katanya, tersenyum sambil berjalan ke depan dan menggandeng tangannya.

"Ayo kita pergi!" Amanda setuju dan mereka pun pergi ke tempat tujuan. Sesampainya di sana, mereka memesan tequila untuk sedikit bersantai.

"Mungkin sudah satu dekade sejak aku pergi ke klub malam. Aku tidak melebih-lebihkan." Antônio tersenyum geli karena dia baru menyadari betapa terisolasinya dia hingga bertemu Amanda.

"Jangan merasa sendirian di sini. Aku juga pasti sudah lama tidak di rumah." Tak lama kemudian, minuman pun tiba dan mereka mencicipinya. "Kuat, tapi cocok untuk acara ini."

"Bersulang untuk kita." Amanda menatapnya dengan bingung. "Kita kembali bersama. Kita harus merayakannya." dia akan bergabung dengan kebahagiaan itu, mereka ada di sana untuk bersenang-senang.

"Cukup." mereka mengangkat gelas dan bersulang. Mereka bahagia dan itu sudah cukup. Besok mereka akan melihat apa yang akan terjadi. Apakah dalam tawa yang baik atau sakit kepala yang hebat.

Percakapan menjadi seru. Mereka mengamati kerumunan orang dengan harapan mereka bisa tertawa karena situasi aneh yang ditimbulkan oleh minuman tersebut. Beberapa orang tampak begitu terbiasa dengan tempat itu, bahkan ketika cukup mabuk, mereka dapat berjalan ke mana-mana dan tidak menabrak apa pun. Namun, yang lainnya tidak seberuntung itu. Seperti mereka, ada banyak pasangan lain yang bersenang- senang. Beberapa sangat dekat satu sama lain dan yang lainnya menari sendirian.

"Ayo kita ke lantai dansa." Amanda berseru dengan penuh semangat. Minuman sudah habis dan dia merasakan dorongan yang kuat untuk bergabung dengan orang-orang yang ceria itu. Sebuah dorongan untuk kebebasan menguasainya. Dia harus merasa bahagia karena sudah lama dia tidak merasakannya.

"Ayo," dia berdiri dan memberikan tangannya. Pada saat itu lagu "*What Goes Around Comes Around*" mulai diputar. Ketika mereka bertatap muka, Antônio berbicara di dekat telinganya.

"Apakah ini yang akan terjadi? Aku tidak bisa hidup tanpamu"

"Dasar bodoh!" katanya sambil menepuk pundaknya. Sambil memeluknya dengan lembut, dia memberinya putaran lembut yang membuatnya melayang.

"Rasakan sentuhan musik ini dalam jiwamu dan biarkan musik ini merasukimu." sambil mengatakan hal ini, dia mengelilingi Amanda dan melemparkannya ke samping. Saat dia bergerak maju mundur, Amanda terkadang menurunkan tangannya ke arah angin dan membiarkan dirinya terbawa oleh suara Justin Timberlake.

"Aku merasa sangat baik sekarang, Antônio." katanya. "Apakah karena minuman itu?" dia sepertinya membutuhkan jawaban, dan dia ingin membantunya.

Aku percaya bahwa kesempatanlah yang membuat Anda merasa seperti ini, Amanda. Minuman itu hanyalah tambahan untuk membuat kita merasa bahagia. Minuman tidak bisa melakukannya sendiri.

" Bagus kita tahu hal itu." katanya, berbalik membelakangi Antonio dan mengikuti beberapa penari.

Lagu-lagu lain datang dan mereka masih di sana. Seperti dua anak muda yang ingin melupakan ketakutan dan karma mereka. Mereka hanya ingin bersenang-senang, tidak lebih.

Amanda menatap wajah temannya. Menyadari dia tidak waras saat ingin menjauh dari Antonio, sekarang dia mengerti. Antônio adalah rumahnya, belahan jiwanya. Dia memiliki senyum terbaik dan suasana hati terbaiknya saat bersamanya. Dia tidak punya alasan untuk menyangkal momen-momen tersebut, meskipun dia tahu bahwa itu hanya sementara dan pada suatu saat, mereka harus kembali ke kehidupan nyata dan berpisah. Mereka akan bahagia bersama. Status hubungan mereka tidak menjadi masalah. Sambil tersenyum, ia mengalihkan perhatiannya kembali ke musik.

"Dialah orang yang aku inginkan untuk bersama aku.", pikir Antônio sambil mengaguminya. Mereka tampaknya menjadi satu-satunya yang ada di sana. Dia sangat ingin menyentuh bibir Amanda, dan dia bersumpah Amanda menawarkannya, tapi dia tidak melakukannya karena takut merusak semuanya. Dia tahu dia harus menikmati saat-saat seperti itu saja, karena mereka hanya berteman. Tapi dia akan menikmati setiap momen seolah- olah itu adalah yang terakhir.

Ketika mereka kembali ke rumah, mereka kelelahan, tetapi bersemangat. Mereka bahkan tidak ingat bahwa mereka adalah tokoh utama dalam drama yang tidak romantis. Mereka bersenang-senang dan itu sudah cukup untuk satu malam.

Begitu dia memarkir mobil di depan pintu gedung, dia menoleh ke arah Amanda sambil tersenyum lebar.

"Bagaimana pendapatmu tentang malam yang menandai kita kembali memulai hubungan lagi?"

"Tidak bisa lebih baik lagi. Sangat menyenangkan, terima kasih". Amanda menyentuh kakinya dan Antônio merasa sedikit kaget.

"Kita bisa mengulanginya kapan saja. Tentu saja pesta, bukan pembatalan pernikahan." mereka tersenyum ramah dan setelah mengucapkan selamat tinggal, Amanda melangkah keluar dari mobil, tetapi segera berbaris dan mengikuti sampai dia menghilang ke dalam rumah jaga.

Ketika dia memasuki rumah, dia menutup pintu dan bersandar di sana sambil tersenyum. Perlahan-lahan ia melepas sandalnya dan berjalan keluar sambil bernyanyi, menuju kamarnya. Dia senang karena dia sendirian. Dia tidak tahu bagaimana menjelaskan kepada anaknya tentang alasan dari kebahagiaan yang tiba-tiba itu.

BAB 13

Hari-hari berlalu dan sedikit demi sedikit Amanda berhasil menyingkirkan ketakutan dan rasa tidak aman yang sangat menyiksanya akhir-akhir ini. Dia sedang melakukan salah satu hal yang paling disukainya, bekerja, ketika telepon berdering di sakunya dan membuyarkan konsentrasinya. Antônio yang meneleponnya untuk menanyakan kabarnya.

"Aku mulai bekerja seharian penuh hari ini, tetapi semuanya beres, dan apa kabar?" dia ingin tahu.

"Tidak banyak yang harus aku lakukan, jadi aku pikir aku harus mengajak Anda untuk mengajak Lucas melihat rumah baru." Antônio berkata.

"Pagi ini aku akan punya banyak pekerjaan, tapi aku yakin sore nanti aku akan selesai." Amanda sangat ingin melihat reaksi putranya tentang rumah barunya. Dia berharap dia akan bersikap seperti yang dia lakukan saat mendengar tentang pernikahan mereka. Reaksinya adalah euforia murni yang sudah Amanda duga, karena putranya dan Antônio bergaul dengan baik. Sekarang dia akan mengantar Antônio ke rumah barunya.

"Aku akan mampir ke toko Anda, kita akan menjemput Lucas dari sekolah dan pergi ke rumah baru." Antônio sangat senang mendengar konfirmasi tersebut. Dia telah menunggu saat itu selama berhari-hari.

"Hari ini Lucas kembali ke kelas dan setelah itu kita akan mengajaknya melihat rumah baru. Aku harap dia menyukai rumah barunya." Amanda berkata kepada temannya sambil menutup telepon.

Putranya baru saja tiba dari perjalanan sehari sebelumnya, penuh dengan berita dari peternakan dan dia mengambil kesempatan untuk menghabiskan waktu luang bersamanya. Antônio sedang menyelesaikan masalah keluarga dan tidak dapat menemui mereka. Amanda teringat saat ia berpisah dengan ayah dari putranya dan betapa sulitnya baginya untuk kehilangan kehadiran laki-laki dengan cepat. Jika Breno tidak pergi segera setelah mereka berpisah, anak itu pasti akan lebih sedikit menderita, tetapi Breno telah pergi berpetualang tanpa mempedulikan perasaan anak itu, yakin bahwa ketika dia kembali, Amanda akan berubah pikiran dan menerimanya kembali, seolah tidak ada yang terjadi. Tidak akan seperti ini, dia berjanji pada dirinya sendiri ketika dia mendengar tentang perjalanannya tanpa ucapan selamat tinggal pada anak laki-laki yang ditinggalkan dengan air mata, tidak mengerti mengapa ayahnya tidak bersamanya. Breno bukanlah ayah yang sangat hadir, tetapi dia suka membawakan mainan Lucas, dia tahu bagaimana cara menyenangkan hanya dengan hadiah, ini adalah taktik kemenangannya. Karena anak itu tidak mengerti, dia percaya bahwa dia sangat dicintai oleh ayahnya, yang membuatnya sangat sedih dengan ketidakhadirannya. Yang menggembirakan Amanda dan anak laki-laki itu, tak lama kemudian Antônio muncul dalam hidup mereka. Seorang teman yang sangat berharga yang membantunya melewati kesulitan yang dialami banyak wanita ketika mereka berpisah tanpa memiliki profesi yang dapat menghidupi mereka. Tidak hanya itu, dia juga menjadi sosok pria yang berharga yang dibutuhkan putranya di masa mudanya. Antônio lembut, dan tahu bagaimana membuat Lucas kecil lebih bahagia daripada siapa pun, dan dia menjadi terikat padanya seperti halnya dengan ayahnya. Itu semua yang Amanda butuhkan untuk memiliki kekuatan dan bergerak maju dengan rencana dan mimpinya.

"Jangan khawatir, dia sangat menyukai Antônio dan dia membalas cinta ini, dia pasti akan menyukai rumah ini," kata asistennya, membawanya keluar dari lamunannya.

"Aku senang melihat betapa rukunnya mereka berdua, tapi aku takut Breno akan merasa terancam dengan cinta putranya dan ingin memanipulasinya untuk melawan Antônio." Dia tahu bahwa hal itu memang bisa terjadi, karena Breno tidak suka berbagi perhatian dengan siapa pun.

"Dia anak yang cerdas dan akan tahu bagaimana memisahkan sesuatu." Carol berkata untuk menenangkannya. "Ngomong-ngomong, kamu tidak memberitahuku hal lain tentang kalian berdua." gadis yang selalu mengikuti perkembangan peristiwa itu mengeluh. "Apa kau tidak mengalami saat-saat panas itu lagi?" tanyanya dengan nada jahat.

"Kami berusaha untuk tetap menjaga fokus utama kami. Hanya itu yang penting sekarang." Carol menatap Amanda, dia tidak senang mendengarnya. "Kadang- kadang aku melihatnya dengan mata terbuka lebar dan aku pikir dia menyesal telah mengikuti pertandingan itu." Amanda berkomentar dengan serius. "Namun setiap kali hal ini terjadi, ia segera meraih tangan aku dan membawanya ke mulutnya sambil memberikan ciuman lembut dan lembut, seolah-olah mengatakan bahwa ia akan bersama aku sampai akhir."

"Jika aku memiliki pria seperti itu yang mencium aku di tangan, aku pasti akan memberinya lebih banyak ciuman. Cobalah untuk mencoba hubungan itu dan lihat apa yang terjadi."

"Mengapa aku harus mempekerjakan asisten yang gila seperti itu?" Amanda berpikir.

"Anda tidak ingin melihat yang sebenarnya, Amanda, dan itu sangat disayangkan." Carol menyimpulkan.

"Aku berharap aku memiliki sedikit saja ada kegilaanmu yang mengalir di pembuluh darahku ku." Amanda mengaku. "Kamu tidak tahu betapa sulitnya menghadapi situasi seperti ini, dan sebagai tambahan, tahukah kamu bahwa Breno memutuskan untuk mencegatku di jalan untuk memberikan ancaman?" dia menyelesaikan pidatonya, membuat Carol menatapnya dengan tatapan kritis

"Aku tidak tahu! Kamu belum memberitahuku tentang hal itu!" Carol mengeluh.

"Ya, aku rasa tidak. Aku tidak ingin membebani Anda dengan masalah aku yang lain." Amanda menatap temannya, yang dengan tajam mengkritiknya dengan matanya.

"Kamu telah memberiku nasihat yang gila, jadi aku memilih untuk tidak membicarakannya." Amanda ingin membenarkan dirinya sendiri.

"Oh, Tuhan! Aku tidak melihat ada yang gila tentang bersenang-senang dan mencintai seseorang. Aku tahu dia adalah pria yang tepat untukmu. Ditambah lagi, kalian lebih cocok daripada banyak pasangan yang aku kenal." gadis itu terbakar.

"Dia adalah pria yang tepat untuk wanita mana pun, Carol, namun kami hanya berteman. Kamu harus mengerti!" pintanya, ia memohon karena ia tahu bahwa jika ia terus mendengarkan seluruh laporan itu, ia akan membiarkan dirinya diyakinkan dan ia tidak akan bisa melakukannya. Keduanya telah berteman begitu lama, dan dia tidak bisa mengambil risiko.

"Aku harap Anda tidak terlambat mengetahui bahwa inilah pria yang Anda cari." Argumen Carol menyentuh hati Amanda.

"Jika dia menemukan wanita yang baik, aku akan sangat senang, dia pantas mendapatkannya." katanya. "Jika Anda mengetahui bahwa Anda jatuh cinta, aku ingin tahu apakah Anda akan senang melihatnya bersama orang lain." Carol menjawab.

"Aku katakan tidak ada kemungkinan seperti itu, Carol. Persahabatan aku dengan Antônio lebih dari sekadar nafsu duniawi, lebih dari itu." dia mencoba menjelaskan.

"Dengar baik-baik Amanda, jika kamu tetap bersamanya, persahabatan ini memiliki kesempatan untuk tetap indah. Pikirkanlah, jika dia menemukan wanita lain, apakah kamu percaya bahwa hal itu akan sama di antara kalian? Tidak akan pernah! Tidak ada wanita yang akan membiarkan persahabatan ini terus berlanjut seperti ini. Pada kencan pertama di antara kalian bertiga, dia akan melihat bagaimana dia memandang Anda dan akan melakukan segalanya untuk menjauhkan Anda. Aku sendiri akan melakukan hal seperti itu." Carol menyatakan.

"Anda menciptakan ilusi. "Dia tidak melihat aku secara berbeda, Anda yang melihat kebencian pada orang lain." Amanda berkomentar. Belum sempat gadis itu memprotes, seorang pelanggan masuk ke dalam toko dan mengakhiri percakapan.Amanda dan Antônio sedang menunggu di gerbang sekolah ketika seorang anak laki-laki menghampiri mereka.

"Hai Tony!" kata anak itu sambil masuk ke dalam mobil setelah mencium wajah ibunya.

"Apa kabar, jagoan Sepertinya kamu sudah semakin besar. Jika kamu terus seperti itu, sebentar lagi kamu tidak akan muat di dalam mobil." Anak laki-laki itu tersenyum bahagia, membawa kedamaian yang luar biasa ke dalam hati Amanda, yang menjadi semakin yakin akan pentingnya Antônio dalam hidupnya.

Dalam perjalanan, beberapa kali ia melihat rasa ingin tahu anaknya tumbuh. Di alamat baru, ia akan memiliki lebih banyak ruang dan kenyamanan untuk kehidupannya sebagai seorang anak. Meskipun ia tahu bahwa Lucas akan lebih baik menjalani masa kecilnya di rumah, ia selalu memilih untuk tinggal di apartemen karena alasan keamanan. Terutama setelah perpisahan mereka, dan hal itu menyebabkan beberapa keterbatasan bagi si kecil yang tentu saja ingin sekali menemukan tempat baru di mana dia bisa menjelajah.

"Kita sampai!" Amanda berbicara sambil menoleh ke belakang untuk melihat reaksi si kecil.

"Ini sangat besar, Bu!" katanya sambil melangkah keluar dari mobil menuju trotoar. "Ada taman yang luas. Aku bisa bermain di sana bersama teman-temanku."

"Itulah yang aku pikirkan ketika aku mendesain area ini." komentar tersebut membuat ibu dan anak itu senang. Anak itu karena dia tahu dia bisa menggunakan area tersebut untuk hiburannya, dan sang ibu karena kesediaan Antônio untuk menyenangkan putranya.

"Terima kasih telah mempertimbangkan anakku," sang ibu mengucapkan terima kasih saat mereka berjalan masuk.

"Dengan senang hati, sayang." Kata Antônio sambil memeluknya. Amanda tidak keberatan, karena putranya perlu melihat tanda-tanda kasih sayang di antara mereka berdua, itu akan baik untuk perkembangannya.

Mereka menunjukkan semua ruangan kepada anak laki-laki itu dan menyisakan yang terbaik untuk diperlihatkan terakhir, kamar tidur. Mereka tahu bahwa anak itu tidak mementingkan apa yang dilihatnya. Perhatiannya terfokus pada sesuatu yang akan datang. Mereka sampai di depan pintu yang ditunggu-tunggu oleh Lucas, dan dia dapat membukanya, dengan rasa ingin tahu yang besar. Anak laki-laki itu masuk ke dalam dan memperhatikan detailnya, kagum dengan apa yang dilihatnya.

"Wow, banyak sekali mainan yang keren," serunya. "Lihatlah Bu, *action figure* yang aku inginkan dan tidak sempat Ibu beli karena terlalu mahal untuk mengambil seluruh koleksinya, sekarang aku punya semuanya." anak laki-laki itu melihat mainan lain yang berjejer di rak-rak, komputer baru, dan seprei indah dengan gambar anak-anak yang serasi dengan gordennya. Di kamar mandi, ia melanjutkan turnya ke sekeliling kamar yang telah dihias.

"Kamar aku sangat indah. Aku ingin datang dan tinggal di sini hari ini. Bolehkah kami ikut, Bu?" tanya anak yang sangat gembira itu.

"Tenanglah anakku!" Amanda memeluknya. "Kita akan segera kembali ke sini. Benar!" katanya, lalu melepaskan anak itu untuk memberi tempat baginya.

"Ikutlah denganku Lucas." Antônio memanggil, dia sedang memperhatikan adegan itu. Anak laki-laki itu menggandeng tangan Antônio dan mereka pergi ke sisi rumah.

"Sebuah kolam renang untukku!" anak itu sangat gembira. "Ada satu lagi yang besar juga. Ini untuk kamu dan ibu." dia mengamati.

"Kamu tidak perlu khawatir Antônio. Kita bisa pergi ke klub seperti yang biasa kita lakukan." komentarnya dengan penuh rasa syukur. Pada kunjungan sebelumnya Antônio tidak mengajaknya ke luar, dia ingin memberi kejutan kepada mereka berdua.

"Sekarang kamu punya dua pilihan." katanya. Amanda tidak dapat mempertanyakan kebaikannya, jadi dia tersenyum penuh syukur.

Setelah berkeliling rumah, mereka memutuskan untuk pergi. Mereka berada di dalam mobil untuk kembali. Anak itu mengambil waktu sejenak dalam dialog panjangnya dengan Antônio tentang rumah itu ketika dia memutuskan untuk menyampaikan berita itu kepada Amanda.

"Amanda. Aku harus pergi ke Goiânia lagi untuk sebuah acara dan mengunjungi seorang klien, yang akan memakan waktu seminggu penuh. Aku harus kembali pada hari Sabtu atau Minggu. Jika kamu perlu berbicara denganku , aku akan berada di hotel ini dan hubungi aku lewat ponsel." dia selesai dengan menyerahkan sebuah kartu.

"Baiklah!" jawabnya sambil melihat kertas itu.

"Saat aku kembali, kita akan berbicara lebih banyak tentang proses pernikahan." Dedikasinya untuk membuat semuanya berjalan lancar sangat menarik di mata Amanda. Hal itu membuatnya senang sekaligus khawatir.

"Setuju." katanya.

Jika Anda memiliki ide untuk sementara waktu, aku ingin kamu memberi tahu aku." Pinta Antônio dan berhenti di lampu merah. Dia menoleh ke arahnya dan Amanda hampir tersedak. Dia belum pernah melihat Antônio seperti itu. Dia mengenakan kacamata hitam dengan hidung mancung dan bibir yang berbentuk penuh tampak seksi dengan sosoknya yang gagah. Kontras antara sinar matahari yang menyinari wajahnya membuatnya sangat seksi di mata Amanda berusaha mengalihkan perhatiannya pada pergerakan trotoar. "Ada yang tidak pas di sini," pikirnya.

Mereka berhenti berbicara sejenak dan tak lama kemudian mobil sampai di sebuah bangunan kecil tempat Amanda dan putranya tinggal.

"Sampai jumpa, Tony!" Lucas berbicara sementara Antônio meletakkan tangannya di atas kepala anak laki- laki itu, mengacak-acak rambutnya.

"Sampai jumpa beberapa hari lagi, jagoan." Antônio menjawab dengan berpura-pura menata rambut anak itu lagi.

"Sampai jumpa, Tony," kata Amanda sambil bercanda. "Aku rasa mulai sekarang aku lebih suka kamu memanggil aku Tony, seperti Lucas. Nama yang iucapkan olehmu sangat indah." Mereka berdua tersenyum mendengar leluconnya dan dia pergi.

"Apakah rumah itu benar-benar milik kita?" tanya anak laki-laki yang kebingungan itu.

"Ya, sayangku , dan sebentar lagi kita akan tinggal di sana." Satu masalah lagi bagi Amanda; putranya sangat senang dengan rumah barunya yang belum tentu akan menjadi miliknya." Ayo kita pergi sayang a. Hari ini ibu akan menyiapkan makanan besar untukmu."

Ibu dan anak itu berjalan beriringan.

BAB 14

Seperti biasa, Amanda sedang berada di tokonya ketika Breno muncul. Dia tidak pernah muncul di sana sejak kejadian itu dan Amanda bahkan mengira dia sudah menyerah dengan hal bodoh yang dia rencanakan.

"Selamat pagi, putri." katanya saat masuk.

"Apa kabar Breno." Amanda menyapa, mengabaikan kebaikannya yang palsu. Dia tidak membuat laporan polisi, meskipun Carol mengkritiknya karena tidak melaporkannya.

"Aku datang untuk meminta maaf padamu, aku cemburu dan itulah mengapa aku melakukan hal bodoh itu. Aku bukan Brenoyang seperti itu, kamu tahu itu." suara itu terdengar malu, tapi Amanda tidak keberatan. "Maukah kamu menghabiskan akhir pekan bersamaku di pertanian keluargaku?" Breno mengundang untuk mendekatinya.

"Lucas akan senang jika kamu mengajaknya. Dia suka pertanian." jawabnya dengan nada kritis karena ajakan itu disampaikan dalam bentuk tunggal.

"Keluarga itu aku termasuk anakku, mengundang kamu ." Breno membela diri dengan senyum wajar .

"Bukankah seharusnya sebaliknya? Undangan itu seharusnya ditujukan untuk Lucas." Amanda melanjutkan dengan suaradatar

"Kau tampak sedikit gugup hari ini Amanda. Aku tidak ingat pernah melihatmu seperti itu saat kita masih bersama, kurasa hubungan itu tidak ada gunanya bagimu." komentar itu hampir membuatnya tertawa jika pria itu tidak sedang begitu sedih.

"Kamu tidak punya waktu untuk masalahku dan aku juga tidak suka mengganggumu. Mengerti?" katanya mencoba untuk tetap tenang.

"Apa kamu masih memakai cincin itu?" Breno mengkritiknya, mengubah topik pembicaraan.

"Tentu saja masih. Aku akan menikah jadi aku memakainya." Tekanan Breno pada cincin permata itu mulai membuatnya jengkel.

"Kapan pernikahannya?" tanyanya dengan sopan. "Sekitar satu setengah bulan lagi." Dia belum punya tanggal, tapi sudah dekat dengan waktu itu. Sayang sekali nama Anda digunakan dalam sebuah sandiwara." Breno ingin mencari bukti bahwa hubungan mereka tidak nyata, karena setiap kali dia membicarakan hal itu, dia mengawasinya dengan seksama.

"Mengapa kamu selalu mengatakan itu ketika kamu berbicara tentang pernikahanku?" Amanda ingin tahu, marah atas kecurigaannya.

"Aku tahu kamu tidak menyukainya, aku bisa melihatnya di matamu, jadi mengapa kamu terus melakukannya?" dia benar tentang apa yang dia katakan. Dia sepertinya mengenalnya lebih dari dirinya sendiri.

"Bahkan jika aku tidak mencintai calon suamiku , yang mana itu tidak benar, ini hanya akan menjadi sebuah detail, karena jatuh cinta dengannya melalui persahabatan sehari-hari tentu tidak akan sulit sama sekali, yang biasanya tidak terjadi pada pasangan yang menikah karena cinta, dan seiring berjalannya waktu, perasaan itu tidak ada lagi dan tidak ada yang sama lagi." dia pasti salah satu dari orang-orang ini.

"Itu adalah hal yang cerdas, tetapi pada kenyataannya, hal itu tidak bekerja sebaik yang kamu katakan." Breno tidak mengerti tentang hubungan yang baik dan murni tanpa niat kedua, fakta itu membuat argumennya tidak valid.

"Apakah kamu belajar sesuatu tentang perasaan selama kamu bepergian, Breno?" kritik itu membuat Breno mendekati Amanda dengan cepat.

"Banyak, dan aku ingin sekali menunjukkannya padamu." Breno ingin menciumnya, tapi dihentikan oleh Carol yang muncul dari dalam toko.

"Apa kabar Breno?" sapanya dengan sopan.

"Jauh lebih baik, Carol. dan kamu?" dia sama sekali tidak terlihat senang dengan kehadirannya.

"Aku baik-baik saja, terima kasih." dia berterima kasih, bersandar di meja dan menjelaskan bahwa dia akan tetap di sana.

"Aku senang." katanya, menoleh ke Amanda. "Aku harus pergi. Aku akan menghubungimu." katanya, mengucapkan salam perpisahan kepada mereka berdua dengan anggukan kecil.

"Kau tidak memberitahuku kalau dia bisa begitu baik." Carol bercanda.

"Aku juga merasa sikapnya aneh, aku masih tidak tahu mengapa, atau aku tidak ingin melihatnya." dia merasa bahwa dia tampak sangat percaya diri dalam pertarungannya.

"Jika kamu mengatakan begitu, aku percaya, kamu adalah orang yang mengenalnya." Kata Carol, sambil mengangkat tangannya untuk membela diri.

Amanda setuju dengannya sebelum kembali ke pekerjaan yang belum selesai karena kedatangan mantan suaminya.

Pada sore hari, ketika mereka bersiap-siap untuk mulai menata toko untuk penutupan, seorang pria berpakaian rapi datang mencari Amanda.

"Bisakah aku berbicara dengan Nyonya Amanda Castro Gonçalves?" tanyanya. Ketika mendengar namanya disebut, dia berjalan ke ruangan lain.

"Apa yang bisa aku bantu?" Amanda bertanya sambil melangkah mendekat.

"Aku seorang petugas yudisial dan aku memiliki sebuah dokumen untuk Anda." Dia mengambil beberapa kertas dari tasnya dan menyerahkannya kepada Amanda. Dia memeriksa dan menandatanganinya, lalu menyerahkannya kembali kepada pria itu. Amanda mengucapkan terima kasih dan tetap diam hingga petugas tersebut meninggalkan toko.

"Dia pergi dari sini dengan sangat tenang dan percaya diri." katanya sambil melihat amplop di tangannya. "Apakah dia memenuhi ancamannya?" asistennya bertanya dengan keraguan di wajahnya.

"Ya." Amanda menjawab sambil menatap jauh ke kejauhan dan membayangkan langkah selanjutnya. "Sekarang saatnya untuk fokus pada kepentingan aku sendiri sehingga pada hari H, aku dapat menempatkan Breno di tempat yang semestinya." Amanda telah menunggu kabar tersebut, tetapi setelah mendapatkan kepastiannya, ia merasa sedikit lebih sakit.

"Kamu akan menang. Aku yakin," temannya meyakinkannya.

"Itulah yang aku harapkan, Carol. Aku akan berjuang untuk itu." jawabnya lebih percaya diri.

Amanda sedang mengamati koran itu ketika telepon genggamnya berdering. Tampaknya malaikat pelindungnya tahu waktu yang tepat kapanpun dia membutuhkannya.

"Hai Tony," katanya, mencoba tersenyum.

"Apa kabar, Amanda?" tanyanya, senang karena Amanda memanggilnya dengan nama panggilannya. Namun, ada sesuatu dalam suaranya yang menarik perhatiannya. "Apa ada yang salah Amanda?" dia sangat jeli dan terbiasa melihat perubahan suasana hati Amanda setiap kali hal itu terjadi. Suasana hati Amanda tidak mudah berubah, tetapi sejak mantan suaminya kembali, dia sering terlihat berubah-ubah.

"Seorang petugas pengadilan membawa berita yang tidak ingin aku terima." dia berbicara, menekan tenggorokannya agar suaranya terdengar senormal mungkin.

"Jika Anda membutuhkan pengacara yang baik, aku memiliki seorang teman yang sudah mengetahui situasinya, aku telah berbicara dengannya tentang hal itu." Dia tidak menduga Breno bergerak secepat itu, tetapi Tony tahu bahwa Breno pasti khawatir akan kehilangan kesempatan untuk mendapatkan apa yang dia inginkan lagi. Ia harus menjadi pemain yang baik agar ia dan Amanda bisa meraih kemenangan yang layak mereka dapatkan.

"Ya, aku memang membutuhkan pengacara yang baik." Dia berterima kasih padanya.

"Apa kamu baik-baik saja? Apakah kamu ingin aku kembali hari ini?" tanyanya dengan penuh harap, karena akan sangat tidak menyenangkan berada jauh darinya saat-saat seperti ini.

"Tidak perlu khawatir Tony. Tidak apa-apa dan kita tidak akan bisa melakukan apa-apa, jadi jangan ubah rencanamu. Aku akan marah jika kamu melakukannya." Amanda tidak ingin merepotkan lebih dari yang diperlukan. Dia tidak akan menjadi lemah juga karena seorang idiot tak berotak yang tidak tahu bagaimana menghargai apa yang dimilikinya dan sekarang berpikir bahwa dia memiliki hak untuk memaksanya tinggal bersamanya.

"Baiklah, jika Anda membutuhkan aku, hubungi aku kapan saja, mengerti?" tanyanya.

"Aku akan menelepon." Amanda berkata sedikit lebih ceria.

"Amanda?" dia memanggil setelah keheningan singkat mereka.

"Ya" Amanda merasakan kegembiraan yang luar biasa setiap kali dia mendengar Tony menyebut namanya. Ada rasa hormat dalam nada suara Tony dan itu membuatnya tenang. Persahabatan itu akan mengatasi rintangan pernikahan palsu, dia tahu itu.

"Dia tidak akan mencapai apa yang dia rencanakan. Percayalah padaku." kasih sayang itu hampir membuatnya menangis. Amanda tetap tegar, meskipun keinginannya adalah jatuh ke dalam pelukannya dan menangis. Tidak mungkin untuk tidak mencintai pria itu, ya dia mencintainya dengan cara yang paling lengkap di mana seks dan keterikatan posesif tidak akan pernah bisa memahami perasaan murni seperti itu.

"Aku percaya padamu. Terima kasih atas dukungan luar biasa yang selalukamu berikan kepadaku. Anda sangat istimewa." dia berterima kasih padanya.

"Kamu dan anakmu yang sangat istimewa." kegembiraan yang luar biasa menyelimutinya ketika dia mendengarnya berbicara tentang putranya. Dia akan menjadi kuat dan bertindak rasional, kesejahteraan anaknya terancam. "Kecup dari jauh, jaga dirimu!" Amanda mendengarkan dan juga mengucapkan selamat tinggal.

"Pria ini luar biasa, bukan?" Carol bertanya dengan penuh semangat dengan informasi tersebut.

"Aku tidak pernah meragukannya." Amanda membela diri. Dia tahu betul bahwa setiap wanita waras akan yakin akan hal itu, dia salah satunya.

"Ya, tapi kau tidak melakukan apapun untuk bersamanya." Amanda terdiam menatap temannya yang menyesal berbicara saat melihat raut sedih di wajah Amanda. "Maafkan aku, teman. Kamu sedang diliputi masalah dan aku berdiri di sini mengkritikmu." dia meminta maaf sambil memeluknya. "Tapi sebagai temanmu, aku berhak mengatakan ini padamu, ambillah kesempatan yang telah kamu terima ini, pertimbangkan perasaanmu, dan jangan biarkan dirimu terbawa oleh rasa takut yang bodoh. Pria seperti Antônio tidak mudah ditemukan, dan tidak boleh dilewatkan ketika keberuntungan mempertemukan kita dengan pria yang baik. Aku mengatakan itu karena aku tahu betapa sulitnya menemukannya." nada manis dalam suara Carol membuatnya senang sekaligus khawatir.

"Baiklah, jauh di lubuk hati aku yakin aku memang pantas mendengarnya." sambil bergandengan tangan dengan asistennya, ia mengeluarkan semuanya. "Aku tidak bisa terus menangisi apa yang telah dilakukan Breno. Itu pasti yang dia inginkan. Aku akan bersiap-siap untuk menghadapinya dan memenangkan pertandingan ini." Dia tahu bahwa ini akan lebih bergantung pada dirinya daripada pada mantan suaminya, karena dia akan menjadi korban karena tidak membawa anak itu bersamanya dan tergantung pada Amanda untuk menunjukkan orang jahat seperti apa dia. "Aku akan lebih memperhatikan hubungan ini juga, mungkin aku tidak melihat hal yang jelas." akunya.

"Sekarang kamu bicara." Carol mendorong.

Setelah percakapan itu, hari itu tidak terlalu tegang dan Amanda dapat bekerja dengan lebih lancar. Ketika dia pergi menjemput anaknya dari sekolah, hatinya kembali merasa sedih karena kemungkinan kehilangan yang akan dialaminya. Anaknya datang dengan cepat menemuinya dan mereka saling memberikan ciuman seperti biasa.

"Hai anakku! Bagaimana pelajarannya?" tanyanya, membalas senyuman yang ia dapatkan dari anaknya ketika ia melepaskan lehernya.

"Menyenangkan, Bu. Aku melakukan banyak hal hari ini." katanya dengan gembira.

"Itu bagus, jadi kamu bisa belajar lebih banyak dan meningkatkan kemampuan membacamu." Amanda dan putranya selalu sangat dekat, dan ia berharap hal ini akan terus berlanjut. Sambil menggandeng tangannya, mereka berjalan bersama.

"Ibu, apakah ibu ingat Arthur, temanku?" Amanda menegaskan bahwa dia ingat. "Dia menelepon aku, mengajakku untuk menginap di rumahnya besok" kata anak laki-laki itu. Aku mengundangnya untuk menginap, tetapi ibunya mengatakan bahwa kali ini harus di rumahnya karena dia sudah tidur bersama kami. "Bolehkah aku tidur di sana?" pintanya, dan hal itu membuatnya tidak bisa berbuat apa- apa.

"Kamu tahu, ibu tidak suka jika kamu menghabiskan waktu terlalu lama di luar rumah, nak," kata Amanda menyadari bahwa anaknya akan terus memaksa.

"Tapi dia sudah pernah menginap dan itu sangat menyenangkan. Jika ibunya mengizinkannya pergi, berarti waktu itu baik-baik saja, jadi kali ini juga akan baik-baik saja."

"Apakah kamu benar-benar ingin pergi, sayangku?" tanyanya, meskipun dia tahu apa jawabannya.

"Ya, aku mau. Dia bilang padaku bahwa ada banyak mainan keren dan kita akan bermain dengan mainan- mainan itu." Lucas mengeluarkan ransel Spidermannya, karakter yang sangat disukainya.

"Tidak apa-apa. Kamu boleh pergi, tapi ingat, itu bukan rumahmu dan kamu harus bersikap seperti anak yang baik." ibunya menasihatinya.

"Aku anak yang baik, Bu." dia berbicara dengan serius saat Amanda mengambil kotak makan siang dari ranselnya dan meletakkannya di bagian belakang mobil di samping tempat duduknya.

"Ibu tahu kamu adalah cintaku, tapi tidak ada salahnya untuk mengingatnya, bukan?" katanya sambil memeluknya. Anak laki-laki itu masuk ke dalam mobil dan setelah Amanda membantunya memasang sabuk pengaman, mereka pun pulang.

Di rumah, Amanda menelepon ibu dari teman sekelas putranya untuk mengatur semuanya, lalu menyiapkan makan malam sambil mendengarkan anak itu bercerita, tanpa melupakan satu detail pun, seperti apa petualangannya. Lucas sama seperti dirinya, meskipun terkadang dia adalah anak yang pemalu. Dia punya kemauan dan cerdas. Dia selalu menjadi salah satu siswa utama di kelasnya. Bahkan pada saat orang tuanya berpisah. Selama masa ini, Amanda terus mengawasi kemungkinan perubahan perhatiannya di sekolah dan suasana hatinya di rumah. Dalam banyak kasus perpisahan keluarga, anak kecil cenderung menjadi agresif dan terputus. Karena alasan ini, dia mengawasinya dengan cermat, tetapi yang membuatnya senang, dia hanya menjadi lebih tertutup untuk waktu yang singkat, tetapi segera kembali hidup lagi.

Pada awalnya, Amanda mencari tahu tentang kemungkinan untuk mendapatkan konseling psikologis, tetapi seorang profesional yang ia kenal dari orang tuanya mengamati anak tersebut secara diam-diam dan sampai pada kesimpulan bahwa ia baik-baik saja. Dia hanya perlu waspada terhadap perubahan drastis yang untungnya tidak terjadi. Dia sangat lega. Setelah putranya tertidur, ia pergi ke kamarnya untuk mandi dan beristirahat.

BAB 15

Amanda memilih untuk mengambil cuti setengah hari dan tinggal di rumah untuk menemani putranya, karena dia akan keluar rumah sepanjang sore dan malam hari. Saat mengantar Arthur ke sekolah, ia memberikan nasihat yang sama seperti hari sebelumnya.

"Jangan ganggu ibunya Arthur. Jangan makan terlalu banyak jajanan dan jaga agar semuanya tetap rapi." Amanda menuntun, dan anak itu mengerutkan keningnya.

"Aku tahu, Bu." anak itu sudah tahu setiap kata-katanya.

"Sampai jumpa besok, sayang." Amanda memeluknya dan memberikan ciuman panjang di pipinya. Tidak baik meminta terlalu banyak darinya, semuanya membutuhkan waktu. Pikirnya sambil menjauh dari anak itu.

"Tidak ada yang akan mengambilmu darikusayang." katanya dengan lembut, sambil melihat putranya berjalan ke sekolah dan melambaikan tangan padanya.

Ketika Amanda tiba di toko, dia mengetahui bahwa Tony telah menelepon.

"Dia menelepon untuk mengetahui keadaanmu. Aku mengatakan bahwa kamu terlihat baik-baik saja dan kamu tidak datang ke toko hari ini karena kamu sedang menemani Lucas tidur di luar, dan Anda sebagai seorang ibu yang penuh kasih bersiap-siap untuk membiarkannya." Amanda tersenyum mendengar komentarnya. Carol telah bersamanya selama ini dan tahu betapa terikatnya dia dengan anak itu, tetapi ini normal, bagaimanapun juga, setiap ibu pasti mengkhawatirkan putranya.

"Aku sangat ingin dia tinggal bersama aku, tetapi Anda harus melihat matanya yang memohon agar aku mengizinkannya pergi. Aku tidak bisa menyangkalnya." tutupnya, merasa lebih bahagia karena telah mengizinkan anaknya tidur di tempat lain.

"Dia perlu tahu bagaimana rasanya. Ini akan membantunya tumbuh lebih mandiri dan Anda akan memiliki lebih banyak waktu untuk diri Anda sendiri." Carol menasihatinya.

"Waktunya tinggal di rumah sendirian!" dia berseru dengan frustrasi karena malam yang sepi yang akan dialaminya. Kamu bisa datang ke rumahku jika kamu mau."

"Kita bisa pergi ke mal dan menonton film." Carol mengajak. "Tidak, terima kasih. Aku punya banyak film dan popcorn di rumah." gadis itu menatap Amanda dengan anggukan putus asa dan kembali bekerja.

"Aku tidak tahu mengapa kamu bersikeras untuk sendirian. Aku tahu Antônio sedang berada di luar kota, tapi seharusnya kamu bersama orang lain. Teman yang menyenangkan, yang membuatmu lebih ceria. Hanya itu dan kamu akan jauh lebih baik."

"Aku hanya bisa membayangkan teman seperti apa yang kamu bicarakan." Amanda berkata sambil tersenyum.

"Jika dirimu sendiri tidak cukup membuatmu sehat, maka kamu harus mencari sesuatu yang menyenangkan. Tidak ada yang salah dengan itu."

"Aku baik-baik saja sendirian." Amanda berkata tanpa terlalu yakin dan temannya memberikan anggukan negatif sebagai tanggapan.

"Tidak, kamu tidak baik-baik saja. Ada sesuatu yang kurang, temanku." Mendengar dia mengatakannya dengan suara yang lembut dan dengan kepastian seperti itu membuat Amanda terpancing. Terlihat jelas di wajahnya bahwa dia sudah lama tidak merasa lengkap. Dalam diam, dia tetap mengatur buku kas sampai akhir hari kerja.

"Jika Anda berubah pikiran, hubungi aku." Carol berkata sambil meninggalkan toko.

Amanda membereskan barang-barangnya dan pulang ke rumah untuk menikmati kesendiriannya. Di rumah, dia mandi, menyiapkan makanan ringan dan menonton TV. Karena acara TV tidak ada yang menarik, , Amanda duduk di balkon dan memperhatikan jalan sampai dia mendengar bel pintu. Khawatir itu ada hubungannya dengan putranya, dia bergegas membuka pintu.

"Antônio!" katanya terkejut. "Apa yang kamu lakukan di sini, bukankah kamu baru akan kembali besok?" tanyanya.

"Aku telah mengantisipasi beberapa hal sehingga aku bisa kembali lebih awal." dia menjelaskan, masuk ke dalam apartemen setelah dipersilakan oleh Amanda.

"Itu bagus!" Amanda berkata, masih terkejut, tapi senang dengan kehadiran temannya.

Tony menunggunya menutup pintu dan mendekatinya, menyentuh wajah Amanda sebelum memeluknya. Kenyamanan yang bersahabat itulah yang dia butuhkan. Bukan pria yang dia rindukan, seperti yang dikatakan Carol, melainkan temannya itu.

"Aku minta maaf kamu harus mengalami hal ini lagi." Tony berkata di telinganya. "Aku merindukanmu." Tony mengaku, membelai hidungnya, dia tertawa mendengarnya.

"Aku juga," jawabnya, merasakan kenyamanan yang menyerbunya dari ujung rambut sampai ujung kaki.

"Apa kabar?" dia ingin tahu, masih cukup dekat untuk mengganggu wanita manapun, kecuali Amanda.

"Aku lebih baik sekarang." katanya menyambut tangannya di antara tangannya sendiri.

Mereka saling berpandangan sebentar sampai Tony meraih bibirnya untuk sebuah ciuman. Amanda merasa tegang dan terkejut dengan reaksinya. Tapi dia mengabaikan peringatan dalam pikirannya, dia membutuhkan kenyamanan seperti itu di tengah-tengah badai yang melanda hidupnya. Ketika Tony menyerbu mulutnya dengan lidahnya, pertahanannya runtuh. Karena haus akan kenyamanan itu, ia membiarkan dirinya terbawa oleh belaian dan sentuhan ringan tangan pria di punggungnya. Menempel pada tubuh jantan itu, Amanda dapat merasakan semua kekuatan dan kejantanan yang lain, seakan-akan yang hadir di sana bukan temannya lagi. Dia menginginkannya, dia tahu itu. Dia hanya tidak mengerti seberapa besar dia menginginkannya. Secara spontan, dia memeluk leher Tony untuk merasakan lebih dalam mulut lembut dan manis yang melahapnya yang belum pernah dirasakan oleh pria manapun. Tony memeluknya erat-erat untuk mengakhiri penderitaan yang ia rasakan saat ia pergi. Dia memiliki dua perasaan yang menemaninya, tanpa henti selama ketidakhadirannya. Ketakutan bahwa Amanda akan menjadi lemah dan menyerah pada mantan suaminya yang pemeras dan fakta bahwa dia sangat merindukannya, juga sikapnya yang manis dan feminin, yang tidak terlalu disadari oleh dirinya sendiri. Dan akhirnya, berita yang tidak menyenangkan bahwa temannya harus menghadap hakim untuk mendapatkan hak asuh anak yang dicintainya. Menciumnya adalah cara yang tepat untuk meredakan ketegangan itu. Mungkin itu bukan cara yang paling rasional, tetapi itulah yang paling membuatnya nyaman. Setelah ledakan gairah mereda, ciuman itu menjadi lembut dan tenang sehingga mereka dapat merasakan tubuh mereka yang bergetar dan detak jantung mereka berdua.

"Aku tidak akan meminta maaf." katanya perlahan-lahan sambil berjalan menjauh darinya. Dia tidak bisa meminta maaf untuk sesuatu yang telah membuatnya hidup.

"Kamu tidak perlu." Amanda berbicara, karena dia tahu bahwa dia memiliki andil dalam ciuman itu sama seperti Antônio. Reaksi itu tidak terlintas di benak Amanda, tetapi setelah kontak tubuh dan ciuman yang mereka lakukan, ia merasa lebih lega.

"Pengacara yang aku ceritakan tadi akan menemuimu besok untuk mendiskusikan jalan yang akan kamu tempuh." Tony berbicara sambil duduk di kursi berlengan.

"Dia mengirimi aku email yang mengonfirmasi kunjungan tersebut." lapornya, merasakan wajahnya terbakar oleh tatapan Tony yang tertuju pada wajahnya.

"Apakah anak itu benar-benar tidur di rumah temannya?" Tony bertanya sambil mengalihkan pandangannya darinya. Dia telah membiarkan dirinya terbawa suasana, cukup untuk hari itu.

"Ya, dia sangat bersemangat, aku tidak bisa menahan diri." katanya, duduk di hadapannya dengan tangan menyilang di atas kakinya.

"Dia pintar dan tahu bagaimana harus bersikap. Kamu benar dengan membiarkan dia menciptakan harapannya sendiri." katanya, membiarkan dirinya terbawa oleh naluri persaudaraan yang dia miliki untuk anak itu.

"Aku tidak berencana untuk membiarkannya melakukan hal itu sering-sering, tetapi aku merasa dia sudah perlu mulai membebaskan dirinya sendiri." katanya mencoba menjadi ibu yang modern dan penuh pengertian.

"Apakah dia tahu apa yang dilakukan ayahnya?" Tony bertanya.

" Aku pikir akan lebih baik untuk memberitahunya ketika dia kembali." Amanda menjelaskan. "Aku tidak ingin membuatnya khawatir."

"Kamu benar." Tony memperhatikannya selama beberapa detik sebelum memulai pembicaraan yang harus mereka selesaikan.

"Tentang pernikahan. Kita harus segera memutuskannya karena akan lebih baik bagimu saat kau berada di depan hakim untuk menikah dan memiliki rumah yang aman dan nyaman untuk anakmu." Tony tahu bahwa itu adalah reaksi yang berlebihan, tetapi dia sangat ingin memenuhi keinginannya sehingga dia akan menggunakan kesempatan kecil ini untuk mempercepat pernikahan mereka.

"Kamu benar." Amanda setuju, meskipun dia ingin menunggu lebih lama lagi.

"Kita akan makan malam bersama besok dan membicarakannya, oke?" pintanya.

"Setuju!" sekarang ini semua atau tidak sama sekali, tidak ada cara untuk mempertahankan situasi ini lebih lama lagi. Amanda harus melalui perjuangan ini untuk mendapatkan kembali putranya dan kehidupan lamanya.

Mereka membuat rencana untuk kehidupan baru mereka sebagai pasangan, sesuatu yang umum dilakukan oleh orang-orang yang ingin bersama karena cinta dan kedekatan, yang sebenarnya tidak terjadi pada mereka. Pengaturan tempat di mana upacara kecil akan berlangsung tergantung pada Amanda, sementara Tony mengurus bagian birokrasinya. Mereka merencanakan seperti apa rutinitas yang akan dilakukan setelah pernikahan dan peran mereka di depan orang-orang dan putra Amanda yang tidak tahu menahu tentang perjanjian pernikahan tersebut. Semuanya berjalan sesuai dengan harapan mereka, hari besar itu semakin dekat dan Amanda sudah tidak lagi bertanya-tanya seperti apa hidup bersama Tony. Dia harus menunggu dan melihat, karena imajinasinya telah memberinya begitu banyak kemungkinan sehingga dia kelelahan untuk memilih salah satu dari mereka, jadi terserah padanya untuk menunggu dan melihat dengan matanya sendiri hasil dari keputusannya.

BAB 16

Hari besar itu semakin dekat, dan meskipun Amanda bertekad untuk tidak membayangkan seperti apa kehidupan mereka setelah pernikahan dan berapa lama hal itu akan berlangsung, dia tidak berhasil pada saat itu. Kenangan saat mereka mengatur pertunangan dan betapa dekatnya mereka selama proses tersebut mengacaukan nalarnya dan membuatnya berharap bahwa itu adalah nyata dan mereka akan bahagia selama mungkin. Pikiran-pikiran ini mulai mengganggunya, terutama setelah apa yang telah terjadi pada minggu sebelumnya. Amanda dan Tony pergi untuk menghabiskan akhir pekan di rumah orang tua Amanda dan aktingnya harus sebaik mungkin. Orangtuanya memiliki kebiasaan untuk selalu memberikan kasih sayang satu sama lain dan bagi mereka hal ini sangat penting dalam sebuah hubungan yang panjang. Dengan ini, Amanda harus berpura-pura menjadi wanita yang paling bergairah saat itu. Namun, bagi Tony, penampilannya tampak tenang, sampai malam tiba, ketika mereka harus berbagi kamar yang sama. Di dalam dirinya, dia tidak percaya diri seperti yang dia coba tunjukkan.

"Sayangku, bisakah kita beristirahat?" Tony memanggil setelah Amanda duduk di sebelahnya dan berdiri berbicara dengan orang tuanya dengan tangan terkatup.

"Kapanpun kamu mau, Tony." katanya menyamarkan suaranya. Satu hal yang sangat mengecewakan Amanda, Lucas sudah memiliki kamar sendiri di peternakan dan tidak mau berbagi tempat tidur dengan mereka. Situasi ini menjadi canggung baginya, tapi tidak ada jalan keluar.

"Pergilah ke tempat tidur sayangku dan beristirahatlah, hadapilah momen ini seolah-olah kamu sedang berada di spa pranikah karena kedamaian, energi yang baik, dan kenyamanan pasti akan kamu temukan di sini." kata ibunya sambil meringkuk di samping suaminya. "Ini adalah waktu kita juga". Semua orang tersenyum dan Amanda sangat berharap untuk menemukan seorang pria yang dengannya dia dapat berbagi momen-momen kecil dan indah tentang kedekatan, cinta, dan kepasrahan seperti kedua orangtuanya.

Tony menyaksikan semuanya dengan gembira. Senang rasanya melihat bukti nyata bahwa hubungan yang baik itu ada dan bisa menjadi kaya dan kuat ketika keduanya bekerja sama. Amanda menerima uluran tangan yang ditawarkan Tony dan mereka berjalan bersama ke kamar tidur.

"Maaf telah menempatkanmu dalam situasi yang canggung seperti ini, Tony." dia meminta maaf dan menatap Tony dengan malu-malu saat mereka masuk, akhirnya dia menutup pintu.

"Mari kita hadapi ini sebagai ujian karena kita harus melaluinya selama pernikahan kita." sarannya.

"Kau benar, aku akan melakukannya." Amanda berkata, pergi ke nakas untuk melepas aksesorisnya dan mencoba untuk tidur. Tony menarik napas panjang dan pergi ke kamar mandi untuk menggosok gigi.

Malam itu Amanda telah mengalami sensasi yang paling beragam yang pernah dia alami dalam hidupnya. Campuran rasa takut dan senang mendominasi dirinya selama mereka bersama di tempat tidur. Sentuhan-sentuhan yang tidak disengaja satu sama lain. Hawa panas dan nafas yang memburu di atas bantal. Semuanya telah berkontribusi pada malam itu menjadi malam yang luar biasa bagi Amanda.

Sekarang dia merasa tidak berdaya dan semua pikiran itu adalah hasil dari kejadian itu. "Setiap wanita menjadi lebih rapuh dan memiliki pikiran romantis pada masa-masa seperti ini." dia mencoba membenarkan tindakannya.

Itu memang benar. Itu adalah tahap yang selalu ia persiapkan, sejak ia masih kecil. Dia mencoba meyakini bahwa inilah alasan mengapa ilusi-ilusi yang salah tempat ini melintas di kepalanya ketika dia bersiap-siap untuk pernikahannya. Itulah satu-satunya cara untuk memahami apa yang sedang terjadi.

Tony melihat ke cermin sekali lagi. Hari ini harapan besarnya akan terwujud, yang telah lama ia pendam sendiri tanpa membiarkan hal itu merusak persahabatan antara dia dan Amanda. Dia tidak pernah membayangkan bahwa dia akan menikah dalam kondisi seperti ini, tetapi dia tetap bahagia, karena dia akan memiliki kesempatan untuk menumbuhkan cinta di antara mereka. Bukanlah niatnya untuk memanfaatkan masalah Amanda untuk menciptakan kebohongan itu. Itu hanya datang pada waktu yang tepat dan dia pikir dia harus mengambil keuntungan. Dengan begitu dia akan membantu temannya dan memiliki kesempatan untuk berinvestasi dalam sesuatu yang konkrit di antara mereka. Meskipun dia yakin akan kemungkinan ini, Tony tahu bahwa itu tergantung pada Amanda untuk memutuskan apakah dia ingin mewujudkannya atau tidak. Dia juga tahu bahwa jika Amanda menolak, ini akan menjadi kesempatan terakhirnya untuk memiliki Amanda seperti yang selalu dia inginkan dan dia akan mencoba untuk menerima bahwa hubungan mereka tidak akan terjadi. Bersikap rasional terkadang menyakitkan, tetapi harus seperti itu untuk berhenti memimpikan sesuatu yang tidak dimiliki oleh keduanya, dalam hal ini, cinta. Namun, ada sesuatu yang memberitahunya bahwa ada nyala api kecil yang menunggu bantuan angin sepoi-sepoi untuk membuatnya membara.

Tony percaya bahwa nyala api akan meningkat saat mereka semakin dekat. Amanda memiliki sesuatu untuk ditawarkan kepadanya, meskipun dia tampaknya bertekad untuk tidak menyerah, karena persahabatan yang dia hargai di antara mereka, tetapi Tony membutuhkan lebih banyak, dia ingin memiliki persahabatannya, ciumannya, tubuhnya, dan cintanya.

"Semoga alam semesta mendukung aku mulai hari ini dan seterusnya. Dan semoga energi yang baik menyertainya." dia berbicara dengan lembut.

***

Amanda memperhatikan gaun indah di tubuhnya. Sederhana, elegan dan sempurna. Tapi itu sedikit mengganggunya.

"Gaun ini terlalu ketat dari pinggang ke atas, sulit bagiku untuk bernapas dengan normal." keluhnya pada dirinya sendiri sambil berkaca. Amanda mengenakan gaun berwarna mutiara yang ketat sampai ke pinggangnya, seakan-akan dijahit di sana. Tepat di bawahnya, gaun itu terbuka menjadi rok sutra yang indah dan dengan jalur-jalur bordir kecil.

"Tidak ada masalah dengan itu." Kata Carol sambil membantunya. "Kamu terlihat cantik," kata temannya, sambil membetulkan sesuatu di bagian ekor gaunnya.

Amanda melihat dirinya sekali lagi dan menyimpulkan bahwa keluhannya disebabkan oleh rasa gugup, waktunya sudah habis dan dia harus pergi. Dia mengambil buket kecilnya dan pergi menemui supir yang sudah menunggu. Asistennya dan putranya pergi dengan mobil yang didapatnya dari Tony.

Dalam perjalanan, Amanda merasa sedikit pusing saat membayangkan seperti apa kehidupan mereka setelah upacara tersebut. Mereka akan tetap seperti dulu, sebagai teman yang saling membantu, tapi apa yang akan terjadi? Begitu banyak pertanyaan yang terlintas di kepalanya dan tidak ada jawaban yang muncul. Ada juga kemungkinan bahwa mereka akan menemukan kekurangan satu sama lain dan persahabatan yang indah itu akan rusak sehingga mengakhiri pernikahan mereka dan kedekatan mereka yang luar biasa. Amanda berharap tidak ada hal buruk yang akan terjadi, karena dia akan sangat menderita jika dia menyakiti pria yang mengulurkan tangannya kepadanya baik ketika dia selalu membutuhkannya, maupun ketika dia tidak membutuhkannya.

Ketika dia tiba, semua tamu dan Tony telah menunggunya dan mengawasinya dari kejauhan saat dia keluar dari mobil. Amanda merasakan kesenangan yang luar biasa, dia sangat mengagumi pria itu. Postur tubuhnya yang berada di ujung lorong membuatnya merinding. Pria berambut hitam itu sangat tampan, dia tidak bisa menyangkalnya. Mata hijau yang cerah dan tubuh yang menyenangkan membuatnya bimbang. Dia telah memperhatikan Tony akhir-akhir ini dan bahkan memperhatikan sebuah titik kecil di rahangnya saat dia menatap wajah oval yang serius dan sadar diri saat dia berbicara di telepon. Selama mereka saling mengenal, ia tidak pernah bersikap seperti itu, memperhatikan pria itu dan bukan teman di sebelahnya. Dia bertanya-tanya apakah dia bisa menolak jika pria itu mencoba merayunya nanti. Dia berhenti di lorong mencoba menenangkan diri dan dapat melihat gerakan singkat yang dilakukan Tony ke arahnya. "Dia mungkin memperhatikan keraguan aku antara teman dan pria itu." pikirnya tegang.

Tony melihat Amanda keluar dari mobil, dia sungguh di luar dugaannya. Dia memberinya senyuman sederhana saat berjalan ke arahnya. Kegugupan Amanda yang terlihat jelas membuatnya merasa semakin cemas. Saat pengantin wanita berhenti di lorong, tanah seakan-akan hilang dari kakinya, ia berpikir bahwa ia akan menyerah, Amanda akan kembali pada keputusannya untuk menikah dengannya. "Itu pasti satu-satunya alasan mengapa dia berhenti berjalan menyusuri lorong," pikirnya. Dia berjuang melawan dirinya sendiri untuk tidak menjemputnya. Setelah beberapa detik yang terasa seperti menit-menit yang tak berujung, ia melanjutkan perjalanan dengan membawa keberanian baru untuk tunangannya.

Lorong itu dipenuhi dengan berbagai jenis bunga di sisi-sisinya, di tengahnya ada karpet merah yang indah membentang ke altar. Dengan setiap langkah yang diambilnya, orang-orang dan tatanan indah di sekelilingnya memudar, matanya hanya terfokus pada altar di mana seorang pria yang luar biasa menunggunya. Amanda mendekat dan melihat kegugupan tampak dari gerakan tangan temannya.

"Kamu terlihat cantik," pujinya begitu dia mengulurkan tangannya. "Kamu harus lebih sering berpakaian seperti pengantin." Amanda tersenyum dengan lembut dan indah. Tony terpesona oleh kecantikannya. Dia tidak dapat membayangkan bahwa Amanda dapat menjadi lebih cantik lagi, tetapi dia memang cantik dan sebentar lagi dia akan menjadi istrinya, dan hal ini membuatnya sangat puas.

"Terima kasih!" dia berterima kasih dengan gemetar. "Kamu terlihat tampan," dia berterima kasih dengan anggukan, dan mereka berdua berjalan ke altar kecil untuk memulai pernikahan.

Hakim pernikahan mengucapkan beberapa patah kata seperti biasa dalam acara semacam ini, tetapi bagi mereka berdua, ini tampak lebih seperti sebuah perayaan, mereka sangat gugup memikirkan bagaimana jadinya nanti. Setelah kata-kata adat, keduanya diminta untuk mengenakan cincin dan menandatangani buku catatan sipil di mana pernikahan mereka diresmikan. Setelah proses hukum selesai, keduanya pergi untuk menerima ucapan selamat dari beberapa teman yang mereka undang. Setelah itu, asisten dan perencana pernikahan mereka mengajak mereka untuk berdansa. Diiringi suara biola, keduanya mulai berdansa dansa.

"Terima kasih untuk semua yang telah kamu lakukan untuk aku dan anakku," ucapan terima kasih yang ia ucapkan di dekat telinga Antonio membuat Amanda menggigil sendiri.

"Tidak perlu berterima kasih, aku juga sangat menikmati semua ini." jawabnya dengan penuh kasih sayang. Tony mengajaknya berdansa seperti yang dilakukan oleh pasangan yang baru saja menikah. Tangannya melingkari pinggang yang tipis dan halus dengan rasa melindungi dan lembut seperti seorang suami yang sedang jatuh cinta.

"Ingatkan aku untuk berterima kasih setiap hari, atas niat baik dan dedikasi Anda kepada kami." dia ingin Tony tahu betapa bersyukurnya dia.

"Aku akan ingat untuk mengingatkanmu." dia tidak berniat menagihnya, tapi jika Amanda bisa membalasnya dengan mencintainya, itu akan sangat bagus.

Mereka menari lagu pertama, dan beberapa lagu lainnya, diiringi oleh pasangan-pasangan lain yang ikut larut dalam suasana romansa yang menguasai lantai dansa. Amanda terbawa suasana dan mereka berbagi banyak senyuman bersama hingga mereka dipanggil ke lokasi yang berbeda dan harus berpisah. Meskipun Tony sedang berbicara dengan rekan kerjanya dan Amanda menikmati kehadiran putranya dan orang tuanya, dia sering merasa bahwa Tony sedang memperhatikannya, hal ini karena dia juga tidak bisa tidak, pasti mencari pria itu saat Tony pergi. Dan dalam beberapa situasi, mereka bertemu satu sama lain dan bahkan memberikan ciuman singkat untuk menggambarkan situasi yang lebih baik. Tetapi pada setiap pertemuan, mereka berdua merasa terguncang dan pada saat yang sama merasa diperbarui.

Pesta telah berakhir dan sejak saat itu hanya ada mereka bertiga. Namun, Lucas telah tertidur untuk waktu yang lama, yang membuat suasana misteri dan ketidakpastian menjadi semakin besar. Setelah katering selesai dibersihkan, Amanda mengucapkan selamat tinggal pada orang tuanya, yang merupakan orang terakhir yang pergi. Amanda kemudian pergi ke tempat yang akan menjadi ujian terbesarnya selama bertahun-tahun: sendirian dengan temannya dan sekarang suaminya, yang telah membuat ia kehilangan akal sehatnya dan dia harus memulihkan akal sehatnya atau dia akan mengalami masalah besar sejak malam itu.

Dengan sedikit susah payah, dia masuk ke dalam rumah. Tony sama tegangnya dengan dia. Dia tahu persis apa yang dia inginkan, tidak ada keraguan tentang hal itu dan hal itu membuat situasinya menjadi lebih sulit karena dia tidak lagi memiliki alasan yang dibuat untuk mencoba menyamarkan keinginannya, dia merasakannya. Pikirannya terus menerus memberinya pesan peringatan untuk mendapatkan apa yang dia butuhkan, posisi yang lebih jelas tentang apa yang diharapkan dari Amanda, itulah misinya pada malam pertama sebagai pasangan suami istri. Dia hanya tidak tahu bagaimana cara melanjutkannya.

"Tony," dia berbicara begitu dia melihat Tony di dekat pintu, menunggu untuk mengucapkan selamat tinggal kepada orang tuanya. "Aku akan ke atas untuk mandi, aku lelah." Tony menemaninya dalam diam.

Kamarnya ditata sedemikian rupa sebagaimana layaknya pasangan pengantin baru. Amanda memperhatikan selama beberapa detik tempat tidur besar di depannya, terlihat mengundang, tapi itu hanya akan digunakan untuk beristirahat dan tidak lebih dari itu, itulah kesepakatan yang mereka buat dan dia akan memenuhinya sampai akhir.

"Kita harus menepati kesepakatan dan tidur di kamar yang sama." Tony berkata sambil menggigil saat membayangkan dirinya berada di kamar yang sama dengannya lagi. Dia setuju, meskipun dia ingin kembali ke perjanjian itu.

Mengetahui bahwa melakukan apa yang ia pikirkan bukanlah perilaku orang dewasa, Amanda mencoba melemaskan otot-ototnya di kamar mandi. Air dingin mengalir di tubuhnya, membuatnya merinding. Dia memilih mandi air dingin untuk menenangkan api yang mulai tumbuh tak terkendali dan membuatnya tidak tenang. Ada seorang pria tampan di sisi lain dinding dan naluri kewanitaannya menyadari hal ini, yang membuat momen itu lebih menyakitkan daripada yang ia pikirkan. Ini bukanlah reaksi yang dia harapkan, jadi dia berharap bisa tetap di sana dan tidak pergi sampai pagi, tetapi dia sudah berada di sana untuk waktu yang lama dan dia harus memberi ruang bagi Tony untuk mandi. Masih tidak tahu apa yang harus dilakukan, dia berpakaian.

Amanda pergi dengan lebih lelah dari sebelumnya. Dia bertengkar hebat dengan dirinya sendiri sebelum kembali ke kamarnya. Tony berpura-pura

sedang mencari sesuatu ketika dia masuk. Namun Amanda menyadari bahwa dia sedang duduk melihat ke arah kamar mandi ketika dia keluar.

"Airnya begitu nikmat sehingga aku tidak menyadari waktu telah berlalu." katanya malu.

"Setelah seharian penuh dan melelahkan, mandi dalam waktu yang lama benar-benar unik." katanya untuk menghilangkan rasa tidak nyaman di antara mereka berdua. "Sekarang aku akan menikmati saat mandiku aku." Saat dia melewatinya, bau harum dari bak mandi membuatnya bingung, jadi terserah pada air dingin untuk menenangkannya.

Ketika Tony selesai mandi, Amanda sudah berada di tempat tidur dengan keadaan tertutup dari kepala sampai kaki. Jubah Antoni terbuka dan memperlihatkan dadanya yang indah setengah telanjang. Pria itu mengenakan baju tidur kecil yang membuatnya semakin menarik di mata wanita mana pun, terutama wanita yang sudah lama tidak disentuh oleh pria tampan.

Setiap langkah yang diambilnya di dalam kamar, Amanda mengikutinya sesuai dengan kemungkinannya, karena Tony tidak dapat menyadari bahwa dia mengawasinya, meskipun dia merasa bahwa Tony mengetahui apa yang dia lakukan.

Tidak seperti yang mereka sepakati, Tony berbaring di tempat tidur dan bukan di sofa tempat tidur. Karena hari itu sangat melelahkan bagi mereka berdua, Amanda tidak keberatan, karena dia akan merasa lebih nyaman. Gerakan Tony mendekatkan dirinya, menghasilkan aliran listrik ke seluruh tubuhnya, dia ingin segera disentuh olehnya. Dia memejamkan matanya, memaksa dirinya untuk berbicara dalam hati bahwa mereka hanya berteman dan harus tetap seperti itu sampai akhir perjanjian. Hampir yakin akan hal ini, ia mencoba merilekskan tubuhnya dan tidur.

Pada malam hari, ketika salah satu dari mereka terbangun, mereka diam-diam saling memandang. Meskipun tidak ada sentuhan dan belaian dari kedua belah pihak, mereka berdua merasa nyaman dengan kehadiran dan kehangatan satu sama lain, kadang-kadang jantung mereka berdegup kencang saat salah satu dari mereka bergerak dalam tidurnya dan berguling ke arah yang lain. Pada suatu saat Amanda tertidur lelap ketika dia menyadari ada nafas yang memburu di wajahnya. Membuka matanya perlahan-lahan, ia menyadari bahwa ia terlalu dekat dengannya. Mulut mereka hampir bersentuhan. Hari belum terang, tapi mereka bisa melihat satu sama lain dari jarak beberapa sentimeter. Mereka tetap diam dan setelah tersenyum malu-malu mengucapkan selamat pagi, mereka berbalik ke ujung tempat tidur dan berpura-pura tidur.

BAB 17

Amanda melihat sekelilingnya dengan sedih. Dia tidak pernah membayangkan hidup dalam situasi seperti itu. Menikah dengan seseorang tanpa cinta. Dia sadar bahwa dia mencintai Tony dengan caranya sendiri, dan dengan cara yang sangat berbeda dari yang diminta oleh cincin di jarinya. Namun karena pilihan yang buruk dalam hidupnya bertahun-tahun yang lalu, dia berakhir di sana dalam situasi yang canggung dengan pria terbaik di dunia. Situasi yang terjadi pada banyak orang, yang membiarkan hal-hal sampai pada titik itu. Dan itu tidak berbeda dengan dirinya.

Ia ingin terlihat berseri-seri, seperti kebanyakan pengantin baru setelah upacara. Tetapi kenyataannya berbeda. Meskipun ia merasa terlindungi dan damai, ada sesuatu yang mencegahnya untuk berbahagia pada saat itu. Mungkin itulah yang dia butuhkan untuk menjadi bahagia. Banyak wanita menemukan kebenaran ini sepanjang kehidupan pernikahan mereka, tetapi hal itu tidak akan terjadi padanya, karena hubungannya yang hampir berakhir dengan Tony telah dijadwalkan untuk berakhir.

Dia akan senang jika semua yang mereka jalani dan masih akan mereka jalani adalah benar adanya, dia berharap bahwa manusia rupawan di sampingnya memang benar suaminya. Tapi mereka telah datang ke dalam kehidupan masing-masing secara berbeda dan pada waktu yang salah. Banyak belahan jiwa yang bertemu seperti ini dan menghabiskan hidup mereka terpisah, dia percaya itu. Dia tahu satu hal yang pasti, Tony pantas untuk bahagia, sama seperti dirinya. Dia akan melakukan yang terbaik untuk membuat hidup mereka bersama menjadi yang terbaik. Dia berhutang banyak padanya, jadi dia akan memperlakukannya dengan hormat dan penuh perhatian, sama seperti Antônio yang selalu menghormatinya. Dia yakin bahwa meskipun mereka tidak menikah secara nyata, Antônio akan menghormatinya dan dia akan bertindak sesuai dengan itu.

"Jika aku bisa kembali, aku akan melakukan semuanya dengan cara yang berbeda." katanya sambil melihat sekeliling. Semuanya telah direncanakan dengan detail. Sebuah rumah yang sesungguhnya untuk sebuah keluarga, keluarganya. Tony telah sangat berhati-hati dan dia bersyukur bisa menikmati selera yang baik. Sekarang yang tersisa hanyalah mengetahui bagaimana pengalaman di antara mereka akan berubah. Faktanya adalah bahwa Tony tidak akan menuntut apa pun, dia telah menjelaskannya dan dia mempercayai kata-katanya. Tapi berapa lama waktu yang dibutuhkan untuk menepati janji itu? Atau akankah salah satu dari mereka menyebabkan semacam ketidaknyamanan, mengharapkan sesuatu di luar apa yang telah direncanakan, atau mungkin mereka akan lelah dan meminta untuk mengakhiri pernikahan untuk melanjutkan hidup mereka sendiri? Ada begitu banyak pertanyaan yang terlintas di kepalanya sehingga dia mulai marah pada dirinya sendiri. "Biarkan saja hal itu terjadi, setidaknya untuk saat ini Amanda. Biarkan diri Anda untuk tidak bersikap pesimis. Biarkan saja mengalir." tawa muncul di wajahnya saat dia mengucapkan kata-kata itu. Dia mencoba meyakinkan sebuah batu untuk bergerak. Begitulah cara dia memandang dirinya sendiri. Jelas sekali bahwa dia tidak bisa bersikap tenang dan santai. Tapi dia harus rileks atau dia akan panik setiap kali dia berada di depan Tony, entah di kamar tidur, di ruang tamu, di dapur, atau entah di mana.

Kehadirannya memang mempesona, namun pikirannya selalu mengganggunya dan tidak membuatnya bisa bernapas lega sejak ia mengatakan ya pada saat pernikahan. Sekarang saatnya untuk melanjutkan hidup dan menghadapi apa pun yang datang dari sana sebagai orang dewasa. Sambil menghela napas, ia berjanji pada dirinya sendiri bahwa ia akan mencoba, ia tidak yakin bagaimana caranya, tapi ia akan melakukan yang terbaik.

Di kamar mandi, ia merenungkan malam pertama mereka bersama. Tidak seperti yang ia bayangkan, karena keduanya tampak menjaga jarak sepanjang waktu, lebih seperti musuh daripada teman, tetapi ia mencoba untuk mengerti, karena semuanya baru bagi mereka dan dengan berlalunya waktu, mereka akan kembali menjadi teman lama yang seperti biasanya.

Antônio mengamati cuaca di luar dan bertanya-tanya apa yang ada di benak Amanda saat itu. Apakah dia mengalami ketakutan dan kekhawatiran yang sama seperti dirinya? Mungkin. Dia yakin kasusnya sedikit berbeda. Dia mencintainya dan tahu bahwa akting yang dilakukannya harus jauh lebih sulit dan berhati-hati agar tidak merusak segalanya. Dia harus berpura-pura bahwa apa yang selalu dia harapkan adalah benar, dan itu sama sekali tidak mudah. Dia tidak bisa membayangkan bangun di sampingnya dan berpura-pura tidak bahagia. Atau duduk di meja makan bersama Amanda dan Lucas dan memperlakukan mereka seperti dua teman baik. Mereka adalah keluarganya dan hanya itu yang dia inginkan untuk dirinya sendiri. Adegan itu muncul di kepalanya dan hanya dengan memikirkannya saja, ia sudah bisa tersenyum.

Tapi dia harus bersikap seperti seorang teman yang baik. Dia yakin hal itu akan membuatnya lebih baik. Dia selalu menjadi orang yang sadar, dia tahu apa yang dia lakukan dan inginkan. Jelas, kedua hal itu sangat berbeda pada saat itu. Dia seharusnya memainkan peran sebagai suami palsu, tetapi apa yang sebenarnya dia inginkan adalah menjadi suami yang selalu diinginkan Amanda, tetapi tidak memilihnya. Hari-hari itu akan membantu mereka menghadapi pernikahan. Dia tidak akan peduli dengan keberuntungan atau kesulitan yang akan dialaminya. Itu adalah kesempatan yang muncul untuk dekat dengan orang-orang yang dia cintai dan dia akan memanfaatkannya sebaik mungkin selagi masih ada dan kemudian melanjutkan hidupnya sebaik mungkin.

"Apa yang akan dia pikirkan jika dia mengetahui bahwa sebagian dari diri aku hanya ingin membantunya, tetapi sebagian lagi sangat senang karena aku bisa memiliki lebih banyak waktu di sisinya. Bersama di rumah yang sama, di kamar yang sama, dalam kehidupan!" dia bahkan tidak bisa membayangkannya, tetapi dia berharap dia tidak menyadari perasaannya, kalau-kalau dia tidak mau membaginya. Akan sulit untuk mempertahankan persahabatan mereka setelah Amanda mengetahui cintanya dan menolaknya. Jadi, dia harus sangat waspada dengan tindakannya di sekitarnya. Dia tidak bisa mengambil risiko merusak hubungan baik mereka.

Antônio baru saja mengetahui bahwa ini akan menjadi peran tersulit yang pernah diberikan oleh kehidupan. Dia akan menjadi orang yang bahagia dengan berpura-pura tidak merasakan kebahagiaan itu. Namun, ia telah membuat keputusan dan sekarang tidak mungkin ia berhenti, dan tidak pernah terlintas dalam benaknya untuk melakukannya.

Dia hanya bertanya-tanya apakah alam semesta mendukungnya atau apakah dia sendirian dalam perjalanan memenuhi keinginannya untuk menjadikan itu sebagai keluarganya.

"Ini pasti sesuatu yang baik untuk kita berdua." Amanda berpikir saat air membasahi tubuhnya yang kelelahan karena ketegangan malam sebelumnya. "Kita akan memiliki lebih banyak waktu untuk berbicara tentang kehidupan kita dan proyek-proyek kita saat berada di rumah tanpa harus melakukan apapun. Tanpa harus bertingkah seperti pasangan biasa yang saling menikmati dan saling mencintai dengan liar di awal hubungan. Tapi siapa yang butuh seks saat ada pria spesial seperti Antônio di sisiku?" pikirnya sambil tertawa saat dia mencoba mengabaikan pikiran tentang nafsu yang melintas di kepalanya.

"Ada begitu banyak pasangan di luar sana yang berpura-pura menjadi apa yang bukan diri mereka dan hidup bersama selama bertahun-tahun. Mengapa hal itu tidak bisa terjadi antara aku dan Tony? Kami adalah teman baik dan hubungan yang sarat dengan percakapan yang baik dan kekaguman jauh lebih baik daripada hubungan yang hanya memiliki cinta tetapi tidak ada yang lain. Aku akan menyingkirkan bayangan ini dari kepala aku yang menghalangi aku untuk melihat sisi positif dari situasi ini, mungkin dengan begitu aku akan membiarkan diriku pergi dengan lebih lancar." Meskipun masih takut, Amanda mencoba untuk bersikap positif, dia tidak memiliki banyak pilihan dan harus bertindak sebelum kesempatan itu diambil darinya dan semuanya hilang, termasuk dirinya, tanpa putra kesayangannya. Ketika dia keluar dari kamar mandi, dia mendengar suara-suara yang datang dari luar rumah dan setelah berpakaian, dia pergi untuk melihat apa yang sedang dilakukan Tony dan putranya. Keduanya sedang berada di kolam renang dan tidak melihat dia mendekat.

"Ibu aku sudah bangun," kata anak laki-laki itu ketika melihatnya. Lucas berenang keluar dari sudut tempatnya berdiri dan menuju ke tepi kolam di samping Amanda. Anak itu lebih lincah daripada dia di dalam air. Hal ini karena ayah Amanda telah mengajarinya sejak dia masih kecil di danau di pertanian.

"Masuklah ke dalam air, itu bagus." Tony mengajak di ujung sana.

"Aku rasa aku tidak punya bikini di dalam tas yang aku bawa." jawabnya sambil duduk di kursi.

"Ada beberapa di lemari kamar mandi jika kamu mau." Kata Tony. Amanda berpakaian tanpa bertanya, agar tidak menghilangkan kegembiraan di mata putranya. Tony telah membeli beberapa pakaian renang beberapa minggu yang lalu karena dia tahu bahwa Amanda senang menghabiskan waktu istirahatnya dengan berjemur di klub tempat dia menjadi anggota. Amanda mendekati kolam renang, menjatuhkan jubahnya untuk masuk ke dalam air.

"Kemarilah ibu." Lucas angkat bicara, menarik perhatian Tony kepadanya. Dia mengamatinya dari ujung kepala hingga ujung kaki, membuat tubuhnya terbakar oleh tatapan misteriusnya. Dia dengan cepat menceburkan diri ke dalam air agar tubuhnya tidak terbakar.

"Bikini ini terlihat bagus untukmu," katanya saat dia mendekat.

"Terima kasih. Sulit untuk memilih satu, semuanya indah." dia berterima kasih dan menghampiri anaknya. Sang anak tidak menyadarinya, tapi suasana di antara keduanya menjadi semakin akrab. Tony tidak menyembunyikan bahwa dia mengaguminya dan Amanda juga tidak bisa mengendalikan tatapannya yang selalu mencari Tony. Ketika salah satu memergoki yang lain terlalu banyak memperhatikan, mereka akan memberikan senyuman kecil dan mencoba untuk kembali bermain dengan anak itu, dan begitulah mereka tetap bersama sampai akhir pagi. Amanda merasa seperti berada di ladang ranjau yang sulit untuk membiasakan diri.

BAB 18

Amanda menatap sahabatnya yang ada di depannya. Tampaknya sangat aneh, tetapi itulah kenyataan bagi mereka berdua, mereka adalah suami dan istri. Dia tidak yakin untuk hidup bersama, tetapi dia tahu bahwa apa pun yang terjadi, mereka akan memiliki banyak kegembiraan di rumah itu. Berbeda dengan apa yang dia alami dalam hubungan sebelumnya. Tony memberikannya kedamaian hanya dengan berada di dekatnya.

"Apa yang akan kita lakukan untuk makan siang?" undangan itu mengejutkannya. Dia tidak menyangka akan tawaran itu.

"Bagaimana kalau ayam panggang dengan salad dan kentang tumbuk?" ia tidak ingin mengatakan bahwa memasak bukanlah keahliannya. Tony menyadari hal ini dan dia tidak perlu membenarkan dirinya kepadanya.

"Aku pikir itu ide yang bagus. Aku akan mencuci daun dan menyiapkan salad." masing-masing mengambil apa yang akan mereka siapkan dan mulai mengatur makanan. Kadang- kadang mereka bertemu satu sama lain di ruang kecil tempat mereka bekerja bersama. Amanda menyaksikan dengan geli pemandangan yang dilihatnya, Tony mengenakan celemek yang ceria, mencuci selada dan tomat. Dia tampak begitu bahagia, dan begitu pula Amanda yang berada di sana. Tony telah menjadi sandarannya selama yang dia ingat. Mereka masih akan bersenang-senang bersama, selama dan setelah pernikahan, dia berharap. Dia tampak fokus pada apa yang dia lakukan dan hampir tidak menyadari bahwa dia sedang diawasi.

"Apakah aku melakukan sesuatu yang salah?" dia ingin tahu setelah mematikan keran air.

"Tidak, aku hanya berpikir Anda terlihat manis mengenakan celemek hewan peliharaan itu." Tony mengibaskan sehelai daun ke arahnya dan tetesan air mengenai wajahnya.

"Berhentilah bermain-main dan mulai bekerja, aku lapar." Amanda tertawa melihat cara Tony menyodorkan salad ke arahnya.

"Baiklah, baiklah, pria yang suka memerintah. Kupikir kau tidak akan menyadari strategiku." semua itu tidak benar, tapi dia harus mendapatkan suasana hati yang baik atau dia akan panik melihat dirinya berada di saat yang menyenangkan seperti itu dan tahu bahwa itu tidak akan bertahan lama.

"Bagus." dia mendekat dan setelah membumbui daun dengan garam dan lemon, dia memakan satu bagian dan memberikan bagian yang lain padanya, yang langsung menerimanya. Dia suka makan selada dengan cara seperti itu dan begitu juga suaminya. Mereka memang belahan jiwa yang menemukan satu sama lain sebagai teman.

Ketika mereka sedang memasak, terkadang mereka saling menatap satu sama lain dengan bahagia dan kebahagiaan tanpa sebab memenuhi diri Amanda. Dia tidak dapat mengingat kapan terakhir kali dia bersenang-senang menyiapkan makanan seperti yang dia lakukan hari itu.

"Balikkan ayam itu atau gosong." Amanda merasa gugup dengan kedekatannya dan segera mencoba melakukan apa yang dikatakan Tony.

"Aku harus belajar memasak, seperti yang sering dikatakan ibuku." Mereka berdua tersenyum mendengar komentarnya.

"Itulah mengapa aku mencoba untuk lebih dekat, aku mengenal kamu dengan baik." Amanda menerima penjelasan tersebut dan membalikkan ayam untuk menggorengnya secara merata.

Tony, terpesona, menatap wanita yang mengenakan cincin berukir namanya di jarinya. Dia tahu bahwa dia akan bersenang-senang dengan Amanda selama pernikahannya, tetapi dia tidak membayangkan bahwa dia akan begitu bahagia di hari-hari pertama hidup bersama. Dia menatapnya dengan seksama, mengagumi kecantikannya, dan hatinya berdebar-debar dengan sukacita. Hatinya semakin berbunga-bunga saat sang istri setuju untuk berbagi salad berbumbu dengannya. Sungguh sangat bermanfaat untuk melihatnya bahagia di sisinya. Pengamatan itu memberinya harapan bahwa suatu hari nanti semuanya akan berhenti menjadi drama dramatis dan menjadi romansa yang indah.

Dia mendekat sedikit lebih dekat karena dia perlu membuat hubungan yang lebih intim. Dengan tenang ia menabraknya dan dapat merasakan jantungnya berdegup kencang. Dia terlihat seperti seorang anak laki-laki yang jatuh cinta untuk pertama kalinya, dia menyukai perasaan itu. Dia merasa seperti orang yang sangat bahagia.

Menyadari bahwa wanita itu sepertinya sedang melamun, dia meminta perhatiannya. Tapi dia berharap dia bisa lebih lama berada di dekatnya, masing-masing melakukan bagiannya dalam menyiapkan makanan. Mereka sesekali bertemu satu sama lain dan saling memandang seperti remaja yang sedang jatuh cinta dan ketakutan, tidak yakin apa yang akan mereka jalani selanjutnya, mereka hanya ingin menjalaninya. Tentu saja, tatapan penuh gairah itu hanya dari sisinya, tetapi semuanya sepadan, semuanya sepadan jika hasilnya adalah memiliki momen seperti saat-saat di sisinya.

"Aku rasa kamu telah mencuci banyak selada, Tony. Jika kita makan semua ini, kita akan menjadi ulat." Amanda mematikan pemanggang dan mulai mengeluarkan irisan ayam dengan meletakkannya di atas piring. Saat dia berjalan menuju meja, Tony masih memperhatikannya berjalan dengan begitu seksi.

Setelah membumbui bagian selada, dia mencuci, dia juga membawanya ke meja. Sementara Amanda mengambil jus yang telah disiapkannya, putranya masuk, dia mandi setelah dari kolam renang dan duduk di meja, tanpa menyadari apa yang sedang terjadi di sana. Tony membagikan peralatan makan dan sang anak membantunya menyelesaikan penataan meja.

"Sekarang saatnya kita menikmati apa yang telah kita lakukan bersama." katanya dengan penuh semangat. Mereka duduk saling berhadapan dan dengan tenang melayani diri mereka sendiri, diawasi oleh dua mata yang berbinar-binar bahagia.

"Lezat!" Tony berkata setelah memasukkan sepotong ayam ke dalam mulutnya. Dia makan sedikit lagi dan menunggu istrinya mencicipinya juga.

"Kamu benar, ini enak."

"Memang benar, Bu." anak laki-laki itu berbicara dengan mulut penuh makanan. Mereka saling memandang satu sama lain dengan cara yang menyetujui, seperti yang telah mereka lakukan beberapa kali sebelum pernikahan. Masih terasa aneh bagi Amanda untuk mengalami adegan pasangan biasa yang mengetahui bahwa semua itu tidak benar. Kadang-kadang ia merasa canggung, dan melakukan yang terbaik untuk membuat Tony tidak menyadarinya dan berpikir bahwa ia telah menyesali kesepakatan yang mereka buat. Dia tidak ingin memberikan kesan bahwa dia tidak menghargai apa yang telah Tony lakukan untuknya.

Mereka menyantap makanan mereka, yakin bahwa akan ada lebih banyak lagi yang bisa mereka bagi, dan semakin cepat mereka terbiasa dengan semua itu, semakin baik.

Malam itu, setelah Amanda menemani putranya ke kamarnya, setelah bersenang-senang sore hari di antara mereka bertiga, Tony mengambil kesempatan untuk menyiapkan tempat tidur sofanya untuk tidur. Tubuhnya sudah tidak tahan dengan semua siksaan dari malam sebelumnya. Akan lebih baik baginya untuk menjauh atau dia tidak akan bisa mengendalikan tindakannya.

Ketika dia kembali, Amanda merasa campur aduk antara senang dan sedih saat melihat Tony tidur di sofa. Dia juga memiliki hak untuk tidur di tempat tidur, tetapi dia setuju dengan sikap yang diambilnya. Dia tentu saja menyadari bahwa dia sedang berkonflik dan tidak ingin membuat situasi menjadi lebih rumit bagi mereka berdua. Bersyukur, tapi sama sekali tidak senang, dia pergi tidur sendirian. Pada hari Senin, Amanda sudah berada di toko ketika Carol tiba.

"Aku tidak mengerti keputusan Anda untuk masuk kerja dua hari setelah pernikahan Anda," kritik gadis itu ketika dia tiba di toko dan melihat Amanda di sana.

"Kita berdua tahu bahwa pernikahanku bukanlah sebuah hubungan." Amanda berkomentar, sambil memperbaiki sebuah manekin. Dia juga ingin pernikahannya berbeda, tapi karena takdirnya memang harus seperti itu, bahkan mungkin tidak adil, tapi harus.

"Jika Anda mengambil kesempatan untuk membiarkan diri sendiri menjalani beberapa saat keintiman, kamu pasti tidak akan berada di sini sekarang atau setidaknya kamu tidak akan terlalu gugup." makhluk yang dia sebut asistennya itu terkadang membuatnya pusing. Amanda menyimpulkan setelah mendengar Carol mengeluh.

"Bagaimana jika aku katakan bahwa aku ingin sekali bercinta dengannya. Maukah kamu meninggalkanku sendirian?" Amanda mengaku, dan mulut gadis itu ternganga. Inilah yang sebenarnya diinginkan Amanda sejak malam pertama bersama Tony di ranjang itu. Namun, dia tahu bahwa penyebab yang lebih besar adalah kurangnya kasih sayang dan itu bukanlah alasan untuk menciptakan ikatan yang lebih besar dengan temannya.

"Aku tahu itu akan terjadi." Kata Carol. "Kalian adalah pasangan yang serasi, temanku. Aku melihat adanya kecocokan di antara kalian. Satu-satunya hal yang kurang adalah salah satu dari kalian memulai petualangan romantis ini." Mata wanita muda itu berbinar-binar sehingga Amanda menyesal telah mempercayainya. "Tidak ada yang akan melakukan itu." Amanda berkata dengan lembut. Mereka tidak merencanakan hal itu, jadi tidak akan ada yang melanggar rencana tersebut. "Sayang sekali! Kalian bisa membuat satu sama lain bahagia." setelah Carol menyimpulkan, mereka memulai minggu kerja tanpa membahas masalah itu lebih lanjut.

Kadang-kadang Amanda melihat karyawannya menatapnya dengan penuh penyesalan, tapi hanya dia yang melihat kemungkinan mereka memanfaatkan situasi dan terlibat dalam hubungan romantis. Semuanya masih dalam proses pengujian dan keputusan baru bisa muncul seiring berjalannya waktu, tetapi tidak ada yang akan membahayakan rencana dan persahabatannya dengan Antônio. Amanda tidak mau membiarkan hal itu terjadi.

Meskipun mereka tidak membicarakan tentang dia dan Tony lagi, Amanda menghabiskan sepanjang hari memikirkannya. Ketika dia berada di rumah bersama putranya, waktu makan siang adalah waktu yang paling sering dia pikirkan tentang mereka berdua. Suaminya mengatakan bahwa dia sedang makan siang dengan seorang klien sehingga dia memiliki lebih banyak waktu untuk mempersiapkan diri untuk malam kedua. Hari akan segera berakhir ketika Tony dan Lucas tiba untuk menjemputnya.

"Kami datang untuk menjemputmu," katanya, sambil mengamati raut wajahnya.

"Oh bagus, malaikat pelindungku datang untuk menyelamatkanku." Amanda bercanda, dan membalas tatapannya. Mobilnya sedang berada di dealer untuk diperiksa.

Carol, yang menyaksikan adegan itu, merasa senang dengan apa yang dilihatnya. Hubungan itu jelas terlihat hidup di antara mereka dan jika tidak ada satu pun dari mereka yang berinisiatif, dia harus membantu dengan cara tertentu. Teman-temannya layak mendapatkan kebahagiaan, dan meskipun mereka cukup bodoh untuk tidak menyadarinya, dia bisa melihat bahwa mereka berdua merasa bahagia di sekitar satu sama lain. Mereka hanya membuat interpretasi yang salah tentang hubungan itu dan akhirnya mencoba menghentikan sesuatu yang yang dibutuhkan untuk tumbuh.

BAB 19

Hari-hari pertama menetap pun berlalu dan Amanda perlahan-lahan mulai terbiasa dengan situasi tersebut. Sesekali dia terkejut saat melihat Tony keluar dari kamar mandi atau masuk ke kamar tidur. Dia telah melupakan keintiman yang biasa dilakukan oleh pasangan suami istri dan harus mereka lakukan karena mereka memiliki pembantu rumah tangga di rumah sepanjang waktu.

Ada kalanya dia bisa bersikap seperti istri yang penuh gairah dan bahkan berbagi momen kasih sayang dengan Tony di sekitar rumah. Sering kali dia melakukan hal ini bukan hanya untuk menyenangkan putranya atau pegawai yang baik, tetapi karena dia benar-benar menginginkannya, karena Tony memiliki caranya sendiri untuk mendapatkan yang terbaik dari seorang wanita dan dia tidak akan kebal terhadap hal ini, meskipun dia berjuang dengan sungguh-sungguh.

Pada suatu kesempatan ketika Amanda sedang mendengarkan lagu untuk menjernihkan pikirannya, Tony perlahan-lahan mendekatinya dari belakang dan dengan lembut menyentuh pundaknya.

"Maukah Anda berdansa denganku , Nyonya?" dia mendengarkan lagu yang sangat disukainya dengan penuh perhatian dan tidak menyadari Tony mendekat.

"Tentu saja, Pak." meskipun itu adalah lagu yang lambat dan romantis, dia tidak peduli apakah mereka akan menempel satu sama lain atau tidak. Lagu "She" dari Elvis Costello, membuat semuanya menjadi berharga. Sambil bersandar di bahu temannya, Amanda mendapati dirinya dibawa melintasi ruangan seolah-olah melayang, baginya, itu adalah lirik terindah yang pernah ia dengar. Seromantis yang pernah dia rasakan. Semanis dan bergairah seperti yang dia harapkan bisa terjadi lagi.

Tony memeluknya dengan penuh kasih sayang. Itu akan menjadi salah satu lagu yang tidak akan pernah dia lupakan. Dia merasakan dorongan yang kuat untuk bernyanyi di telinga Amanda. Lagu itu menerjemahkan segala sesuatu yang ingin dia katakan padanya hari demi hari dan tidak pernah dilakukannya. Sudah bukan waktunya lagi untuk menyatakan diri, waktunya telah berlalu dan dia hanya memiliki saat-saat, seperti saat itu, untuk menikmati segala sesuatu yang dia inginkan lebih dari udara itu sendiri. "Mungkin suatu hari nanti, siapa tahu..." pikirnya.

Tersesat pada saat itu, mereka hampir tidak menyadari bahwa lagu tersebut telah berakhir dan lagu yang lebih gelisah dimainkan, memecah suasana romantis yang melayang-layang di dalam ruangan. Tony mengambil keuntungan dari sedikit kejernihan yang tersisa dan mendorongnya menjauh, memutarnya. Amanda terhuyung-huyung dan Tony menopangnya sambil tersenyum.

"Kita mulai berkarat. Kita butuh lebih banyak latihan." dia tersenyum sebagai balasannya dan sambil berjalan pergi, dia membetulkan gaunnya untuk waktu yang lama. Tony memperhatikannya dengan penuh kasih sayang dan setelah beberapa detik mulai berjalan pergi. "Aku akan mandi, aku sangat lelah." Amanda menatapnya dengan penuh tanda tanya. "Aku tidak bisa meninggalkan seorang wanita di tengah-tengah lantai tanpa berdansa. Bahkan jika lelah setelah hari yang produktif, bolehkah aku?"

"Kadang-kadang aku berpikir bahwa mustahil ada orang seperti kamu."

"Bagaimana dia bisa begitu istimewa?" pikirnya dalam hati saat melihat pria itu pergi.

"Aku memang ada, kamu hanya perlu mempercayaiku." pria itu pergi, dan kata-katanya terus terngiang-ngiang di kepalanya untuk waktu yang lama.

BAB 20

Amanda sedang menyiapkan kopi di hari Minggu pagi saat Antônio tiba dan bersandar di pintu sambil mengamatinya, ini adalah salah satu hal favoritnya. Dia terlihat sangat cantik dengan celana pendek jeans dan tank top putih yang ketat. Rambutnya yang dikuncir kuda mempertegas lehernya dan itu menarik perhatiannya. Setiap kali dia melihat rambutnya seperti itu saat dia pergi ke sekolah putranya, dia terus melihat siluetnya. Dia menawan dan sederhana. Baginya, dia adalah kombinasi yang sempurna.

"Apakah kamu butuh bantuan?" tanya Antônio , berjalan masuk dan mendapatkan senyuman termanis dari Amanda.

"Aku sedang menyelesaikan Tony, karena Lucas biasanya tidur larut malam, aku tidak punya banyak hal untuk dilakukan sekarang. Duduklah di sini dan temani aku." Tony mengabulkan permintaannya dan duduk di seberang Amanda. Amanda mengisi dua buah cangkir dengan air panas dan kemudian meletakkan kantung teh di dalamnya dan memberikan satu cangkir untuk Tony. Kemudian dia mengambil sepiring roti keju Brasil yang sudah dipanggang dan duduk. "Meskipun sudah dibekukan berhari-hari, roti ini masih terlihat enak." Amanda berkata sambil mencicipi satu roti. Antônio bergabung dengannya dan menikmati adonan tipis berwarna kuning keemasan itu dengan senang hati.

"Roti-roti ini selalu enak." Antônio setuju, meminum sedikit cairan yang masuk ke tenggorokannya untuk menghangatkannya. Momen-momen bersamamereka berdua sangat berharga baginya sehingga ia berniat untuk menikmatinya selama mungkin.

"Untung saja kita memiliki pengurus rumah tangga yang terampil." Amanda berkomentar, sambil menarik nampan kue lainnya ke dekat mereka.

"Bukan salahmu kalau kamu tidak pandai memasak Amanda, setiap orang memiliki keahlian yang berbeda, dan kamu memiliki beberapa keahlian." mereka saling memandang dengan penuh kasih dan dia berterima kasih dengan caranya sendiri, sambil tersenyum kepada teman baiknya itu.

Tindakan yang sangat umum di antara mereka itu berhasil mengacaukan Tony sehingga dia akhirnya tersedak minumannya. Dia segera bangkit dari meja dan pergi ke wastafel untuk menghilangkan batuk yang mulai mengganggunya. Amanda juga berdiri dan menghampirinya.

"Tahukah Anda apa yang biasa aku lakukan ketika Lucas tersedak sesuatu? Aku akan mengangkat tangannya atau menarik telinganya. Ini mungkin sesuatu yang mistis, tapi biasanya berhasil, bolehkah?" dia ingin menertawakan situasi itu, tapi hanya bisa mengiyakan. Amanda bergerak mendekat dan ketika dia membantunya mengangkat tangannya, udara menjadi lebih pendek baginya. Mereka begitu dekat sehingga mustahil untuk tidak mencium aroma mandi dan kelembutan tangannya. Dia menyentuh lengannya, lalu meraih telinganya dan dengan lembut menariknya. "Merasa lebih baik?" Tony mengangguk, menatapnya. Meskipun dia ingin menyamarkannya, namun tidak mungkin karena dia begitu dekat dengannya. Dia sangat menginginkan wanita itu untuk berpura-pura tidak terjadi apa-apa. Dia benar-benar ingin menyentuh wajahnya, menciumnya tanpa malu-malu, tapi dia tidak bisa. Atau haruskah dia mengambil risiko dan melihat apa yang terjadi?

"Aku pikir teori Anda sangat bagus. Aku merasa lebih baik dan sudah bernapas." dia perlahan menurunkan lengannya dan berdiri di tempat yang sama sambil menatapnya. Dia juga berdiri diam seolah-olah mengharapkan sesuatu darinya, dan Tony kemudian melakukan apa yang diminta oleh tubuh dan hatinya. Dia menggerakkan tangannya, yang juga turun, ke lengan bawah Amanda, menyentuhnya dengan lembut, lalu dia menarik dan menciumnya dengan lembut. Dia takut membuatnya takut. Jika tidak, dia akan menjemputnya dan membawanya ke kamar tidur dan melakukan apa yang dilakukan oleh setiap suami yang sedang jatuh cinta. Dia akan bercintasampai mereka kelelahan.

Pada awalnya Amanda dengan malu-malu menerima kontak tersebut, tetapi segera ketegangan mereda dan dia berbagi ciuman sepenuhnya. Tony mendekapnya di wastafel dan memperdalam kontak antara mulut mereka yang malu-malu dan penuh gairah. Dia begitu tenggelam dalam keajaiban yang ada di sana sehingga dia tidak dapat mempertahankan akal sehatnya lagi. Dia sangat menginginkan istri palsunya, dia perlu merasakannya untuk dapat melanjutkan lelucon yang menyiksa dan menyenangkan ini.

Amanda dengan senang hati menerima apa yang terjadi di sana, tapi jauh di dalam dirinya, ada sesuatu yang berteriak padanya untuk tidak terbawa suasana. Mereka memang sudah dewasa. Namun, mereka berdua terlalu membutuhkan dan ini membuatnya sedikit khawatir, karena mereka tidak yakin apa yang akan terjadi pada saat mereka terbawa oleh perasaan ini. Namun, dia benar-benar ingin menyerah. Tapi apa yang akan terjadi setelah itu?!

"Tony, aku rasa ini tidak akan berjalan dengan baik." katanya saat dia melepaskan diri dari ciuman yang membara, tapi segera menyerahkan dirinya lagi.

"Aku tidak akan berhenti, Amanda. Lakukan sendiri. Aku tidak mau." dia memeluknya lagi dan itu adalah kontak terpanas antara dua orang yang pernah Amanda rasakan. Mereka terengah-engah dan jantung mereka berdebar tanpa henti. "Itu adalah emosi yang sangat besar dalam satu kontak." katanya kemudian, menciumnya dengan lebih lembut dari sebelumnya.

Setelah ledakan kebahagiaan itu, Tony membiarkan dirinya dituntun oleh nalar dan perlahan-lahan berjalan pergi. Amanda menundukkan kepalanya. Dia tidak berdaya dengan begitu banyak nafsu.

"Reaksi-reaksi ini tidak akan membantu kita, Tony. Ini adalah ilusi dan kita tidak akan terbiasa dengan hal ini." Dia mengatakan kata-kata pertama yang terlintas dalam pikirannya. Dia merasa seperti tidak tahu ke mana harus pergi karena pergulatan yang dia alami dengan emosinya. "Tapi ini sangat baik." ketulusan adalah sifat yang ia harapkan akan hilang dari hidupnya saat mereka hidup seperti itu.

"Aku tahu tapi itu tidak nyata. Aku juga merasa berbeda dan menginginkan sesuatu yang tidak aku ketahui, tapi itu bukan apa yang kita miliki, itu bukan diri kita." dia berjalan menjauh darinya perlahan dan sebuah lubang terbentuk di antara mereka.

"Maafkan aku Amanda, itu tidak nyata." dia tidak menyesal telah menciumnya, itu sangat indah, seperti ciuman-ciuman lainnya. Penyesalannya adalah bahwa tidak jelas baginya bahwa ada perasaan di sekitar mereka. Dia tidak bisa melihat, tapi dia bisa.

"Jika kita terus melakukan hal itu, kita harus mengakhiri lelucon ini lebih cepat dari yang direncanakan. Aku tidak ingin merusak apa yang kita miliki. Kita tidak bisa melakukan itu." tatapan memelasnya membuatnya tertunduk.

"Dan apa yang kita miliki yang tidak bisa diperbaiki, Amanda?" dia ingin tahu apa yang ada di pikirannya. Akan lebih mudah untuk mengambil keputusan jika dia tidak menatapnya dengan cara yang berbeda setiap kali berhubungan.

"Kami memiliki persahabatan yang sangat berharga bagi aku dan aku tidak ingin mengambil risiko kehilangannya karena kebutuhan seksual." saat dia berjalan pergi, Tony berdiri diam di tempat yang sama, bertanya-tanya apakah dia dapat mengubah kenyataan mereka atau apakah dia harus puas dengan kehadiran wanita yang dia cintai di tempat tidurnya dan dalam hidupnya, tetapi tanpa bisa menikmati semuanya.

BAB 21

Sama sekali tidak mudah bagi Amanda untuk berpura- pura bahwa segala sesuatu berada di tempat yang semestinya di hari-hari berikutnya percakapan antara dia dan Antônio terjadi hampir secara normal, tetapi sedikit ketegangan mempengaruhi mereka dan dia tidak merasa nyaman dengan hal itu.

Pagi terakhir, saat mereka berciuman, ia merasakan sesuatu yang baru mengalir di nadinya. Namun dia hampir yakin bahwa itu hanyalah ilusi, salah satu dari sekian banyak ilusi yang dia alami bersama Antônio akhir-akhir ini, tidak lebih dari itu. Ia harus tetap fokus pada apa yang telah ia rencanakan, dan untuk itu ia akan menjaga jarak dengan Antônio. Pria itu jauh lebih menawan dan menarik daripada yang biasa ia lihat.

Dan di atas semua itu, ada perhatian yang dia berikan padanya dan Lucas. Suami palsunya adalah seorang pria yang sempurna, yang membuat segalanya menjadi sedikit lebih rumit daripada yang dia rencanakan. Memiliki pria seperti itu di sampingnya dan berpura-pura kebal terhadap semua yang dilakukannya adalah hal yang mustahil, bahkan untuknya yang akhir-akhir ini menghindari sisi femininnya dengan sangat baik. Dan keinginan seorang pria sejati untuk berbagi mimpi dan tempat tidurnya.

Seperti yang dikatakan Carol," Anda telah menciptakan sebuah drama dengan karakter yang sempurna. Dan dia menyiksa.", dia ingin menertawakan masalah pribadinya, tapi dia tidak bisa. Ada seorang pria hebat di hadapannya dan dia bahkan tidak bisa membiarkan dirinya sendiri memanfaatkan kesempatan itu dan membuat sesuatu yang nyata terjadi di sana. Antônio melakukan hal itu hanya untuk membantunya. Dia tidak memiliki kewajiban untuk berbuat lebih banyak untuknya dan jika dia terbawa suasana, terkadang itu karena hormon kelaki-lakiannya keluar. Mungkin dia harus menyarankan kepadanya untuk mencari seorang wanita, seseorang untuk meredakan ketegangannya. Maka dia tidak akan merasakan begitu banyak kejantanan dan kehangatan yang terpancar darinya, membuatnya tidak masuk akal untuk melakukan hal- hal bodoh yang selama ini dia lakukan dan pikirkan. Perasaan memiliki itu, yang tidak baik untuk dipupuk dalam persahabatan seperti persahabatan mereka, tidak memungkinkannya untuk memberikan ide seperti itu. Dia bisa memenuhi perasaan itu, dan suasana di antara mereka akan menjadi tegang.

"Bagaimana jika dia jatuh cinta pada orang yang tidak cocok yang akan membuatnya tidak bahagia seperti yang dialami Breno? Aku tidak bisa menempatkan Tony dalam situasi seperti itu. Biarkan saja apa adanya. Itu akan lebih baik." Sesuatu di dalam dirinya mengganggunya, tetapi dia berpura-pura tidak menyadarinya. "Jika dia merasa dia harus mencari orang lain, dia harus menjadi orang yang menyadarinya, karena jika bergantung pada aku untuk memasukkan omong kosong ini ke dalam kepalanya, itu tidak akan terjadi." Dia bertekad dan tidak akan berubah pikiran demi teman tercintanya.

BAB 22

Satu malam lagi datang dan bersamaan dengan itu, kecemasan Amanda juga datang. Bagi Amanda, saat-saat itu adalah saat-saat tersulit dalam hubungan mereka. Ketegangan meningkat dan mereka biasanya merasa malu satu sama lain.

Di rumah, setelah mandi, mereka pergi ke ruang makan, Tony dengan santai mengenakan celana jins dan kaos polo. Amanda mengenakan celana pendek berbahan tipis dan blus yang nyaman dan sederhana dengan sandal yang dihiasi rhinestones.

"Makanan Flora sangat enak, bu." kata anak itu sambil mengambil makanannya setelah Tony membantunya sekali lagi. Karena dia ingin mereka menjadi lebih akrab, Amanda tidak ikut campur dalam hubungan mereka. Dia hanya menyaksikan semuanya, sebagai penonton yang senang.

"Aku tahusayang" dia setuju. "Bahkan, makanan apa pun lebih enak daripada milikku." semua orang tertawa mendengar komentarnya. Meskipun, hubungan itu dibuat-buat dalam beberapa aspek, mereka bersatu, dan sangat mirip dengan keluarga lainnya. Sejak saat pertama, mereka seperti masuk ke dalam dongeng modern dan semuanya tampak nyata dan menjanjikan. Amanda dapat melihat cahaya baru di mata Tony, dan senyum cerah dan bahagia di wajah putranya. Semuanya menunjukkan bahwa mereka akan bahagia selama itu berlangsung. Setelah itu dia tidak tahu dan juga tidak mau memprediksi.

Setelah makan malam, mereka pergi menonton film dan tak lama kemudian Lucas kecil pergi ke kamarnya. Amanda yang mengalami tekanan mental juga tertidur sebelum film berakhir. Dalam campuran antara tidur dan kesadaran, dia mendapati dirinya digendong ke tempat tidur oleh Tony. Pelukan yang kuat di sekeliling tubuhnya dan menggosokkan kulitnya ke dada Tony yang kokoh dan melindungi membuatnya ringan dan mabuk. Amanda berharap dia bisa berpikir, tapi dia tidak bisa melakukannya dengan baik. Dengan bersandar di bahu temannya, dia membiarkan dirinya pergi.

Ketika Tony membaringkannya di tempat tidur dan mencoba untuk pergi, Amanda meraih lengan Tony dan menariknya, membawanya mendekat padanya. Tony tidak menolak dan bergabung dengannya, dia memeluknya.

Keduanya berbaring di tempat tidur. Perlahan-lahan, Tony menyentuh rambutnya hingga ke pinggang dan menarik Amanda lebih dekat. Dia berada di awan sembilan karena belaiannya, tergoda oleh kenikmatan dan nafsu. Dengan mata setengah terbuka, Amanda memperhatikan wajah rupawan di depannya. Dia sangat rupawan. Mengapa dia tidak menyadari hal itu sebelumnya? Dengan jari-jarinya, ia dengan kikuk meraih bibirnya, lalu merasakan gigitan kecil di jarinya yang membuatnya merinding.

"Tinggallah bersamaku," pintanya dengan mata terpejam merasakan tangannya meremas pinggulnya dengan keras seakan-akan dia ingin terbangun dari mimpinya. Dia tampak menderita!

Tony mengamatinya sejenak untuk mencari jejak penolakan dalam dirinya, yang tidak dia temukan, jadi dia dengan lembut menyentuh mulutnya dan menutupi bibir Amanda dengan bibirnya sendiri. Ciuman yang lambat dan penuh keraguan dimulai dengan malu-malu. Tony mengusap- usap rambutnya dan memperdalam ciuman itu. Rasa manis menyelimuti Amanda dan dia menyerah sepenuhnya. Tubuh mereka yang menempel satu sama lain membuat mereka dapat mendengar detak jantung mereka. Mereka berdua terkejut dengan api yang mengalir di pembuluh darah mereka. Mereka saling menginginkan satu sama lain, meskipun ada sesuatu yang meminta mereka untuk tenang. Ciuman itu menimbulkan erangan dari keduanya. Amanda siap untuk merasakan kenikmatan seks.

"Apakah kamu membutuhkannya, sayangku?" Tony bertanya sambil meremas pinggulnya.

"Ya. Ya, sangat." Tony mengangkat tangannya untuk menyentuh ujung payudaranya yang membengkak dan membawanya ke surga. Dia memijat puting yang mengeras itu, merasakan hasrat yang tumbuh di dalam diri mereka berdua. Keinginannya adalah untuk menghisap puting tersebut sampai dia memintanya untuk memilikinya dan dia akan melakukannya dengan senang hati jika dia memintanya. Dikuasai oleh hasrat, dia menggerakkan mulutnya untuk menghisap payudaranya, berhenti cukup lama sehingga dia bisa merasakan nafasnya yang berat. Dia mati-matian berusaha mengendalikan dirinya agar tidak tersesat dalam tubuh yang sangat ingin dimilikinya. Setelah mendesah panjang, Tony menyerah untuk menyelesaikan tindakan yang menyenangkan itu dan meninggalkan Amanda tanpa tindakan.

"Maafkan aku cintaku, tapi aku tidak bisa mengambil keuntungan dari kerapuhanmu. Itu tidak adil." setelah mengatakan itu, dia bangkit dan meninggalkan ruangan dengan cepat.

Amanda bingung dengan penolakan itu dan bahkan lebih bingung lagi dengan hasrat yang ia rasakan bangkit dalam tubuhnya yang tertidur. Dia menangis tak berdaya sampai tidur menguasainya. Keesokan paginya, dia mencari Tony untuk meminta maaf atas tindakannya yang ceroboh. Dia sedang minum kopi ketika dia memasuki dapur.

"Tony, bisakah kita bicara?" tanyanya sambil duduk di depannya.

"Ya, Amanda. Ada apa?" Tony berpura-pura tidak terjadi apa-apa, tetapi Amanda harus menyelesaikan masalah ini.

"Tadi malam," dia memulai. "Maafkan aku karena melemparkan diriku ke dalam pelukanmu. Aku masih tidak tahu mengapa aku melakukan itu, aku minta maaf." katanya sambil menatap matanya.

"Tidak ada yang perlu dimaafkan," jawabnya sambil memindai wajahnya dengan matanya. "Aku sangat memahami kondisi kamu dan aku tidak akan pernah memanfaatkannya. Jangan khawatir." Kalimat itu membuatnya tenang, tapi dia semakin sedih.

Seminggu berlalu tanpa kabar. Setelah malam yang mengerikan itu, keduanya tidak lagi tidur di tempat tidur bersama. Tony baru akan berbaring setelah Amanda membawa anaknya ke kamar tidur dan ketika ia kembali, Tony akan berpura-pura tidur. Pada beberapa saat, ketika anak mereka berada di kamar pasangan itu, mereka bersama di tempat tidur, setiap kontak kulit di antara mereka menjadi alasan untuk saling melirik dengan cepat dan terselubung. Seiring berlalunya hari, ketegangan itu tampak menghilang dan Tony mengambil kesempatan untuk mengundangnya ke sebuah pesta.

"Pesta itu akan diadakan di rumah seorang teman dan kliennya, dan dia bersikeras agar kita hadir." "Itu bisa menjadi kesempatan kita untuk mendapatkan persahabatan kita kembali." Amanda berpikir.

"Kita bisa melakukannya." dia menegaskan. Hari itu ketegangan sudah hampir hilang sama sekali.

Ketika mereka tiba di pesta, mereka terkejut melihat Breno menjadi salah satu tamu.

"Jika kamu mau, kami akan pergi." Tony memberi tahu, tampaknya kesal dengan situasi tersebut.

"Tidak ada alasan untuk itu." katanya. Mereka disambut oleh tuan rumah yang membawa mereka ke sebuah meja. Meskipun dia menyembunyikan dengan baik, Amanda dapat melihat bahwa Tony tidak baik-baik saja. Dia melihat gerakannya, tampaknya tidak pada tempatnya. Ketika mata mereka saling bertatapan, mereka kehilangan diri mereka satu sama lain. Suasana tampak tegang. Mereka sedang memperhatikan gerakan pasangan penari ketika yang membuat Amanda tidak senang, Breno mendekat.

"Selamat malam," katanya. "Aku tidak bisa hadir di pesta pernikahan itu, tapi aku ingin mendoakan kebahagiaan bagi pasangan itu." sapaan palsu itu tidak mengganggu Amanda.

"Terima kasih, Breno." katanya. Tony menganggukkan kepalanya sebagai tanda terima kasih.

"Maukah kau membiarkan istrimu berdansa denganku?" tanyanya tanpa rasa malu. Amanda melihat bahwa Tony sangat marah. Dia merasa terganggu dengan kehadiran mantan suaminya, meskipun tidak ada alasannya.

"Jika dia mau, dia bisa pergi." Tony menjawab sambil menatapnya dengan wajar.

"Aku menghargai undangannya, tapi aku lebih suka tinggal di sini bersama suamiku." Amanda mengendalikan dirinya untuk menjawab dengan tenang.

"Ini hanya sebuah dansa. Jadi, beritahukanlah kabar tentang anak kita." dia tahu betul bahwa Tony bisa sangat menyebalkan dan lebih memilih untuk ikut berdansa dengannya.

Saat mereka berjalan pergi, Tony memandang mereka secara diam-diam. Dia harus menjaga pengendalian dirinya atau dia akan segera menemukan dirinya meninju wajah pria itu. Dia tidak ingin mempermalukan Amanda, tapi dia ingin menempatkan pria itu pada tempatnya. Apalagi sekarang dia merasakan sesuatu di antara dia dan Amanda.

"Pernikahanmu tampak begitu dingin bagiku. Aku tidak melihat gairah di matamu, seperti yang biasa terlihat pada pasangan baru." Breno berkomentar saat mereka mulai berdansa.

"Kita sudah cukup dewasa untuk mengetahui bahwa tidak ada hubungan yang bertahan hanya dengan gairah. Dibutuhkan lebih dari itu." Amanda menjawab mengikutinya.

"Aku ingat itu lebih baik bagi kita." komentarnya. "Aku harap pernikahan ini segera selesai, aku mulai lelah menunggu dan ini membuat aku gugup. Sidang itu mungkin akan dipercepat." Ancamannya tidak mengganggunya.

"Terserah kamu." Amanda berkata tanpa rasa takut, yang membuatnya meremasnya dalam pelukannya. "Bisakah kamu biarkan aku menjauh sedikit!" pintanya sambil merasakan tubuhnya menempel pada tubuhnya. Sebagai jawaban, Breno malah membelai punggungnya, tindakan yang membuat Tony marah, dia memperhatikan situasi.

"Kamu adalah milikku Amanda. Berhentilah bertengkar. Terlalu banyak kesombongan itu menyebalkan, kau tahu?" dia tersenyum mendengar argumennya. Tony merasakan tubuhnya membeku ketika melihat senyumnya. "Mereka mungkin sedang membicarakan sesuatu yang menarik," pikirnya.

"Aku tidak pernah menjadi milikmu Breno, kau tahu kenapa? Karena aku bukanlah produk yang digunakan dan dibuang." Melihat lebih dekat, Tony menyadari bahwa Amanda tidak tersenyum. Itu adalah cara dia biasa berakting saat dia kesal akan sesuatu. Ya, begitulah. Tidak terlalu buruk, pikirnya, sambil melihat gelas di atas meja, berpura-pura tenang.

"Omong kosong!" Breno berbicara sambil meremasnya sampai-sampai pinggangnya terasa sakit. Amanda mencoba mendorongnya dengan sia-sia dan ketika dia ingin beranjak pergi, dia merasakan tangan Tony melingkari pinggangnya dan menariknya ke arahnya.

"Permisi," katanya. "Aku ingin berdansa dengan istriku." Tony berwajah dingin dan memeluknya dengan posesif. Pria yang satunya tidak berkata apa-apa, dia menyadari bahwa Tony akan kehilangan sedikit kesabaran yang tersisa.

"Terima kasih atas kesempatannya. Peluklah Lucas untukku." Breno berbicara dengan cepat dan beranjak pergi.

"Setiap hari berlalu, aku semakin yakin bahwa kamu adalah malaikat pelindungku." Amanda berterima kasih dan menerima pelukannya.

"Aku selalu yakin akan hal itu." katanya dengan tegas. "Bolehkah aku tahu apa yang kamu bicarakan?"

Amanda menceritakan tentang komentar Breno.

"Seperti saudara!" informasi itu menamparnya seperti tamparan, bukan karena kebenarannya, tetapi karena datang dari mantan suaminya. "Aku akan menunjukkan padanya." Tony mengangkat wajahnya dan menutupi bibirnya dengan bibirnya. Ciumannya melumat bibirnya dalam sebuah siksaan yang nikmat. Tubuh mereka yang terpaku tampak seperti satu, di antara orang-orang yang menari.

Amanda memeluk leher Tony dengan erat untuk menenangkan diri, karena kakinya benar-benar gemetar akibat adrenalin yang ia rasakan dari ciuman Tony. Dia tahu perasaan itu tidak masuk akal, tapi dia tidak bisa menghindarinya. Rasanya seperti merasa hidup meskipun hanya sebentar dan di tengah-tengah pertunjukan yang akan segera berakhir, seperti halnya pertunjukan lainnya.

Tony menikmati ciuman itu seakan-akan itu adalah ciuman terakhir dalam hidupnya. Meskipun dia berusaha keras untuk menjadi teman yang dibutuhkannya, dia tidak berhasil, terutama setelah pernikahan karena kedekatan sehari-hari di antara mereka. Dia tidak tahu berapa lama dia bisa bertahan, dia hanya yakin bahwa dia sudah mencapai batasnya. Setelah ciuman yang meledak- ledak itu, Tony menarik diri beberapa inci dan melihat mulutnya yang bengkak. Dia mencintai wanita itu seperti dia tidak pernah mencintai orang lain dan membutuhkan balasan yang positif darinya. Setelah mendekati, dia menyentuhkan bibirnya ke bibir wanita itu.

"Kuharap aku tidak membuatmu kesal dengan ciumanku." dia meminta maaf meskipun dia tahu bahwa Amanda telah menunjukkan bahwa dia menyukainya, mungkin karena kebutuhan fisiknya.

"Kamu tidak pernah membuatku kesal." katanya secara alami. "Lagipula, kita punya target besar di sini, dan dengan ciuman itu, representasi itu layak mendapatkan Oscar." lelucon itu memiliki satu tujuan, untuk menyamarkan perasaan yang menyerangnya setelah ciuman itu. Namun kenyataannya berbeda. Satu-satunya hal yang ia pikirkan selama ciuman itu adalah sentuhan dan reaksi tubuhnya, tidak lebih dari itu.

"Kamu benar sekali." dia selesai, tampaknya kesal. Setelah dansa, mereka berbicara dengan beberapa orang yang Tony kenal dan kemudian mereka meninggalkan pesta. Ketika mereka tiba di rumah, Tony berkata bahwa dia akan tidur malam itu di kamar tamu. Amanda yang menyadari ada sesuatu yang mengganggunya tidak mengizinkannya.

"Tinggallah di sini bersamaku. Aku tidak ingin kau lari dariku dengan perasaan terluka." Tony menatap matanya dan berharap bisa mengatakan padanya bahwa dia tidak akan pernah menyakitinya, bahwa satu-satunya alasan dia melarikan diri ke kamar lain adalah karena dia ingin menciumnya dan tubuhnya. Tapi dia tidak bisa menolak wanita yang dicintainya. Merasa kalah, dia memasuki ruangan untuk mencari pasangannya, yaitu sofa. "Kita mengalami hari yang melelahkan Tony, ayotidur di sini." dia mengujinya, dan hasilnya mungkin tidak akan baik.

Sementara Amanda pergi ke kamar mandi untuk bersiap-siap tidur, Tony menatap ke arah pintu. Dia harus mencintainya seperti yang dia inginkan atau dia harus pindah ke kamar sebelah untuk menghindari masalah di masa depan. Amanda keluar dengan gaun tidur yang indah, tetapi Tony memanfaatkannya dan masuk ke dalam kamar mandi untuk mencoba menenangkan diri sebelum berbaring di sampingnya. Dia berbaring di ruang kecilnya saat dia melihat Tony menghilang di dalam.

Rasanya seperti waktu yang sangat lama sampai dia kembali. Memperhatikan gerakan kasur yang lambat, Amanda merasa jantungnya berdebar-debar karena kedekatannya. Karena kecerahan ruangan yang kecil, mereka tidak dapat melihat hasrat yang tertera di mata keduanya, tetapi hasrat itu ada di sana untuk menyiksa mereka. Mereka tidak berbicara satu sama lain atau bergerak di tempat tidur untuk menghindari kontak fisik, namun setelah Amanda mematikan lampu dan kembali ke tempatnya, lengannya mendarat di dadanya yang menyebabkan ledakan yang mereka coba hindari.

Tony meraih lengannya dan menariknya ke arahnya. Tanpa perlawanan, ia mendekat, merasakan kehangatan tubuhnya mengambil alih tubuhnya. Tony membelai wajahnya dalam kegelapan sambil mengingat setiap ciri-cirinya. Wajah cantik itu telah terekam dalam benaknya untuk waktu yang lama. Amanda berdiri berhadapan dengannya dan meletakkan kakinya di pinggul Tony yang kokoh. Perlahan-lahan, dia membelai pahanya hingga mendekati keintimannya. Mengerang pelan, dia bersandar padanya lebih banyak, ingin merasakan sepenuhnya dari Tony. Memeluknya, Tony menempatkan dirinya di atas tubuhnya yang menggigil saat dia merasakan anggota tubuhnya yang keras menyentuh kulit lembut di balik gaun tidur sutra. Sentuhan itu membangkitkan kenikmatan baginya. Secara naluriah, Amanda membelai ketegasan jantan yang membuatnya mengerang dalam pelukannya. Tony melakukan hal yang sama dengan menyentuh keintiman lembut Amanda dan menembusnya dengan jarinya dan memberinya kenikmatan yang luar biasa. Amanda siap untuk menerimanya di dalam dirinya, Tony dapat melihat hal ini saat dia melihat Amanda menggeliat karena belaian yang diterimanya. Dia ingin mengambil momen itu lebih jauh tetapi tubuhnya terasa sakit dengan intensitas keinginan untuk bercinta dengannya. Dorongan untuk memilikinya, untuk melihat ke dalam dirinya, membuatnya gila. Menyadari bahwa dia menginginkannya, Amanda melebarkan kakinya untuk menerimanya dan mereka bisa memuaskan tubuh mereka. Dia menerima ajakan tersebut dan memposisikan dirinya di antara kedua kakinya.

"Aku tidak akan bisa bertahan begitu lama, Amanda." katanya, sambil menggesekkan ke tubuhnya. "Aku sangat menginginkanmu," matanya bersinar dengan hasrat yang membawanya ke awan.

"Kalau begitu datanglah padaku Tony." suara yang penuh dengan hasrat itu membuatnya tersenyum senang.

"Apakah kamu menginginkanku, Amanda?" tanyanya sambil merasakan panas yang mengalir di antara kedua kakinya.

"Aku mau, Tony. Aku ingin kamu menerimaku." kalimat yang perlu dia dengar telah diucapkan. Tidak ada jalan untuk kembali. Dia akan mendapatkan wanita yang sangat dicintainya saat itu juga.

"Ibu, Ibu!" panggil suara kekanak-kanakan itu.

"Apa kau dengar?" Amanda bertanya sambil menarik tangannya dari rambutnya.

"Ya, aku dengar," jawabnya sambil berjalan menjauh di luar keinginannya. Tubuhnya terasa sangat sakit sehingga dia membutuhkan beberapa detik untuk menenangkan diri.

"Apa yang terjadi, sayang?" Amanda bertanya memasuki kamar anak itu diikuti oleh Tony.

"Aku bermimpi buruk, Bu." anak itu berbicara. "Bolehkah aku tidur di tempat tidur denganmu?" Amanda menatap Tony yang mengangguk.

Si kecil meringkuk di antara mereka berdua dan tidur. Kedua orang dewasa itu tidur dengan terganggu oleh kenangan manis itu. Sebenarnya, tidur telah menjadi tugas yang hampir mustahil bagi Amanda. Pikirannya terus saja mengingat ciuman dan belaian mesra yang mereka lakukan. Cara pria itu menyentuh dan menciumnya, serta bagaimana tubuh wanita itu bereaksi terhadapnya, fakta itu membuatnya takut. Dari mana datangnya hasrat di antara mereka yang tidak pernah ia sadari sebelumnya?

Tony menatap wanita yang tertidur di ujung tempat tidur. Wanita itu telah memberikan dirinya dengan intensitas yang membuatnya semakin senang dan jatuh cinta. Ada banyak cinta yang terkunci dalam diri istrinya, dia hanya perlu terus bersabar seperti biasanya.

Akhir pekan tiba dengan dingin, sedingin es di penghujung malam ketika mereka hampir saling mencintai. Mereka tidak mengomentari masalah ini, mereka lebih suka berpura-pura tidak terjadi apa-apa. Meskipun tindakan mereka menunjukkan bahwa mereka merasa malu.

Ketika Amanda sedang minum kopi, dia masuk.

"Apa yang membuatmu bangun pagi-pagi sekali?" tanyanya. Dia bangun pagi-pagi sekali dan pergi ke dapur untuk menunggu kopi siap. Dia harus keluar dari kamar sesegera mungkin atau dia akan melakukan apa yang diminta oleh tubuhnya.

"Aku akan pergi jalan-jalan." jawabnya dengan sedikit senyum di bibirnya. "Aku harus melakukan perjalanan yang telah aku tunda. Aku kembali dalam dua hari. Jika Anda perlu berbicara dengan aku, hubungi aku." Tony memberi tahu sambil bersulang.

"Tidak apa-apa." dia berbicara sambil bertanya- tanya alasan dari perjalanan yang tak terduga itu. "Apakah Anda akan makan siang di rumah?" tanyanya.

"Aku harus pergi di pagi hari." Amanda mengangguk dan mereka melanjutkan minum kopi dalam diam.

Saat perpisahan, dia menyentuh wajah Amanda dengan penuh kasih sayang memberinya ciuman ringan di bibir.

"Jaga dirimu baik-baik. Aku akan segera kembali." suara penuh perhatian yang diucapkannya mendorongnya untuk memintanya tinggal. Namun, dia tidak mengatakan apa-apa. Ketidakhadirannya bisa membantu mereka.

"Jaga dirimu juga." Amanda merasakan sedikit rasa rindu menyelimutinya.

Di tempat kerja, meskipun ia berusaha, Amanda tidak dapat menyembunyikannya, dan asistennya menyadari bahwa sesuatu telah terjadi.

"Aku sudah tahu itu! Kamu harus banyak belajar, temanku. Nikmati saat ini dan berhentilah mengkhawatirkan hari esok. Amanda memikirkan komentar temannya.

"Tapi itu tidak seharusnya terjadi, Carol. Aku khawatir itu hanya sebuah kesenangan seksual dan bisa menyakiti salah satu dari kita. Dalam setiap hubungan yang berakhir, salah satu dari keduanya selalu lebih terluka."

"Jika itu terjadi, sayang , maka kamu harus melihat ke depan dan melanjutkan hidupmu. Kita perlu jatuh kadang-kadang, kita tidak bisa menghindarinya." gadis itu tumbuh dewasa, Amanda menegaskan.

"Aku akan mencoba memikirkan apa yang kamu katakan padaku." Amanda berjanji, berharap memiliki naluri petualang seperti karyawannya.

Dua hari berikutnya, meskipun Amanda ingin melakukannya, ia tidak berhasil mencoba untuk lebih terbuka terhadap peluang. Kenangan saat-saat mereka bersama dan risiko yang mungkin diambilnya dengan menceburkan diri ke dalam petualangan ini menyiksanya. Dering bel pintu membawanya kembali ke dunia nyata. Ketika dia membuka pintu, rasa terkejut melintas di wajahnya.

"Apa kabar Amanda?" Breno menyapa, berdiri di depannya.

"Aku baik, terima kasih. Dan kamu?" dia membalas sapaan itu dengan sopan.

"Aku baik-baik saja. Aku datang untuk menemui anakku di rumah baru dan menemuinya." Breno berkata dengan ironis.

"Kamu tahu bahwa saat ini dia sedang berada di sekolah." kritiknya.

"Aku bilang aku ingin menemuinya, tapi aku tidak bilang sekarang." sikapnya yang dingin dan tidak bersahabat membuatnya waspada. Breno masuk dan Amanda lebih memilih untuk membiarkan pintu setengah terbuka untuk berjaga-jaga jika ia perlu memanggil tukang kebun yang sedang berada di luar.

"Rumah ini nyaman. Aku tidak tahu kalau kamu senang tinggal di rumah," komentarnya.

"Aku tidak pernah punya masalah dengan itu. Aku lebih suka apartemen karena aku dan anak aku selalu sendirian sejak dia lahir." Amanda berkata, dia yakin suaminya mengerti pesannya.

"Aku bisa memberimu rumah yang lebih baik dari itu, kau tahu?" Amanda meragukan apa yang dia dengar.

"Kami sangat baik di sini. Tidak perlu khawatir." dia mendekat dan memaksanya untuk menatap matanya.

"Kurasa aku gagal menjelaskan padamu bahwa aku ingin hidup kita kembali. Apa yang harus aku lakukan untuk meyakinkanmu?" Breno menjebaknya, mencegahnya melepaskan diri dari ciuman itu.

"Lepaskan istriku!" Tony memerintahkan di belakang mereka di depan pintu. Seperti yang Amanda tahu, Breno adalah seorang pengecut, tetapi dia percaya bahwa dia akan bereaksi negatif terhadap perintah itu, tetapi ketika dia berbalik, dia melihat begitu banyak kebencian di mata Tony sehingga dia tahu pada saat itu bahwa mantan suaminya tidak akan berani.

"Aku sedang dalam perjalanan keluar. Sampai jumpa Amanda, kita akan bicara lain kali." dia harus berjalan ke arah Tony, dan dia melakukannya dengan cepat.

"Aku bisa menjelaskan apa yang Anda lihat di sini." Amanda yakin bahwa dari posisinya saat itu, dia tidak dapat melihat dengan jelas.

"Tidak perlu." dia berbicara dengan dingin." Aku hanya memintamu untuk tidak mempermalukanku dan jika kau masih menyukainya, katakan padaku." permintaan itu keluar sebagai permohonan.

"Bukan seperti yang kau pikirkan. Dia mencium aku, itu benar, tetapi aku tidak membalasnya, aku dapat meyakinkan Anda." katanya.

"Kamu tidak perlu memberikan penjelasan, tapi kamu harus menghormatiku sebagaimana aku menghormatimu." pernyataan itu mengejutkan Amanda. Tony mendekatinya dengan tatap muka. Dia terluka dan itu terlihat jelas. "Jangan membuatku bodoh." katanya, menggenggam lengannya dengan lembut. "Aku setuju untuk membantumu menyingkirkan ayah Lucas dan aku tidak ingin kamu bertemu dengannya, tidak seperti ini, karena akan membuang-buang waktu dan aku tidak mau melakukannya."

"Aku tidak mengundangnya ke sini." Amanda tidak dapat menahan rasa sakitnya melihat pria yang telah banyak membantunya menderita. "Tony, dia datang tanpa diundang, percayalah."

"Baiklah." pungkasnya, berjalan pergi dengan cepat. Amanda mulai menangis dan itu akan membuatnya sangat menderita. Berharap untuk membatalkan kesalahpahaman, Antonio mendekatinya lagi.

"Tolong menjauh," pintanya. Dia tidak menuruti permintaan itu dan mendekat engan menyentuh wajahnya. "Mungkin kita harus mencobanya, setidaknya sekali." Tony terlihat sangat kesal. Amanda merasakan kesedihan yang luar biasa karena takut kehilangan dia. Tanpa memikirkan konsekuensinya, dia melemparkan dirinya ke dalam pelukan Tony dan menciumnya. Terkejut dengan reaksinya, Tony menjadi lumpuh. Istrinya telah menciumnya dan bukan sebaliknya seperti yang biasanya terjadi. Amanda membelai bagian belakang lehernya dan menariknya ke arahnya. Tony memeluknya dan menerima ciuman lembut dan lezat yang sangat ia idamkan.

Dia mencintainya dan tidak tega melihatnya berada dalam pelukan orang lain berbagi momen yang hanya ingin dia miliki. Merasa lebih percaya diri, Amanda dengan lembut mengusap-usap kukunya di punggungnya, membuatnya merinding.

"Jangan lakukan ini padaku, Amanda," pintanya di telinganya. "Aku tidak akan bisa berhenti di sini." dia memperingatkan sebelum kehilangan akal sehatnya.

Amanda merekatkan tubuhnya ke tubuhnya sebagai jawaban. Tergoda olehnya, Tony menggendongnya dan membawanya ke kamar tidur di mana mereka melanjutkan tindakan cinta yang menyenangkan. Tony dengan lembut menyentuh keintiman Amanda di balik gaunnya dan sangat senang melihat betapa hal itu membuatnya bergairah. Karena kontak tersebut, dia mengangkat tubuhnya dan menawarkan dirinya kepada Tony yang dengan cepat melepas gaunnya dan membelai payudara telanjangnya yang indah. Dia menggunakan mulutnya untuk menghisap setiap puting, mendengarkan lagu yang sudah lama diimpikannya. Erangannya konstan, meskipun ia menggigit bibirnya untuk menahan jeritan yang terus keluar.

"Aku sangat berharap kau menjadi Amandau." dia menembusnya dalam-dalam.

"Tony!" Amanda mengucapkan namanya dengan suara tercekat oleh hasrat. "Cintailah aku, sayang. Jadikan aku milikmu, kumohon." dengan tubuhnya yang terbakar, dia memeluk Tony di pangkuannya, sangat ingin untuk menerima mulut pria yang selama ini dia anggap hanya sebagai teman. Kekuatan gairah itu begitu kuat sehingga Amanda diliputi rasa takut, dia menemukan bahwa dia menginginkan pria itu tidak seperti pria lain yang pernah dia inginkan. Dengan penuh semangat untuk merasakan kenikmatan itu, dia menyilangkan kakinya di sekeliling pria itu dan menarik pria itu ke dalam dirinya. Erangan kenikmatan yang dia keluarkan membuatnya semakin terangsang. Tony mencintainya dengan penuh amarah dan kelembutan pada saat yang bersamaan. Panas yang membuat Amanda gila dan membuatnya menangis tanpa henti. Dengan terkejut dia buru-buru berdiri.

"Apakah aku menyakitimu?" tanyanya, menatapnya dari atas ke bawah. "Maafkan aku, aku tidak bisa mengendalikan diri. Aku sangat menginginkanmu, sangat menginginkannya hingga terasa sakit," Antonio mengakuinya khawatir. Amanda tidak dapat berbicara, yang membuatnya salah paham dengan tangisannya. "Kamu menyesalinya. Kamu tidak ingin merusak persahabatan kita, kan?" katanya dengan suara sedih sambil bangkit dari tempat tidur. "Demi Tuhan, katakanlah sesuatu"

"Bukan begitu Tony," katanya sambil mengikutinya. Dia pergi dengan perasaan hancur, meninggalkannya dengan cinta yang membara di dalam tubuhnya.

Amanda kembali dari kamar mandi dengan masih merasakan kehangatan tangan Tony di tubuhnya. Dia masih tidak tahu dari mana datangnya ledakan gairah dan perasaannya terhadap Tony. Di mana ia menyimpannya, dan mengapa baru sekarang muncul dengan cara seperti itu? Dia tidak tahu apa yang harus dilakukannya. Dia perlu memahami apa yang sedang terjadi, karena tubuhnya secara kompulsif meminta belaian Tony.

BAB 23

Amanda sedang menunggu putranya di gerbang sekolah ketika Breno mendekat.

"Apa yang kamu lakukan di sini?" tanyanya saat melihat raut kemenangan di wajah Breno. Dia tidak tahu bahwa sikap kekanak-kanakannya telah membangunkan perasaannya yang baru.

"Aku ingin bertemu dengan anakku dan mengajaknya menghabiskan akhir pekan bersama aku." Amanda tidak menyukai apa yang didengarnya.

"Apakah Anda memutuskan untuk menjadi seorang ayah?" tanyanya dengan sedikit kasar, teringat akan bantuan yang tidak disengaja yang diberikannya beberapa jam yang lalu di rumahnya.

"Ayah dan suami, jika kamu mau.". dia berbicara sambil tertawa. "Karena dari apa yang aku pahami, pernikahan Anda tidakakan bertahan lama."

"Pendapatmu tidak menarik bagiku, Breno. Sebaiknya kamu tahu bahwa tindakanmu yang sembrono dapat menciptakan situasi yang luar biasa." Dia tampak kurang percaya diri setelah komentar itu. Breno hendak mengatakan sesuatu ketika ia melihat anaknya mendekat, jadi ia diam. Anak itu tampak terkejut melihat kedua orang tuanya bersama.

"Ayahmu ingin bertemu denganmu, akung." Amanda berkata, melihat kebingungan di matanya.

"Ayah datang untuk mengundangmu menghabiskan akhir pekan bersamaku." Breno berkata sambil tersenyum. Anak laki-laki itu menatap ibunya dengan mata penuh tanya.

"Jika kamu mau, anakku," jawabnya.

"Baiklah, aku akan pergi." katanya tanpa semangat. Dalam perjalanan pulang, anak laki-laki itu terdiam, dan Amanda merasa khawatir.

"Apakah kamu ingin mengatakan sesuatu padaku, Nak?" tanyanya.

"Tidak!" jawabnya.

"Ketika kamu ingin mengatakan sesuatu, aku ada di sini." katanya menghormati keheningan putranya.

Ketika mereka tiba di rumah, anak itu pergi ke kamarnya untuk mandi dan Amanda pergi ke kamarnya sendiri. Saat dia masuk, kenangan mereka berdua di atas seprai muncul di benaknya.

Tubuh Tony yang berada di atas tubuhnya menunjukkan semua kegembiraannya dan mengkonfirmasi apa yang dikatakan oleh teman dan asistennya yang gila itu, Tony menginginkannya seperti halnya dia telah menemukan bahwa dia juga menginginkannya. Amanda sedang membelai seprai dengan pikirannya yang melayang ketika Tony memanggilnya.

"Amanda!" serunya, mengagetkannya. "Bisakah kita bicara?" tanyanya.

"Tentu saja," jawabnya, dan menenangkan diri. "Sonia mengajak Lucas berjalan-jalan, jadi kita bisa berduaan sebentar." katanya sambil masuk ke dalam ruangan.

"Aku mendapat kesan bahwa sama seperti aku, kamu juga pasti bertanya-tanya apa yang terjadi di sini hari ini. Aku percaya bahwa kebutuhan kita lah yang menyebabkan kejadian ini dan aku ingin menegaskan bahwa aku tidak merencanakannya dan jika Anda ingin menghentikan perjanjian kita, aku akan menghormati keputusan Anda, apa pun itu." tegasnya. Amanda menyadari bahwa dia bingung.

"Jangan menyalahkan diri sendiri. Aku juga ikut andil di dalamnya, dan jika ada pihak yang bersalah, biarlah kita berdua yang menanggungnya."

"Aku ingin kamu tahu bahwa aku tidak pernah ingin mengambil keuntungan dari situasi ini. Itu terjadi dan aku tidak bisa menahannya." dia menatapnya dalam-dalam, seolah-olah mencari sesuatu dalam dirinya.

"Aku tahu itu, Tony." katanya, merasa tidak berdaya atas keputusannya untuk percaya bahwa semuanya disebabkan oleh rasa saling membutuhkan. Amanda tetap diam dan menyadari kebingungan di matanya, Tony beranjak pergi untuk meninggalkannya dengan pikirannya agar dia bisa berpikir juga. Mereka hanya membiarkan semuanya berjalan sampai mereka bisa mereka siap untuk menyelesaikan masalah seperti itu.

BAB 24

Pada hari Jumat, Amanda mengantar putranya ke sekolah dan pulang ke rumah. Hari itu tidak banyak yang bisa dilakukan di tokonya, jadi dia lebih suka menyendiri untuk sementara waktu. Memutuskan untuk beristirahat, dia mengenakan baju renang bermotif bunga yang dibelikan Tony dan pergi ke kolam renang. Dia melempar handuk ke lantai dan berbaring untuk berjemur. Merasakan panas yang menyengat, ia masuk ke dalam air dan berendam di sana selama beberapa saat dan kembali ke handuk setelah menggunakan pelindung matahari yang biasa ia gunakan. Karena lelah, ia tertidur selama beberapa saat, lalu terbangun karena ketakutan oleh bayangan besar di depannya. Sambil melindungi wajahnya dari sinar matahari, ia melihat Tony dengan wajah lelah.

"Kamu terlihat lelah bagiku," komentarnya yang terlintas dalam pikirannya. Jantungnya berdegup kencang karena terkejut melihat Tony di sana. Mereka saling menghindar satu sama lain, meskipun mereka selalu menjaga rasa hormat satu sama lain.

"Aku mengalami hari yang melelahkan dan memutuskan untuk pulang lebih awal." jawabnya sambil melepas jaketnya.

"Kalau begitu masuklah ke dalam air, itu akan sangat membantu, itu berhasil bagi aku." Amanda berkomentar.

"Aku akan menerima saran Anda. Aku akan segera kembali." ketika dia pergi, Amanda menceburkan diri ke dalam air untuk menenangkan hatinya. Beberapa waktu yang lalu dia tidak merasakan jantungnya berdebar-debar dan jantungnya tidak berdegup kencang saat berada di hadapannya. Sekarang, ketika segala sesuatunya harus sealami mungkin, banyak hal berubah dalam hidupnya dan terutama dalam tubuhnya.

Ketika dia kembali, Tony mengenakan celana renang biru dengan garis putih di bagian samping. Tubuhnya sangat bugar, bahkan menurut Amanda terlalu bugar. Amanda menganalisanya seperti yang belum pernah ia lakukan sebelumnya.

"Sepertinya dia sengaja mengenakan celana renang ini" pikirnya. Sulit untuk tidak melihatnya. Tony meletakkan arloji di kursi panjang dan menoleh ke arahnya.

"Sepertinya kita memiliki pemikiran yang sama." katanya sambil menceburkan diri ke dalam air dan melemparkan air ke mana-mana. Dengan cepat, dia mendekatinya.

"Apa maksudmu?" Amanda bertanya terkejut dengan komentar itu. Dia pasti sedang berpikir keras, dan Tony mendengarnya berbicara omong kosong. Dia tidak segila itu.

"Kami berdua berpikir untuk datang ke kolam renang hari ini." jawabnya. Amanda tersenyum lega.

"Oh! Ternyata benar." Dengan sedikit tegang, dia mulai berenang perlahan sampai dia mendapatkan jarak yang cukup jauh dan membiarkan dirinya terbawa oleh air yang mengambang. Tony tetap di tempatnya, mengawasinya. Ketika Amanda menyadari bahwa Tony tidak bergerak, dia berbalik dan berdiri tegak.

"Ada masalah di tempat kerja?" dia ingin tahu.

"Hanya banyak pekerjaan. Aku akan bekerja keras untuk menyelesaikan beberapa proyek, karena ada hal penting yang akan datang dan aku harus mempercepat proyek-proyek yang sedang dalam proses penyelesaian. Dan toko kamu, bagaimana keadaannya?" dia selalu memperhatikan dengan seksama ketika dia membutuhkan sesuatu.

"Tidak banyak yang bisa kami lakukan hari ini, jadi aku meninggalkan Carol sendirian dan pulang ke rumah." katanya. Tony menghampirinya dan mereka bersandar di sisi kolam renang sambil saling memandang.

"Apakah menurutmu kita sedang bercumbu?" tanyanya, menyadari bahwa dia akan segera dicium.

"Aku tidak tahu." dia berbicara, berdiri di depannya. "Apakah kamu ingin mencari tahu?" Tony menjebaknya di antara kedua lengannya yang melingkari pinggiran tubuhnya agar ia tidak terlepas.

"Tony!" katanya memohon.

"Aku senang mendengar kau memanggilku dengan sebutan itu, kau tahu?" Amanda menghela napas panjang dan menerima ciuman yang diterimanya. Amanda memeluknya dan mereka berciuman dengan mesra. Mereka dapat merasakan tubuh mereka membentuk satu sama lain dengan keajaiban yang unik. Tony meraih pinggangnya dan mengangkatnya, mendudukkan Amanda di lantai yang mengitari kolam renang.

"Kamu membuatku gila." dia berbicara ketika dia merasakan kaki Amanda melingkari punggungnya.

"Mengapa kamu harus bersikap wajar?" tanyanya, merasakan tangan Tony membelai pantatnya. Mereka berciuman sekali lagi sementara Tony membuka renda bra-nya.

"Aku ingin bercinta denganmu di sini," katanya sambil melepaskan branya dan membiarkan payudaranya telanjang.

"Seseorang mungkin akan datang dan melihat kita, Tony." dia tahu mereka akan berduaan untuk waktu yang lama, tapi dia takut akan sesuatu. Mungkin dirinya sendiri. Dia dengan lembut mencium perutnya dan naik hingga mencapai payudaranya. Begitu dia menghisap salah satunya, Amanda mencakar-cakar rambutnya dengan jari- jarinya saat dia merasa dirinya terbakar dengan lidah hangat yang menjelajahi kulitnya yang sensitif. Dia merindukan lebih banyak lagi. Merasa bahwa dia tidak bisa bertahan lama, Amanda perlahan-lahan turun ke air dan menyatukan mulut mereka yang penuh gairah. Di dalam air, Tony melepaskan pakaian renangnya sementara Amanda melingkarkan kakinya di sekeliling Tony. Kemudian Tony menembusnya dengan lembut.

"Aku akui bahwa aku mengharapkan hal itu ketika aku berpikir untuk datang ke rumah ini, tapi aku tidak membayangkan bahwa aku akan mendapatkan keberuntungan seperti ini." Amanda kemudian menciumnya, merasakan tekanan maju mundurnya tubuh mereka yang penuh gairah. Mereka bercinta dengan perlahan, berharap saat itu tidak akan berakhir dan kenyataan tidak akan mengetuk pintu mereka.

"Cintaku, aku tidak akan bisa bertahan lama. Kita harus berhenti atau aku akan masuk ke kolam renang."

"Kalau begitu lakukanlah." menanggapi permintaannya, dia menyodok selama beberapa detik dan kemudian dia selesai, membuatnya merasa menjadi wanita yang paling dicintai dan bahagia. Mereka tetap berpelukan di tempat yang sama sampai mereka pulih.

"Kolam renang harus dibersihkan." Amanda berbicara sambil berjalan pergi.

"Aku akan mengurusnya." Tony menciumnya dan segera setelah Amanda pergi dan masuk ke dalam rumah dengan baju renangnya di tangan, dia memulai prosesnya dengan perasaan seperti pria yang paling berhasil.

Mereka mandi dan ketika dia sampai di dapur, Tony sudah ada di sana sedang minum kopi.

"Ini tidak seenak buatan Flora, tapi sudah cukup enak." katanya sambil menawarkan kopi padanya.

"Jangan khawatir, aku akan menikmatinya." katanya sambil tersenyum.

"Aku merasa lebih baik." mereka berdua saling berhadapan dan suasananya jauh lebih baik daripada beberapa hari yang lalu. "Kamu menyadari bahwa perasaan yang baik mulai berkembang di antara kita, kan?" Tony bertanya, takut dengan jawabannya.

"Ya," jawabnya dengan ragu-ragu.

"Aku tidak akan memaksamu untuk melakukan apapun Amanda, aku hanya ingin kita membiarkan segala sesuatunya terjadi sampai kamu memutuskan apa yang sebenarnya kamu inginkan." Tony takut kalau Amanda hanya membutuhkannya dan akan segera mengetahui bahwa dia tidak menginginkan hubungan itu.

"Dan apakah kamu tahu apa yang kamu inginkan?" dia ingin tahu untuk mempersiapkan diri dengan lebih baik. Sekarang dia mulai menyadari apa yang sangat ingin Carol tunjukkan padanya. Tony benar- benar terlihat jatuh cinta padanya untuk sementara waktu, tetapi karena dia sangat bijaksana, dia tidak menyadarinya atau lebih memilih untuk mengabaikannya agar tidak perlu mengambil tindakan, padahal persahabatan mereka adalah prioritas.

"Aku sangat yakin dengan apa yang aku inginkan untuk diri aku sendiri." matanya yang tertuju pada matanya membuatnya tidak bisa berkata-kata. "Akan ada pesta untuk para profesional di daerah aku akhir pekan ini dan satu lagi di tingkat nasional dalam dua minggu di Rio de Janeiro. Bisakah kamu ikut dengan aku?" tanyanya serius.

"Pada perayaan lokal aku bisa datang, tentu saja, tetapi yang di Rio aku harus menjawabnya di lain waktu," dia menegaskan, berterima kasih kepadanya karena telah mengalihkan topik pembicaraan.

"Terima kasih telah bergabung dengan aku. Aku harap Anda juga bisa datang ke acara yang lain." dia berterima kasih padanya. Itu akan menjadi kesempatan yang bagus bagi mereka berdua untuk bergaul untuk selamanya. Pikirnya, berharap itu akan terjadi.

"Hanya ini yang bisa aku lakukan untuk kamu setelah semua yang telah kamu lakukan untuk aku dan anakku ."

"Aku melakukan semua ini karena aku menginginkan yang terbaik untuk kalian berdua, dan aku akan melakukannya lagi sebanyak yang diperlukan." dia sudah tahu itu, dia selalu tahu.

"Terima kasih." Amanda menyimpulkan, dia tahu bahwa perjalanan itu bisa menjadi penting bagi mereka berdua. Menatap matanya, dia tahu itu terserah padanya. Mereka berbicara tentang perjalanan yang mungkin terjadi, tempat di mana mereka mungkin akan tinggal dan Amanda akhirnya tertular kegembiraannya saat menggambarkan acara tersebut.

Amanda terlihat cantik dalam balutan busana pesta. Dia telah memutuskan bahwa malam itu dia akan tampil menawan di sisi suaminya. Beberapa hari sebelum acara tersebut, mereka tidak melakukan kontak intim lagi setelah acara di kolam renang, entah karena kurangnya waktu atau karena mereka perlu mengembangkan hubungan yang baru. Amanda merindukan tubuh suaminya, tapi itu tidak cukup untuk membuat mereka tetap bersama. Dia ingin tahu lebih banyak tentang perasaannya terhadap Tony. Satu hal yang ia yakini: sahabatnya memiliki semua atribut untuk menjadi pria dalam hidupnya, ia hanya perlu memastikan bahwa ia benar-benar menginginkannya.

"Kamu terlihat cantik!" Tony memuji ketika Amanda tiba di ruangan tempat dia menunggu. Dia mengenakan gaun sutra biru muda yang ketat dengan tali yang tipis dan halus. Ada kerutan kecil pada roknya yang membuatnya melonggar dengan sedikit gerakan saat dia berjalan. Sandal memberikan tampilan yang lebih informal pada pakaiannya, membuatnya elegan, namun tetap sederhana. Riasan wajah yang tipis dan beberapa aksesoris melengkapi pakaiannya.

"Terima kasih," katanya puas atas pujian tersebut.

Selama acara tersebut, Amanda berkesempatan untuk bertemu dengan banyak kolega Tony dan sangat senang ketika beberapa dari mereka memujinya untuk suaminya. Dia cemburu dan melindunginya seperti berlian dari tatapan serakah beberapa pria yang tidak peduli dengan cemberutnya Tony.

Seorang rekan Tony mengundangnya untuk berdansa dan Amanda langsung menerimanya, sementara dia berbicara dengan salah satu rekannya. Mereka berdansa dengan musik yang diputar dan pada akhirnya Tony mengundangnya untuk berdansa lagi. Namun, dia berterima kasih padanya dan berjalan untuk menemui pria pencemburu di sisi lain landasan pacu yang sudah mengeluh bahwa dia merindukannya. Dalam perjalanan, dua rekan lainnya mengundangnya, tetapi dia hanya memperhatikan satu pria di pesta itu. Begitu dia mendekat, Tony merangkulnya dan tidak mengizinkannya untuk menjauh darinya. Mereka berbicara dengan pasangan itu selama beberapa waktu dan Tony mengajaknya berdansa. Dia sepertinya ingin mengatakan sesuatu padanya, jadi dia mengundangnya.

"Kamu sangat populer di sini," katanya dengan datar.

"Menurutmu begitu?" dia berbicara menyadari kecemburuannya.

"Semua orang menanggap kamu seperti tidak memiliki pasangan. Aku tidak suka melihat hal itu," Antonio mengakui perasaannya. Tony menariknya dan menciumnya dengan penuh nafsu. Amanda menyesal telah bekerja sama disertai dengan membiarkan perasaan itu berkembang.

"Tony. Semua orang melihat." dia berbicara dengan berbisik, mencoba menjauh dari mulutnya.

"Aku tidak peduli." dia ingin menunjukkan pada mereka bahwa wanita itu memiliki seorang pria. Tony menciumnya lagi dengan intensitas yang lebih rendah.

"Ayo kita pergi dari sini!" ajaknya sambil menggandeng tangan wanita itu.

"Kamu tidak mengucapkan selamat tinggal pada teman-temanmu?" Amanda bertanya mengikutinya dari belakang.

"Mereka tidak akan keberatan jika kita pergi. Setiap orang yang meninggalkan pesta bersamamu pasti akan memakluminya." ketika ia memiliki lebih banyak ruang di aula, ia merangkul pinggang Amanda dan mereka berjalan berdampingan menuju pintu keluar.

Ketika dia sampai di mobil, Tony membukakan pintu untuknya. Dia kemudian mengelilingi mobil dan mengambil alih kemudi.

"Maafkan aku jika aku mempermalukanmu di pesta itu. Aku hanya ingin menjadi istri yang baik, itu saja." katanya, menyadari bahwa Tony terlihat lebih tenang.

"Menurutmu bagaimana perasaanku melihat beberapa pria menginginkan istriku?" komentar itu menghiburnya. "Yang sebenarnya bukan milikku. Hal terburuknya adalah simpati Anda menarik lebih banyak tatapan daripada yang aku siapkan. Aku mendapat kesan bahwa Anda membuat aku cemburu, Amanda. Apa aku benar?" tanyanya sambil menatapnya dengan cara yang sama manis dan intensnya seperti yang biasa ia lakukan.

"Aku tidak akan pernah melakukan itu," dia membela diri karena dia tahu bahwa di dalam hatinya, itulah yang sebenarnya dia lakukan. Dia ingin mendapatkan perhatiannya. Tony yang sedang menyetir dengan cepat menghentikan mobilnya di pinggir jalan untuk mendengarkan pembelaannya. "Jika aku melakukannya, aku tidak menyadarinya." dia mengaku bersalah.

"Kamu tidak menyadarinya! Aku ingin mengeluarkanmu dari sana sejak kita masuk ke dalam pesta itu. Mengapa kamu melakukan itu, Amanda?" matanya berbinar-binar. Mereka berada di tempat yang agak gelap dan ketika sebuah mobil melintas, wajahnya berbinar menunjukkan campuran rayuan dan misteri.

"Aku tidak tahu. Maafkan aku." dia meminta maaf atas tindakan kekanak-kanakan itu. Jantung Amanda berdegup kencang. Dia telah melakukan sesuatu yang bodoh dan pria itu tampak kesal padanya.

"Aku tahu." katanya. "Sekarang aku ingin menikmati semua yang mereka pikirkan untuk dilakukan bersamamu." dia bergerak mendekatinya dan membuatnya bersandar di pintu.

"Kamu membuatku takut." katanya gugup, menyadari bahwa pria itu akan dengan mudah memasukinya di sana. Kesadaran itu membawanya pada perasaan yang lain, nafsu.

"Tidak perlu, sayang. Aku tidak akan pernah menyakitimu, karena kamu sangat penting bagiku." Amanda merasa pada saat itu bahwa cinta telah menguasainya. Dia dimabukkan oleh pria yang luar biasa dan penuh cinta itu.

Dia menangkapnya dengan menciumnya di seluruh leher. Saat dia menggigit telinganya, sedikit rasa takut yang dia rasakan hilang.

"Tony di sini bukan tempat yang tepat untuk itu." katanya tanpa terlalu yakin, karena tubuh dan jiwanya sudah menjadi milik Antonio.

" Demi cinta, semua tempat bisa digunakan, cintaku." dia membawanya ke kursi belakang dan mulai bercinta dengannya. . Tangannya yang berpengalaman meluncur di tubuh Amanda meninggalkan jejak api dan hasrat. Tidak dapat menolak, Amanda menyambutnya di dalam dirinya saat Tony mengangkat gaunnya. Tony dengan penuh kasih menembusnya, menyatukan tubuh yang saling membara satu sama lain. Tindakan itu menjadi hal yang penting baginya seperti halnya bernapas. Setelah saling memuaskan hasrat bercinta, mereka berpelukan selama beberapa saat.

"Ayo kita pulang, sayang." katanya, tidak mudah untuk berpaling.

"Pada akhirnya aku akan terbiasa bercinta denganmu di tempat yang tidak biasa ini." komentarnya sambil mengelus dada telanjangnya.

"Itu akan sangat menyenangkan." Tony duduk dan kembali ke kursi pengemudi, Amanda kemudian pergi ke kursi penumpang.

Di rumah mereka masuk bersama, tapi tanpa sentuhan. Ketidakpastian dan ketakutan telah kembali lagi. Tony tampak prihatin dengan sikap diamnya. Amanda berhenti di depan pintu kamar mandi sambil berpikir. Setelah menghela nafas panjang, dia berbalik dan memanggil Tony.

"Ayo!" Tony mengamatinya dengan tenang tanpa reaksi, tetapi ketika Amanda mengangkat tangannya, Tony mengikutinya ke dalam kamar mandi sambil berusaha menyamarkan kegelisahannya.

"Apakah kamu tahu apa yang kamu lakukan, Amanda?" tanyanya dengan suara penuh penderitaan.

"Apa yang aku lakukan, Tony?" dia berpura-pura tidak tahu dan membuka ritsleting celananya.

"Kamu pasti sudah menyadari sekarang bahwa aku sangat mencintaimu. Aku selalu menginginkanmu, jadi jangan mengujiku, gadis." ancamnya dengan mata membara.

"Tunjukkan padaku seberapa besar kamu mencintaiku," pintanya dengan suara seksi.

Tony mengambil sabun dan mulai mengusapkannya ke seluruh tubuhnya perlahan-lahan, berhenti di beberapa bagian sampai dia mendekati bagian intimnya. Ketika dia menyentuhnya, dia meninggalkan sabun dan hanya menyisakan tangannya yang mengusap- usap kelembutan. Amanda mengerang saat dia merasakan sentuhan yang kuat di bagian intinya dan menawarkan dirinya kepadanya. Tanpa menunggu isyarat penyerahan diri darinya, Tony memasukinya, merasakan kenikmatan air yang jatuh ke tubuh mereka. Tarian itu berlangsung selama beberapa menit hingga dia membungkusnya dengan handuk dan membawanya ke tempat tidur di mana mereka terus saling bercinta hingga klimaks total semakin menguasai mereka. Rasa kantuk mendominasi mereka, dan mereka tidur dalam pelukan satu sama lain.

Ketika Amanda terbangun, dia melihat pria itu tertidur di sampingnya. Sejak disentuh olehnya, Amanda menemukan dirinya sebagai seorang wanita baru. Tanpa ragu atau malu, dia menyerahkan dirinya pada pria yang tidak pernah dia duga akan dicintainya. Tubuhnya bahkan terasa sakit saat disentuh dan nalarnya tidak lagi mendominasi saat berada di dekat Tony. Apakah dia jatuh cinta padanya? Dia bertanya-tanya ketika dia menyadari bahwa dia telah bangun.

"Apakah kamu menyesal?" tanyanya sambil memperhatikannya.

"Tidak sama sekali," katanya dengan penuh keyakinan. "Hanya bingung, aku pikir ini normal. Lagipula, kita sudah bersahabat begitu lama dan sekarang satu percikan saja sudah cukup bagi kita untuk saling berpelukan." "Jangan terlalu khawatir, sayang Kita sudah dewasa dan tidak ada yang menghalangi kita untuk bersama, jadi mengapa tidak mencobanya?" komentarnya.

"Dan jika semua ini tidak ada hasilnya. "Bagaimana kita bisa mengatasinya?" tanyanya, sambil melihat cincin yang disentuhnya.

"Biarkan itu terjadi. Jangan khawatirkan sesuatu yang tidak bisa kamu kendalikan." dia terus menyentuh tangannya, memberinya kenyamanan. "Lupakan rasa takut yang membutakanmu." Tony sadar bahwa ia membutuhkan waktu untuk menerima kejadian-kejadian yang baru saja terjadi. Dia selalu tahu apa yang dia inginkan dan mengapa dia menikahinya. Di sisi lain, Amanda hanya memiliki satu tujuan dalam membuat perjanjian seperti itu dan dia akan menunggunya untuk siap, seperti yang selalu dia lakukan sampai sekarang.

"Aku hanya berharap agar kita berdua tidak keluar dari hubungan ini dengan terluka." Kata Amanda, mengetahui bahwa tidakmungkin untuktidakterluka, Tony memperlakukannya seperti dia selalu ingin diperlakukan oleh seorang pria. Dia menghormati dan mencintainya. Sekarang dia menyadari sepenuhnya apa yang dimaksud oleh temannya, Carol, ketika dia mengatakan bahwa Tony sempurna untuknya. Tony tidak hanya sempurna untuknya, tapi juga untuk setiap wanita yang menginginkan cinta sejati.

Tony, yang sedang duduk, berbaring lagi di sampingnya atas permintaannya, dan mereka tinggal di sana untuk waktu yang lama. Tony tahu bahwa Amanda menginginkannya, tapi semua tergantung pada Amanda untuk memutuskan hubungan mereka.

Keesokan harinya, saat Amanda tiba di tempat kerja, Carol memberikan sebuah amplop kepadanya.

"Sudah sampai kemarin," katanya. Amanda membuka korespondensi itu.

"Akan ada sidang pengadilan minggu depan. Mari kita selesaikan masalah ini sekarang di pagi hari, aku mungkin tidak akan kembali di sore hari."

Amanda memberi tahu karyawan tersebut, mengangkat telepon untuk menghubungi pengacaranya.

BAB 25

Beberapa hari sebelum sidang, Breno kembali mengganggu Amanda. Dia tampak mengamati saat Amanda sedang sendirian untuk mempraktikkan rencananya.

"Hei!" katanya sambil memasuki toko.

"Breno, kamu sudah memutuskan untuk menepati janjimu yang tidak masuk akal itu, bukan?" Amanda merasa kesal dengan reaksinya. Itu adalah pertama kalinya dia bertemu dengannya setelah berita itu.

"Sudah kubilang aku akan melakukannya jika kamu tidak mau bekerja sama." suaranya wajar dan tenang, seolah- olah semuanya dalam suasana hati yang menyenangkan.

"Kamu tahu kamu tidak akan memenangkannya. Kamu pasti sangat bodoh untuk percaya bahwa kamu bisa mendapatkan hak asuh atas anak yang sebenarnya tidak pernah menganggapmu sebagai." dia sangat kesal dan karena itu tidak mengukur kata-katanya.

"Katakan saja kamu akan kembali dan aku akan membatalkan kasus ini." Breno mendekati meja tempat dia berdiri. "Masih banyak yang harus kita jalani, cintaku." Jangan buang kesempatan yang kita miliki." Dia mendekat dan menggenggam lengannya erat-erat. "Jika kamu tidak kembali padaku, aku akan membuat hidupmu menjadi neraka yang tidak pernah kamu bayangkan, kamu mengerti?" dia mengancam dengan kemarahan di matanya.

"Buatlah dirimu nyaman, bajingan tak bertanggung jawab. Kamu tidak tahu menghargai apa yang kamu miliki dan sekarang kamu pikir kamu punya hak untuk datang dan mengambilnya kembali seolah-olah tidak ada yang terjadi." Amanda mencoba untuk melepaskannya, tapi dia tidak bisa. "Satu-satunya alasan aku tidak bisa menghentikanmu untuk bertemu Lucas adalah karena kamu adalah ayahnya dan meskipun itu tidak membuat banyak perbedaan, aku harus menghormatinya, tapi jangan memaksaku terlalu keras karena aku mungkin akan berubah pikiran." dia masih memeluknya, tapi Amanda tidak mau menyerah seperti yang dia duga.

"Dia tidak akan tahan dengan kehadiranku dan segera dia akan meninggalkanmu, aku yakin itu. Kamu akan kembali padaku dan tentu saja aku akan menerimanya, karena kamu adalah milikku dan akan selalu menjadi milikku." Breno membungkuk untuk menciumnya, tapi sebelum itu terjadi Amanda berhasil melepaskan diri dan menampar wajahnya. "Aku suka wanita yang marah. Seharusnya kamu melakukan ini lebih cepat, aku pasti sudah jatuh cinta lebih lama." dia tersenyum, mengelus bagian wajahnya yang memerah.

"Di mana cinta dirimu Breno, apakah kamu sudah membuangnya seperti yang kamu lakukan pada pernikahan kita?" Amanda terkejut dengan kurangnya karakter pria itu. Dia terlihat semakin memburuk.

"Dengarkan aku, Amanda. Tidak ada pria yang mencintaimu lebih dari aku. Jika kamu tidak bisa menyelesaikannya dengan baik, kamu harus mendapatkannya dengan cara lain sayangku, dan aku tidak ingin melihatmu menderita, pahamilah itu." dia mendekat lagi.

"Keluar dari sini atau aku akan melakukan sesuatu yang gila. Aku akan pergi ke pengadilan dan menuntutmu untuk menjaga jarak." dia mengancamnya.

"Kamu tidak akan melakukan itu pada ayah dari anakmu." dia berdiri di sana sambil menganalisanya.

"Kamu akan lihat. Kamu mulai melewati batas-batas yang dapat diterima dan aku tidak akan membiarkannya. Kamu harus menghormatiku, oke?" Breno berjalan dengan tergesa-gesa ke arahnya dan memeluknya ke dinding sambil memegang lehernya.

"Untungnya, aku sangat menginginkanmu dan karena itulah aku tidak bisa menyakitimu, tapi aku bisa berubah, kamu tidak pernah tahu." dia menciumnya dan saat dia tidak menduganya, Amanda menggigit bibirnya. "Aku akan semakin jatuh cinta padamu, cantikku." Breno melepaskannya dan ketika dia melihat ke arah pintu, Carol berlari masuk.

"Lepaskan dia, Breno! Atau aku akan mematahkan wajahmu." gadis itu mendekatinya tanpa rasa takut. Ia berada dalam posisi menyerang yang telah ia pelajari selama bertahun- tahun berlatih Muay Thai.

"Aku pikir Anda memiliki seorang karyawan dan bukan satpam Amanda." katanya sambil berjalan menjauh.

"Terlepas dari siapa aku, ketahuilah bahwa jika Amanda tidak pergi ke pengadilan untuk mengajukan tuntutan terhadap kamu , aku akan melakukannya sendiri, dan aku akan mengatakan pada suaminya bahwa kamu melecehkannya. Maka aku ingin melihat apakah kamu akan bisa menjadi pria tangguh seperti yang kamu pikirkan. Apakah kamu bersedia untuk terus seperti ini?" Carol menjadi lebih serius daripada yang pernah dilihat Amanda. "Kamu tahu apa yang bisa dilakukan seorang suami ketika ada orang lain yang mulai mengganggu istrinya. Jika aku jadi kamu, aku akan bertindak cerdas." Breno memandangnya yang berpura-pura superior, tetapi mereka melihat keraguan di matanya.

"Kita baru saja mengobrol. Kamu sangat dramatis, Carol." dia berbicara sambil tersenyum.

"Jadilah cerdas, Breno. Kamu sudah kehilangan posisimu. Cari yang lain untuk selingkuh." pria itu menatapnya dengan serius dan segera pergi tanpa pamit.

"Kamu beruntung dia hanya seorang pengecut, tapi jadilah pintar Amanda, jangan biarkan dia melakukan itu."

"Aku bertahan tanpa mengeluh sejauh ini demi anakku, tetapi aku akan menyelesaikannya dengan segera. Aku sudah muak bersikap baik."

"Kamu akan menceritakan kepada Antonio tentang apa yang terjadi di sini?" Carol masih bertanya dengan serius . "Dia tidak perlu khawatir tentang hal itu. Biarkan saja apa adanya dan jika perlu , aku akan berbicara dengannya dan pergi ke pengadilan. Untuk saat ini, aku pikir itu sudah cukup baginya. Ini akan menjadi kesempatan terakhir yang aku berikan kepadanya." ujarnya dengan penuh percaya diri.

"Aku harap begitu, karena ini bukan pertama kalinya dia mengancam kamu. Meskipun dia pengecut, ada baiknya kamu menjaga dirimu sendiri." kata temannya dengan cemas.

"Aku akan menjagamu, Carol." itulah akhir dari percakapan itu dan Amanda tidak lagi memikirkan ayah dari anaknya.

Anaknya. Breno tidak pantas mendapatkannya.

BAB 26

Amanda dan pengacaranya sedang berbincang- bincang ketika Tony tiba.

"Kamu tidak perlu meninggalkan pekerjaan , Tony. Kami sedang dalam proses pembelaan," kata Amanda dengan nada suara berterima kasih atas dedikasinya.

"Tidak banyak yang harus aku kerjakan, jadi aku pulang lebih awal." kata Tony sambil menyalami temannya. "Apa kabar, Henrique?" pengacara itu menyapanya dengan ramah dan mereka melanjutkan diskusi.

"Apa yang bisa Anda ceritakan tentang kasus ini, Henry?" Tony bertanya.

"Aku bisa pastikan bahwa aku tidak mengerti mengapa mantan suami Amanda mengajukan permohonan hak asuh, kemungkinannya hampir nol." Amanda merasa lebih lega dengan komentar sang pengacara." Anak itu diasuh dengan sangat baik, dan dia memiliki teladan yang baik di rumah. Apa yang membuatnya melakukan hal ini?" tanya sang pengacara.

"Kami yakin ini adalah upaya untuk memaksa Amanda kembali tinggal bersamanya." Tony melaporkan.

"Pemerasan emosional. Menarik, kita bisa menggunakan ini untuk keuntungan Anda. Hakim akan mengerti bahwa dia menginginkan Anda dan menggunakan anak tersebut sebagai alat untuk mendapatkan apa yang dia inginkan." Pengacara membuat catatan yang diperlukan dan mereka terus menyusun argumen yang akan mereka berikan untuk mendapatkan hak asuh permanen.

Minggu itu, Tony dan Amanda tidak memiliki waktu untuk satu sama lain. Tony tidak mencarinya agar dia bisa dengan tenang menyelesaikan masalah hak asuh anak, dan agar dia juga punya waktu untuk memikirkan mereka berdua. Amanda menyadari niatnya dan berterima kasih atas sikapnya. Dia tidak berada dalam posisi untuk menyelesaikan dua masalah yang begitu rumit pada saat yang bersamaan. Putranya adalah prioritasnya, tetapi setiap kali dia memiliki waktu, dia memikirkan mereka berdua. Breno telah meninggalkannya sendirian sesuai keinginannya dan semuanya berjalan dengan baik.

Pada hari yang dijadwalkan untuk sidang, Amanda datang tepat waktu untuk menghindari percakapan yang tidak perlu dengan mantan suaminya. Namun ketika dia tiba, dia sudah menunggunya di dekat pintu masuk.

"Masih ada waktu, Amanda. Terserah kamu," tambahnya dengan suara tenang dan penuh percaya diri.

"Kita bisa membicarakannya di dalam, Breno." katanya sambil menoleh ke arah pengacara yang kembali ke topik yang sedang mereka bicarakan.

Mereka dipanggil dan selama semua pertanyaan yang diajukan hakim kepada ayahnya, ia melihat seorang pria yang sama sekali tidak mirip dengan pria yang tinggal bersamanya. Dia berperilaku seperti seorang ayah yang peduli dan memperhatikan pertumbuhan anaknya. Amanda tidak menggunakan taktik murahan seperti Breno, tetapi argumennya cukup untuk memberikan hak asuh secara definitif, tetapi seperti yang ia duga, hakim mengenal keluarga Breno dan tidak ingin memberikan keputusan dengan menyatakan bahwa seorang pekerja sosial akan mengunjungi rumah tempat anak tersebut tinggal, serta rumah sang ayah untuk memberikan pendapat yang meyakinkan. Di pintu keluar, Breno mencoba untuk berbicara dengannya, namun ketika ia melihat Tony mendekat, ia menyerah.

"Bagaimana,sayang ?" tanyanya sambil memeluknya. "Semuanya berjalan sesuai dengan keinginanku, tapi hakim lebih memilih untuk memutuskan bahwa seorang pekerja sosial akan mengunjungi rumah kita dan ayah Lucas." Tony mengambil sebuah map yang ada di tangannya dan membawanya untuk memudahkan mereka berjalan bersama.

"Ini adalah hal yang normal dalam hal kesejahteraan anak. Hal ini pasti akan menguntungkan bagi kamu." katanya sambil mencium keningnya.

"Pengacara mengatakan kita akan menang, tapi menunggu jawaban sampai entah kapan, rasanya tidak nyaman." katanya sambil memeluknya.

Mereka mengucapkan selamat tinggal kepada pengacara mereka dan pulang bersama. Malam itu, seperti malam-malam sebelumnya, Tony tidak mencarinya, dia sadar bahwa dia tidak akan memiliki keinginan untuk melakukannya. Dia akan membiarkannya memutuskan kapan waktunya untuk mereka berdua.

Satu hal yang membuat Amanda senang, pekerja sosial tersebut benar-benar mengunjungi rumahnya pada minggu berikutnya. Dia dan putranya membahas beberapa pertanyaan, termasuk tentang Tony. Pekerja sosial tersebut mengajukan pertanyaan-pertanyaan tersebut dengan rasa puas atas hasil yang diperolehnya. Setelah kunjungan tersebut, Amanda menelepon Tony untuk memberitahukan tentang kunjungan tersebut.

"Dia tidak ingin mengatakan secara terbuka bahwa aku akan mendapatkan hak asuh, tetapi dia memberi aku indikasi bahwa ini akan menjadi kesimpulannya." komentarnya dengan ceria.

"Aku yakin itu Amanda." kata-katanya memberinya lebih banyak semangat. "Bagaimana kalau kita merayakannya dengan melakukan perjalanan bersamaku?" ajaknya.

"Nanti kalau sudah sampai di rumah, kita bicarakan lagi." jawabnya dengan lembut. Akhir pekan itu, sang anak akan tinggal bersama ayahnya sehingga perjalanan itu dapat terlaksana.

BAB 27

Antônio dan Amanda berada di posisi yang sama seperti beberapa hari sebelumnya untuk berdiri di hadapan juri. Kecemasan dan kehangatan mereka meningkat setiap menitnya. Pikirannya mendesaknya untuk tetap diam dan tidak membuat momen itu menjadi lebih tegang dari sebelumnya, tetapi sesuatu telah membuatnya menginginkan lebih dari pria itu. Dalam keintimannya, dia menginginkan lebih, panasnya sangat kuat. Tubuhnya mulai terbiasa dengan sentuhan hangat Antônio, Tonynya.

Ketika dia mendengar Tony mendekati kamarnya, dia memejamkan matanya dan berbalik ke sudut. Antonio masuk dan langsung menuju kamar mandi. Sementara Amanda merasakan pertentangan dalam dirinya.

Suara air yang jatuh membuatnya tidak bisa berkata- kata, rasa panas yang hebat merasukinya, dan ketika dia telah melemparkan selimutnya ke samping, dia masuk ke dalam kamar sambil menyeka rambutnya. Aroma mandi tercium olehnya dan erangan tercekat di tenggorokannya.

"Ya Tuhan, apa yang harus aku lakukan dengan desakan yang ada di dalam tubuh aku ini, aku akan terbakar," pikirnya sedih. Tanpa menunggu lebih lama lagi, ia bangkit dan bergegas ke kamar mandi untuk mandi lagi. Ketika dia sudah dekat dengan pintu, dia melepaskan sebagian bajunya dan masuk dengan hanya mengenakan bagian yang kecil. Tony melihat semuanya dengan terpesona dan ketika dia melihat pintu terbuka, dia terkesiap. "Aku tidak akan berperan sebagai orang baik, Amanda. Aku tidak akan mengabaikan kesempatan ini. Maafkan aku.".

Amanda masuk dengan gemetar. Dia tahu apa yang akan terjadi dalam beberapa menit ke depan jika Tony melihat reaksinya. Dia bukan lagi seorang gadis yang bodoh. Tapi dia sangat tidak percaya diri saat masuk ke dalam air sampai- sampai dia tidak menyadari bahwa dia masih mengenakan celana dalam dan bra. Ketika dia menyadari dan melepaskannya, dia melihat bahwa pintu telah terbuka sedikit lebih lebar. Kakinya mulai bergetar tak terkendali, dan dia harus bersandar pada ubin yang dingin agar tidak jatuh.

Tony perlahan membuka pintu dan ketika dia melihat wanita itu berdiri di sana dalam keadaan basah kuyup, dia dibutakan oleh hasrat. Dia perlahan mendekat, menatap matanya untuk mencoba membaca apa yang ada di pikirannya. Dia melihat keraguan dan hasrat. Tetapi api itu begitu kuat di matanya sehingga dia mengabaikan semua alasan. Dia menginginkan wanita itu, dan sebanyak apapun dia diizinkan, dia akan mencintainya. Terlepas dari perjuangan yang akan dia hadapi dengan dirinya sendiri setelah itu.

Dengan pakaian dalamnya, begitulah Amanda melihatnya berjalan seperti binatang buas ke arahnya. Dia takut dengan besarnya hasrat yang dia lihat dalam diri Tony dan dirinya sendiri. Dadanya terengah-engah dan ketika Tony berdiri di depannya, dia tidak melihat apapun kecuali mata cokelat yang melahapnya.

Diam-diam dia mengulurkan tangan dan meletakkan kedua lengannya di kedua sisi tubuhnya, memeluknya di dalam ruang tersebut. Matanya mencari matanya saat tubuhnya perlahan-lahan mendekat. Ketika mereka berdiri bersebelahan, air dingin yang jatuh ke tubuh mereka terasa lebih hangat dan Amanda tahu bahwa ini adalah momennya untuk merasa seperti seorang wanita sekali lagi.

Tony menciumnya dengan tangan tegak dan menempel di dinding. Amanda menyambutnya tanpa ragu-ragu, melingkarkan tangannya di leher Tony yang gagah, ingin sekali mendapatkan ciuman yang lebih. Perlahan-lahan dia mulai menggesek-geseknya. Tubuhnya segera siap untuk bercinta. Sikap itu membuatnya mendesah dan menjulurkan jari-jarinya ke rambut Tony untuk memperdalam ciuman itu. Dengan tangan yang lincah Tony mengelilinginya dan mulai membelai tubuhnya yang indah dan basah. Di sana dia membantunya melepaskan pakaian terakhir saat mereka berciuman. Ketika dia meninggalkannya telanjang, dia dengan cepat melepaskan pakaiannya sendiri dengan bantuannya.

Dia harus memilikinya, dia ingin merasakan dirinya berada di dalam tubuh dewi itu dengan segera.

Dengan gesit dia mengangkatnya ke dalam pelukannya hingga Amanda dapat menyilangkan kakinya di pinggulnya. Ketika dia melakukannya, dia dimasuki dengan cara yang mendesak dan menyenangkan.

Sensasi terisi penuh membuat tubuhnya bergetar dan dia mendapatkan kenikmatan pertamanya. Dia tidak pernah merasakan reaksi seperti itu dalam tubuhnya dengan waktu seks yang sangat singkat. Itu jauh melampaui apa yang bisa dia bayangkan.

Melihatnya pasrah, Tony semakin sering melakukan penetrasi sambil memegangi pantatnya sambil mencicipi payudara kesayangannya.

Setiap hisapan yang ia dapatkan membawanya ke surga. Seolah-olah dia masih menjadi wanita muda yang penuh semangat seperti dulu, dan perasaan itu mengganggunya dan membuatnya hidup dengan intensitas yang sama. Tony mencintainya seperti yang tidak pernah ia bayangkan. Sekali lagi, dia mendapati dirinya ejakulasi di dalam dirinya.

Terengah-engah karena hasrat dan desakan, Tony memperlambat laju maju mundur di dalam dirinya sementara dia orgasme dengan nikmat. Segera setelah dia selesai, dia meraih ke bawah dan menciumnya untuk waktu yang lama sebelum menariknya lebih dekat ke tengah pancuran, di mana mereka mandi dalam keheningan. Semua yang mereka butuhkan untuk mengatakan tubuh mereka telah menyatu sempurna.

BAB 28

Amanda tidak tahu apakah akan meninggalkan kamar mandi atau tetap tinggal di sana selama beberapa hari ke depan. Dia berbagi momen-momen indah dengan Antônio. Semuanya semakin intens, tapi baru sekarang dia menyadarinya dan tidak tahu bagaimana harus bersikap di depannya. Itu adalah malam terindah yang pernah ia lalui bersama seorang pria, namun ia tidak yakin. Sesuatu mengatakan kepadanya bahwa tubuhnya tidak selaras dengan nalarnya. Dia takut bahwa semuanya hanyalah khayalan dari kebutuhan afektifnya. Tapi itu begitu kuat dan sempurna sehingga ketika dia mencoba untuk pesimis, adegan malam yang dia jalani membuang pikiran yang dia ciptakan untuk mencoba menyabotase dirinya sendiri.

"Bagaimana mungkin hanya ada hasrat seksual dalam hubungan seks seperti itu? Aku menolak untuk menerima itu. Apakah aku begitu membutuhkan?" dia melihat ke cermin dan dia dapat melihat cahaya yang kuat di mata dan wajahnya. Dan bahkan rambutnya pun terlihat lebih baik. Segalanya tiba-tiba menjadi lebih hidup, namun rasa takut akan masa lalu mencoba setiap saat untuk mengubah langkah selanjutnya dalam hidupnya menjadi gelap. Setelah pertempuran panjang dengan dirinya sendiri, dia kembali ke kamarnya dalam keheningan.

Amanda masuk dan mengamati pria tampan yang sedang tidur di ranjang yang kini menjadi milik mereka berdua dan di mana dia berbaring dengan tenang dan memeluknya pada malam sebelumnya. Tony tampak begitu tenang dan damai. Dia sangat memahami perasaan itu. Dia telah merasakannya sejak dia terlibat dalam apa yang tampaknya menjadi salah satu kekacauan terbesar dalam hidupnya. Namun sekarang, setelah menjadi kenyataan, itu adalah keputusan terbaik yang pernah ia buat. Dia merasa tubuhnya diperbarui dan jiwanya melayang dengan sukacita. Semua yang dia butuhkan selalu ada di sisinya, tetapi dia keras kepala, seperti yang biasa dikatakan Carol. Dia tidak mengizinkan dirinya untuk melihat. Sejak saat itu, dia akan mencoba untuk terbawa suasana dan melihat ke mana kegilaan yang manis dan romantis itu akan pergi.

Saat dia melihat tubuh setengah telanjang yang ditutupi oleh braket, jantungnya berdegup kencang saat dia membayangkan dirinya menyentuh

Tony lagi. Semuanya tampak seperti salah satu cerita fiksi dan itu akan segera lenyap dari pikirannya begitu dia selesai membaca. Tapi dia tahu tidak akan seperti itu, tidak untuk kali ini. Suaminya nyata, penuh kasih dan setia. Semua yang ia inginkan adalah bahagia dan membuat suaminya bahagia. Dia aman dan tidak ada yang dapat mengubah kepastian itu.

"Senyuman apa yang ada di wajahmu? Apakah itu untukku atau karena aku?" dia tertawa lagi. Tony suka memberikan komentar seperti itu. Dan dia selalu melakukannya dengan wajah seorang malaikat yang tahu bagaimana peduli dan mencintai.

"Ini semua karena kamu sayang." kalimat itu mengejutkannya. Dia mengharapkan seorang Amanda yang lebih cantik. Tapi dia menemukan apa yang dia butuhkan.

"Kau baik-baik saja?" kilau di mata Antonio membuatnya berseri-seri. Dia belum pernah melihat seorang pria menatapnya dengan penuh cinta.

"Aku terlihat hebat!" ada begitu banyak kebenaran dalam suaranya sehingga Antônio membuka tangannya dengan penuh kasih sayang memanggilnya.

"Kemarilah! Tinggallah bersamaku sedikit lebih lama di sini." dia melemparkan dirinya ke dalam kesenangan yang bahagia dan damai. Dia yakin dengan apa yang dia lakukan, dan tidak ada rasa tidak aman yang akan membuatnya lemah, begitulah harapannya.

BAB 29

Seperti yang telah mereka rencanakan, mereka naik pesawat pada hari Sabtu pagi. Itu adalah pesawat kecil yang dipinjamkan oleh seorang teman Tony. Karena kesibukannya di minggu itu, segera setelah ia duduk di dalam pesawat, Amanda tertidur. Selama perjalanan Tony terus mengawasinya. Hidupnya terasa hampa dan membosankan sebelum Amanda muncul. Semua waktunya didedikasikan untuk bekerja, tidak ada ruang untuk bersenang-senang. Sekarang dia menghitung setiap jam dalam sehari yang dihabiskannya di luar sambil berharap dia bisa pulang dan melihatnya, menciumnya. Jatuh cinta padanya saat dia menatap matanya saat makan atau saat mereka menonton film bersama. Dia tidak dapat membayangkan betapa menyenangkannya pulang ke rumah dan menemukan seorang anak yang tersenyum menyambutnya. Terperangkap dalam pikirannya, Tony tidak menyadari ketika dia terbangun.

"Berapa lama lagi kita sampai di sana?" dia ingin tahu.

"Kita akan segera sampai di sana. Kamu terlihat sangat lelah atau aku salah?" dia ingin tahu, jadi dia tidak akan memaksanya untuk tinggal terlalu lama di pesta di malam hari.

"Setelah tidur selama ini, aku tidak bisa mengatakan bahwa aku lelah," candanya.

"Aku senang bahwa kita akan mengambil sedikit pengalihan dari tujuan kita. Aku ingin Anda melihat sesuatu yang aku anggap sebagai salah satu gambar terindah." Amanda melihat antusiasme seorang anak kecil di matanya. Kemudian, Tony mengajaknya ke jendela, agar dia bisa melihat apa yang ingin dia tunjukkan.

"Lihat, Amanda." katanya sambil menunjuk ke depan." Itulah yang ingin aku tunjukkan padamu. "Jembatan Rio- Niterói yang terkenal itu. Bukankah itu indah?!" serunya dengan antusias.

"Benar-benar indah, tapi menakutkan melihat begitu banyak air di sekitar jalan beton." komentarnya saat mereka terbang di atas jembatan. "Melihatnya secara langsung bahkan lebih panjang dari apa yang Anda lihat di tv dan internet." katanya.

"Memang benar, ketika Anda melihatnya, Anda dapat melihat panjangnya. Jembatan ini memiliki panjang 13,29 mil." Amanda terkejut dengan informasi yang dia dengar. "Pembangunannya tidak begitu sederhana, meskipun tampaknya semuanya berjalan dengan baik karena jembatan ini berdiri dengan megah. Pembangunannya dimulai pada tahun 1969 dan seharusnya selesai dalam waktu tiga bulan, namun ada beberapa kali kemunduran, seperti pergantian perusahaan konstruksi, dan jembatan ini baru dibuka secara resmi pada tanggal 4 Maret 1974 dan merupakan salah satu jembatan terbesar di dunia." ia terdengar seperti seorang pemandu wisata. Amanda tersenyum sambil mendengarkan narasi yang dibawakan dengan sangat baik.

"Sepertinya melayang di atas hamparan air ini." katanya, masih terkesan dengan apa yang dilihatnya.

"Baía de Guanabara berkontribusi besar terhadap semua keindahan ini. Belum lagi mereka bahkan mendiskusikan kemungkinan pembangunan terowongan bawah tanah. Ada orang yang pasti lebih suka itu. Banyak orang yang mengatakan bahwa mereka menghindari pergi dari satu kota ke kota lain karena mereka takut mengemudi melintasi jembatan panjang di atas air ini." dia merasa geli saat memberikan komentar tersebut. "Aku rasa aku juga merasakan hal yang sama.

Bayangkan sebuah mobil di bawah sana, satu-satunya hal yang dapat Anda lihat di sepanjang sisi adalah hamparan air yang luas," akunya. "Tapi tetap saja sangat indah." Amanda melihat kapal-kapal yang melintas di bawah jembatan datang dan pergi dengan membawa muatan dari berbagai tempat.

"Ini adalah kebijaksanaan manusia yang bekerja untuk kepentingannya." pungkasnya.

"Kata pemandu wisata terbaik yang pernah aku miliki." candanya sambil tersenyum.

"Senang sekali melihat Anda tersenyum seperti ini." katanya, menatapnya dengan intens.

"Terima kasih. Aku akan mencoba untuk lebih sering tersenyum." Amanda berkomentar, menerima tangannya di tangannya.

Saat mereka bersiap-siap untuk pergi ke pesta, ia menyimpulkan bahwa Amanda menepati janjinya. Senyumannya begitu merekah. Tony berharap kehadirannya adalah bagian dari kegembiraan yang tampaknya dirasakannya. Amanda mengalami perubahan yang positif di setiap minggu yang baru. Dia lebih bersemangat dan terbuka terhadap hubungan mereka. Jelas bahwa dia tidak merasakan hal yang sama seperti yang dia rasakan, tetapi semuanya menunjukkan bahwa ini hanya masalah waktu, dan dia akan menunggu dan melihat.

"Aku akan menelepon resepsionis dan meminta mereka mengirimkan mobil untuk mengantar kami." Tony meninggalkan ruangan, membuatnya lebih nyaman untuk bersiap-siap. Memanfaatkan ketidakhadiransuaminya,iamengharumkan pangkuannya dan bagian tubuh lainnya yang mungkin akan disentuh oleh suaminya setelah pesta. Malam itu, Amanda bersedia menebus waktu yang hilang. Dia hanya berharap agar dia tidak jatuh pada waktu yang tepat. Bukti-bukti mengatakan bahwa hak asuh putranya telah terjamin, sekarang dia bisa lebih menjaga kehidupan sentimentalnya, hubungannya.

Tony sedang menunggunya di ruang tamu ketika dia masuk.

"Kamu terlihat cantik," pujinya dan menatapnya dari ujung rambut hingga ujung kaki. Tidak bisakah seseorang tidak merasa sedikit cemburu pada wanita cantik itu?

Amanda mengenakan gaun sutra hitam yang indah dengan panjang di bawah lutut, dengan sandal hak tinggi berwarna perak, yang serasi dengan aksesorisnya. Rambutnya tergerai di bahunya seperti sutra, lurus di bagian atas dan dengan ikal besar di ujungnya. Ada sebuah salon yang bagus di dalam gedung dan Amanda mengambil kesempatan itu untuk bersiap-siap.

"Terima kasih," dia berterima kasih. "Kamu tampan," katanya sambil tertawa. "Setelan biru dengan dasi merah muda itu membuatmu terlihat seperti Dewa." dia tidak perlu mengucapkan kata-kata lagi, dan Amanda pun melakukannya.

"Terima kasih atas kebaikan Anda." katanya, menawarkan lengannya. "Mari kita pergi istriku." katanya, menggandengnya, dan mereka berjalan bersama seperti pasangan yang sedang jatuh cinta.

Ketika mereka tiba, mereka dibawa ke sebuah meja yang telah dipesan untuk mereka berdua. Segala sesuatunya tampak telah diatur dengan baik. Setelah mengambil minuman yang disajikan untuk mereka, Amanda bangkit untuk pergi ke toilet untuk memeriksa riasannya. Dia harus berhati-hati, semua wanita yang hadir sangat cantik, dan dia tidak ingin terlihat buruk di hadapan suaminya. Dalam perjalanan pulang, ia melihat seorang wanita cantik berambut pirang sedang berbicara dengan Tony. Untuk pertama kalinya dia merasakan sedikit rasa cemburu.

"Julia, ini istri aku yang aku ceritakan tadi." Tony memperkenalkannya, segera setelah Amanda mendekat dan menggandeng tangannya.

"Senang berkenalan denganmu Amanda. Aku sudah yakin bahwa anak ini akan menjadi lajang yang berkomitmen." canda Julia. "Ketika aku mendengar dia sudah menikah, aku hampir tidak percaya." Amanda bersimpati pada wanita itu karena ia menyadari bahwa ada persahabatan yang indah di antara mereka.

"Aku pikir akan memalukan jika membiarkan dia menjadi tua sendirian." Amanda berkata, dan keduanya tertawa bersama. Tony menariknya ke dalam pelukannya dan tidak ada hal lain yang berarti bagi Amanda selain kontak itu.

"Aku sangat bahagia untukmu. Jika Anda mengizinkan aku, aku harus kembali ke suami aku yang baru saja kembali dari panggilannya." wanita cantik itu berpamitan kepada mereka.

"Mengapa kamu meremas lengan aku ketika kamu kembali dan melihatnya di sini?" Antonio bertanya dengan rasa ingin tahu.

"Aku tidak menyadarinya. Mungkin aku kedinginan." wanita itu membela diri.

"Apakah Anda ingin minum untuk menghangatkan diri?" suaranya terdengar seperti tidak percaya dengan apa yang telah ia dengar darinya.

Amanda menerima minuman itu. Dia tidak terbiasa dengan alkohol, tetapi dia tahu pentingnya alkohol untuk membuat orang tidak terlalu banyak bicara, dan dia berharap untuk minum alkohol malam itu. Niatnya adalah untuk menunjukkan kepadanya betapa dia menginginkannya dan betapa besar keinginannya untuk dicintai olehnya.

"Dicintai, betapa menyenangkannya merasakan hal itu. Aku ingin lebih, lebih banyak lagi." pikirnya.

Beberapa kali ketika mereka menawarinya minum, dia menerimanya, dan Tony menjadi khawatir tentang seberapa banyak alkohol yang diminumnya.

"Amanda, mungkin kita harus berhenti minum. Aku yakin kamu sudah melewati batas kemampuanmu." katanya, sambil menyentuh tangannya dengan lembut di atas meja.

"Aku akan menghabiskan yang satu ini dan kita akan berhenti." katanya malu.

"Maukah kamu berdansa sebentar sebelum kita pergi?" Tony mengajak.

"Tentu," katanya sambil mengulurkan tangannya.

Lantai dansa penuh dengan orang-orang. Sama seperti mereka, banyak orang yang bangkit untuk berdansa mengikuti irama ceria tahun 70-an. Tony memegang pinggangnya dan memutarnya sementara mereka menari dengan penuh semangat diiringi lagu "Macho Man" dari Village People. Selama beberapa menit kegembiraan menguasai mereka berdua, namun Amanda mulai merasa pusing. Menyadari perubahannya yang tiba-tiba, Tony menjadi khawatir.

"Apa yang terjadi, Amanda?" katanya sambil memegang pinggangnya.

"Aku pikir karena minuman," jawabnya sambil memeluk leher Tony.

"Mari kita duduk sebentar." Tony menggandeng tangannya dan membawanya ke meja.

"Apakah Anda ingin pergi ke hotel? Ini sudah larut dan tidak banyak yang akan terjadi mulai sekarang, kecuali untuk orang yang pusing sepertimu." Dia tertawa mendengar komentarnya dan setuju untuk pergi.

Tony membantunya masuk ke dalam mobil dan meminta sopir untuk mengantar mereka. Ketika mereka tiba, dia tampak lebih baik.

"Sepertinya alkohol sudah kembali ke tempatnya." dia tertawa kecil.

"Aku juga berpikir begitu." Amanda menatapnya dengan lembut. "Bawa aku ke kamar mandi!" pintanya, melemparkan dirinya ke dalam pelukan Tony.

Tony membantunya menanggalkan pakaiannya dan bergairah dengan apa yang dilihatnya. Amanda mengenakan pakaian dalam merah dengan renda dan terlihat seperti seorang dewi gairah di depannya.

Meskipun penglihatan itu luar biasa, dia tetap bertekad untuk tidak menyerah, dia ingin menolongnya sampai akhir. Amanda pergi ke kamar mandi dan dia duduk di sana selama beberapa menit sampai dia meninggalkan ruangan untuk mengambil minuman yang bisa membuatnya sedikit lega. Ketika Amanda kembali dari kamar mandinya, dia melembabkan dirinya dan mengenakan pakaian yang telah dia pisahkan untuk perjalanan. Ketika dia muncul di kamar, Tony melongo melihatnya.

"Sudah merasa lebih baik?" tanyanya sambil memandangi kulitnya yang telanjang di balik kain tipis itu. Amanda masuk perlahan dan berdiri di depannya sambil menjatuhkan baju tidur transparan itu ke lantai. Tony meletakkan minumannya di sampingnya dan berdiri. "Kamu tidak boleh menyiksa tahanan jika kamu tidak mau menghadiahinya." Amanda mendengar Tony berbicara sambil tertawa, mencondongkan tubuhnya ke arahnya. Tony menariknya ke dalam pelukannya dan menciumnya dengan penuh penderitaan. Dia berharap bisa memeluknya selama berhari-hari dan bermalam-malam tanpa henti. Dia akan mendapatkan balasannya sekarang.

"Jadikan aku milikmu, sayang." pintanya sambil merasakan mulut hangat di payudaranya. "Buatlah aku bahagia karena hanya kamu yang tahu bagaimana caranya." tanyanya dengan gemetar.

"Kamu membuatku gila, kamu tahu?" dia mengaku dan menyentuh tubuh telanjangnya di depannya. Kulit yang lembut dengan cepat membangkitkan gairahnya dan membuatnya sangat menginginkannya.

"Aku berniat untuk melanjutkan hukuman ini untuk waktu yang lama." katanya, sambil menancapkan kukunya di rambut Tony. Tony memaksanya untuk mencoba posisi- posisi yang belum pernah ia coba sebelumnya. Setiap gerakan yang mereka lakukan bersama, dia menemukan sensasi baru, kenikmatan baru. Semuanya begitu alami di antara mereka sehingga Amanda tidak dapat membayangkan dirinya hidup tanpa Tony.

"Tidak pernah dalam hidup aku, aku merasakan kenikmatan seperti ini." pernyataannya semakin menyemangati Tony. Tony memeluknya erat-erat untuk memastikan bahwa semuanya memang nyata. Memiliki Amanda dalam pelukannya yang begitu utuh dan indah membuatnya masih bingung.

"Kita akan mencoba banyak hal bersama, sayang , aku janji." dia meletakkannya di pangkuannya dan mereka perlahan-lahan bercinta. Sentuhan tangan jantan yang menjalar di sepanjang pinggang dan pahanya membuatnya sangat senang. Dengan senang hati, dia meraba punggungnya maju mundur. Tak terpuaskan, mereka saling bercinta sampai mereka meledak bersama dalam erangan kenikmatan.

Amanda terbangun keesokan harinya dengan ciuman ringan di pipinya. Sambil tersenyum, dia bersembunyi di balik selimut. Tony telah membawanya ke tempat tidur tanpa dia sadari setelah tertidur.

"Apa aku sudah mengatakan betapa cantiknya kamu?" tanyanya.

"Tidak, aku tidak ingat." Amanda menjawab dengan memeluknya.

"Aku langsung menyadari bahwa kamu cantik saat pertama kali aku melihatmu di gerbang sekolah," Antonio mengakui.

"Dan kemudian kamu membuat rencana liar untuk memenangkan hatiku, kan?" canda Amanda.

"Mungkin aku benar-benar melakukannya tanpa menyadarinya. Apakah rencana aku benar?" tanyanya. "Sangat tepat," dia menyentuh wajahnya, membelai wajah yang paling indah dan paling jujur yang pernah dilihatnya. "Dia mencapai tujuannya, dia jatuh cinta padanya." pikirnya riang.

"Ayo kita ke kamar mandi untuk menyusun strategi tubuh yang baru." ajaknya sambil tersenyum.

"Sekarang juga." Tony menggendongnya dalam pelukannya dan mereka mereka pergi bersama.

BAB 30

Ketika mereka kembali ke rumah, Tony menyadari betapa berbedanya penampilan Amanda. Dia tersenyum dengan mudah dan sering memberinya kasih sayanag. Dia terbuka terhadap cinta dan akan segera berkembang sepenuhnya. Dia semakin percaya pada kenyataan itu.

Tony melihat kota dari kejauhan dan hatinya merasa takut. Dia tidak tahu bagaimana Amanda akan bereaksi ketika dia kembali ke kehidupan normal. Rasa tidak amannya melunak ketika dia menatapnya dan ada mata manis dan membara yang sama seperti yang dia lihat di hotel.

Dalam perjalanan dari Bandara General Leite de Castro ke lingkungan tempat mereka tinggal, Amanda mengamati Tony beberapa kali di belakang kemudi, Tony tampak tegang, ada sesuatu yang mengganggunya. Apakah Amanda yang menjadi penyebabnya atau apakah Tony sedang meninjau kembali tindakannya dan berencana untuk membuat perubahan dalam hidupnya yang mungkin tidak melibatkan Amanda seperti sebelumnya. Begitu dia tiba, dia membiarkan dirinya terbawa dalam kedamaian saat pulang ke rumah dan mengesampingkan ketakutannya.

"Ibu, Tony," kata anak laki-laki itu ketika melihat mereka datang.

"Apa kabar, jagoan?" Tony mencium pipinya dan mengangkatnya ke pangkuannya. Amanda memeluk mereka berdua dan juga mencium putranya.

"Apakah kamu bersenang-senang dengan ayahmu?" Amanda bertanya.

"Ya, dia mengajak aku ke peternakan dan aku melihat banyak binatang."

"Breno telah menemukan cara untuk menyenangkan si kecil." Amanda berpikir.

"Ayah memintamu untuk meneleponnya saat kamu tiba." Amanda menatap diam-diam ke arah Tony, dia sepertinya tidak peduli dengan berita itu, sesuatu yang positif untuk hubungan mereka. Terutama karena Breno mungkin akan mengatur sesuatu jika dia tahu Tony cemburu padanya dengan mantan suaminya.

"Aku akan meneleponnya nanti. Aku mau mandi dulu." katanya sambil membantu Tony membawa koper ke dalam rumah.

Mereka berkumpul di ruang tamu setelah makan malam, Amanda dan Tony sedang membicarakan tentang perjalanan mereka, si kecil Lucas sudah tertidur di sofa sebelah.

"Aku akan membawa anak itu ke tempat tidur. Dia tidak nyaman di sana." Tony berdiri dan menggendong anak itu dan membawanya ke kamar tidur. Ketika dia kembali, Amanda sedang menelepon Breno.

"Ya, dia memberi aku pesan." katanya ketika Tony masuk. "Bisa jadi besok, aku akan menunggu." dia menutup telepon dan duduk di sebelah suaminya.

"Apakah ada masalah?" Tony bertanya sambil duduk
lagi.

"Aku rasa tidak. Breno ingin berbicara dengan aku secara pribadi besok." dia berbicara dengan tatapan malu padanya. Masih sulit baginya untuk menerima bahwa ia telah melibatkan Tony dalam cerita tentang mantan suaminya yang sepertinya tidak akan ada habisnya.

"Jika kamu butuh sesuatu, katakan padaku." Amanda mendengarkan sambil meringkuk ke arahnya dan Tony memeluknya, membawanya ke arahnya.

"Semakin aku memikirkan hal-hal yang telah dan sedang kamu lakukan untuk Lucas dan aku, semakin aku merasa tidak layak untuk itu semua." Amanda berbicara sambil merasakan pelukan itu semakin erat dan tersenyum mesra.

"Tidak pernah aku ingin melepaskan apa yang telah aku lakukan, dan ternyata lebih baik dari yang aku kira. Sekarang aku tahu bahwa melakukan hal-hal yang baik itu berharga." dia berbicara dengan suara yang terputus-putus. Amanda bisa merasakan emosi dalam suaranya.

"Bahkan jika aku berterima kasih padamu setiap hari dalam hidupku, aku masih berhutang padamu." katanya sambil membelai dadanya." Aku mencintaimu Tony. Aku kagum dengan perasaan yang sangat baik yang telah aku rasakan." Tony menyentuh bibirnya untuk membungkamnya. Dia tidak perlu mendengar banyak. Dia bisa melihat perkembangannya dan itu sudah cukup.

"Ayo kita ke kamar," ajaknya. Amanda menerimanya dengan tangan yang terulur dan mereka pergi ke tempat cinta mereka.

Di kamar tidur dia menanggalkan pakaiannya dan memperlihatkan tubuh yang sangat diinginkannya. Amanda ingin melakukan hal yang sama dan melepas bajunya. Ketika dia berlutut untuk melepas celananya, dia menggosokkan bibirnya ke kulit lembutnya yang menyebabkan dia mengerang pelan. Setelah melepaskannya, dia kembali ke posisi sebelumnya dan menutupi anggota tubuhnya dengan mulutnya, merasakan semua kegembiraan dari pria dan pasangan yang cukup beruntung dalam hidupnya. Tony membelai rambutnya dengan takjub atas sikap wanita itu. Wanita cantik itu tidak memberikan batasan pada cinta mereka. Dia terpesona selama-lamanya.

Amanda terbangun karena suara kamar mandi. Tidak ada yang lebih menyenangkan daripada bangun dan mengetahui bahwa cinta ada di dekatnya. Tony segera keluar dengan ekspresi yang indah.

"Aku senang kamu sudah bangun," katanya. "Aku ingin memanggilmu, tapi aku merasa tidak enak. Kamu terlihat seperti malaikat yang sedang tidur."

"Malaikat tidak perlu bekerja dan aku harus pergi ke toko hari ini. Aku telah membiarkan Carol mengurus semuanya, dan sebentar lagi dia akan memaksa aku untuk mempekerjakan pembantu lain atau meminta kenaikan gaji." Pilihan kedua telah ada di pikirannya selama berminggu-minggu.

"Jadi, bangunlah dan mandilah, masih ada waktu bagi kita untuk minum kopi bersama."

Tony memberinya ciuman lembut dan meninggalkannya sendirian di kamar. Seperti kucing yang malas, Amanda pergi mandi. Mereka sarapan dan pergi bekerja bersama, meninggalkan pesan untuk tidak membangunkan anaknya, agar dia bisa beristirahat untuk pergi ke sekolah di sore hari. Malam sebelumnya, sang anak membutuhkan waktu yang lama untuk tidur karena mengobrol dengan ibunya dan Tony. Ketika Amanda memasuki toko, karyawannya menyambutnya dengan senyuman lebar.

"Kamu bahkan tidak perlu mengatakan apa-apa. Aku bisa melihatnya dari matamu." Amanda mendengar Carol berbicara, memeluknya dan tersenyum.

"Terima kasih atas peringatannya." Amanda mengucapkan terima kasih, menggenggam tangan temannya di tangannya.

"Bahkan jika aku tidak memperingatkannya, hal itu akan terjadi. Kalian diciptakan untuk satu sama lain." Carol berkata, berseri-seri dengan apa yang dilihatnya.

"Anda telah banyak membantu. Aku tidak akan pernah melupakan ini." Amanda menceritakan tentang perjalanannya tanpa banyak detail. "Aku ingin menggunakan kesempatan ini untuk memberitahukan bahwa bulan depan aku akan memberikan kenaikan gaji yang memang pantas untukmu."

"Akhirnya." kata gadis itu sambil tersenyum.

Setelah berita itu keluar, keduanya memulai pekerjaan mingguan mereka, mereka memeriksa pakaian yang ada di toko. Carol telah memilih koleksi baru dan Amanda memutuskan bahwa tidak adil jika ia tidak memberikan pendapat. Carol tahu betul apa yang dia lakukan, dan hal ini selalu terlihat jelas oleh atasan dan temannya.

Breno tidak datang ke toko untuk berbicara dengannya, seperti yang telah mereka sepakati sebelumnya. Amanda tidak keberatan karena dia pikir itu pasti akan menjadi hal konyol lainnya darinya. Kemudian, Tony meneleponnya untuk mengatakan bahwa dia akan pulang lebih awal dan mengundangnya. Amanda tiba pada waktu yang telah disepakati dan menemukan Tony sedang mandi di kolam renang.

"Dengan begini kita akan mati kelaparan. Tak satu pun dari kita ingin bekerja lagi." candanya sambil mendekat ke tepi kolam.

Pakai bikini itu dan kemarilah." dia menurut dan kembali dengan pakaian yang sudah siap. Saat dia jatuh ke dalam air, dia mendekat dengan cepat, memegang pinggangnya.

"Aku baru saja memiliki keinginan yang sangat besar untuk bercinta dengan kamu di kolam renang ini lagi, kami tahu itu!" dia berkomentar dengan penuh semangat.

"Jadi begitulah. Dengan naifnya aku mengira kamu ingin ditemani aku setelah setengah hari bekerja." dia berpura-pura kesal. "Kamu hanya ingin memuaskan tubuhmu." Dia memeluknya di tepi kolam renang.

"Saat ini, kamu benar sekali, tapi setelah aku memenuhi kebutuhanku padamu, dan aku segar kembali, kamu bisa memberiku beberapa saran untuk sebuah proyek." dia mendengarkan, menatapnya dengan mesra.

"Aku tidak mengerti arsitektur." dia memeluknya, memeluknya dengan kedua kakinya, menawarkan dirinya untuk dicintai. Tony menarik bikini-nya ke samping dan menembusnya dengan erangan kepuasan.

"Aku sudah menunggu lama untuk penampilanmu sekarang aku butuh ini." mereka berdua tersenyum dan setelah beristirahat sejenak, mereka keluar dari air, benar-benar segar dengan senyuman di wajah dan jiwa mereka. Hari itu, mereka bercinta dua kali lagi sebelum akhirnya tertidur.

***

"Tony, aku lupa memberitahumu bahwa hari ini akan ada pertemuan kecil di rumah Sheila. Seorang teman lama." Amanda berkata ketika mereka bertemu untuk makan siang di rumah.

"Kita bisa pergi, sayangku." Tony sering memperlakukannya seperti itu. Namun, Amanda tidak melakukan hal yang sama. Dia yakin bahwa perasaannya terhadapnya tumbuh menjadi sangat besar, jadi dia tidak keberatan. Pada saat yang tepat hal itu akan terjadi.

Temannya menerimanya dengan senang hati dan menitipkannya kepada beberapa teman. Percakapan menjadi menyenangkan dan Amanda hanya menyadari adanya ketidaknyamanan ketika dia melihat ke sudut dan melihat Breno memperhatikan mereka. Tony terlihat kesal, tetapi tidak mengatakan apa-apa.

"Kedengarannya seperti menguntit." adalah satu-satunya komentar yang ia lontarkan setelah ia menyapa mereka dan pergi.

Mereka kembali memperhatikan pasangan yang ada di meja ketika seorang pria mabuk datang dan menumpahkan minuman di celana Tony. Tanpa merasa kesal, Tony berdiri dan mengatakan kepada pria itu bahwa semuanya baik-baik saja.

"Aku akan ke kamar mandi untuk melihat apa yang bisa aku lakukan." katanya sambil berjalan pergi. Kemudian pasangan itu pergi berdansa, meninggalkan Amanda sendirian. Memanfaatkan situasi tersebut, Breno mendekat untuk melakukan aksi lainnya.

"Kamu ditinggal sendirian." Amanda menyadari bahwa Breno ada hubungannya dengan kecelakaan itu.

"Aku tidak sendirian, Breno, suami aku akan segera kembali." katanya dengan penuh kesabaran.

"Suami apa? Si idiot yang mengira dia adalah pria terbaik di dunia?" dia tampaknya telah minum lebih banyak dari yang seharusnya.

"Kamu menyamakan suamiku dengan mantanku." katanya dengan kasar.

"Lagipula, aku tidak ingin tinggal di sini dan mendengarkan kamu berbicara tentang Tony." katanya sambil berdiri. Breno menariknya, membuatnya kehilangan keseimbangan dan jatuh ke dalam pelukannya. Mengambil keuntungan dari situasi tersebut, dia menciumnya. Tanpa banyak keseimbangan, ia berjuang untuk melepaskan diri darinya. Dengan ketakutan, dia mencari suaminya di ruang besar itu tanpa hasil. "Ya Tuhan!", pikirnya sambil melihat ke arah pintu dan melihat Tony sedang memperhatikan mereka dengan tatapan dingin. Dibutakan oleh rasa malu dan bertanya-tanya apa yang dia pikirkan, Amanda berjalan ke arahnya dengan jantung berdegup kencang.

"Ayo kita pulang," katanya dengan dingin. Amanda tidak bersikeras untuk memberikan penjelasan. Dia akan melakukannya ketika mereka tiba.

Ketika dia memarkir mobil di garasi, Tony keluar dari mobil tanpa mengatakan apapun, dia masuk ke dalam rumah dan masuk ke kamar tidur. Amanda mengikutinya tanpa mengerti apa yang terjadi. Tony pergi ke lemari dan membuka pintunya, mulai melepas pakaiannya.

"Tony. Apa yang kamu lakukan?" tanyanya, tidak percaya dengan apa yang dilihatnya.

"Aku akan meninggalkan permainan ini Amanda. Aku akan pergi." tangannya gemetar saat dia mengambil potongan-potongan itu. Dia terlihat sangat kesal.

"Tidak Tony! Kamu tidak boleh melakukan ini padaku." pintanya, sambil mendekatinya. "Aku tidak sanggup kehilanganmu, tidak sekarang."

"Tidak bolehkah aku? Kau mencium bajingan itu. Semua yang kulakukan untukmu sia-sia, Amanda." Ada kepahitan dalam nadanya. "Cinta yang kuberikan padamu tidak cukup. Kau tidak akan pernah berhenti menganggapku sebagai teman, hanya itu saja. Satu hal yang kuberikan padamu hanyalah nafsu, dorongan dari tubuhmu, keinginan untuk berhubungan seks." Amanda tidak percaya hal itu terjadi. Matanya memerah. Tony menahan diri untuk tidak membiarkan emosi menguasai dirinya.

"Jangan katakan itu, sayang . Itu bukan untuk apa-apa." dia berbicara dengan penuh kasih. "Aku tidak menginginkan Breno. Aku menginginkanmu, Antônio." dia harus mempercayai apa yang dikatakannya.

"Kamu sudah tahu sekarang?" tanyanya, dibutakan oleh kesedihan, membiarkan air mata jatuh dan mengoyak Amanda. "Kurasa tidak." dia mengambil tasnya dan meninggalkan ruangan itu dengan air mata.

"Tunggu, Tony. Mari kita bicara, aku perlu memberitahumu beberapa hal." dia tidak akan kehilangan pria yang telah menghidupkannya kembali, dia harus memberitahunya betapa dia mencintainya dan dia ingin menghabiskan sisa hidupnya bersamanya. Dia akan mengatakan sekarang atau tidak sama sekali.

"Cukup sudah, Amanda. Kamu tidak perlu mengatakan apa pun yang tidak kamu rasakan. Kamu tidak pernah mengatakan apa yang ada di kepalamu, kamu tidak perlu mengatakannya sekarang." dia mencoba untuk meraihnya, tetapi kakinya terlalu gemetar.

"Aku akan mencoba memahami bahwa Anda tidak bisa mencintai aku seperti yang aku inginkan. Lanjutkan hidupmu dan segera setelah kamu merasa lebih baik, tinggalkan rumah ini. Tidak perlu terburu-buru." dia berbicara dengan suara yang terguncang oleh emosi.

Amanda mulai berlari menuruni tangga untuk menghampirinya. Dengan mata yang kabur karena air mata, ia tersandung dan jatuh dari tangga.

"Amanda!" teriak Tony dengan ketakutan saat melihat Amanda terjatuh di belakangnya.

Tony menjatuhkan tasnya dan pergi menolongnya. Berlutut dengan cepat, dia menarik rambut yang menutupi wajahnya dengan putus asa.

"Cintaku, apakah kamu baik-baik saja?" dengan penuh kesedihan, dia meraih tangan yang ditawarkannya.

"Berjanjilah padaku, kamu tidak akan pernah meninggalkanku," pintanya. "Aku mencintaimu dan aku tidak ingin kehilanganmu." Amanda mengaku, berbaring di sampingnya.

Tony dengan cemas memeriksa tubuhnya untuk mencari patah tulang dan memar sehingga dia sepertinya tidak mendengar apa yang Amanda katakan.

"Jangan tinggalkan aku Antônio, jangan sekarang, setelah aku menemukan betapa aku mencintaimu." katanya sekali lagi dengan suara keras. Air mata jatuh dari mata Amanda dan tidak memungkinkannya untuk menatapnya dengan jelas.

"Kamu apa?" tanyanya, tidak percaya dengan apa yang dia dengar.

"Aku mencintaimu sayang , sangat mencintaimu." dia mengulangi tanpa rasa takut.

"Apa kamu harus membenturkan kepalamu untuk mengetahui bahwa kamu mencintaiku?" candanya, tidak terlalu tegang.

"Aku sudah tahu, tapi ketika aku menyadari bahwa aku akan kehilanganmu, aku sadar bahwa inilah saatnya untuk memberitahumu." dia menatap matanya dalam-dalam, berharap dia akan berubah pikiran dan tidak meninggalkannya.

"Jatuh dari tangga? Momen yang tepat untuk menunjukkan perasaanmu." dia tertawa, tetapi suaranya menunjukkan keprihatinan saat melihatnya jatuh.

"Aku menjadi putus asa ketika aku melihat bahwa Anda telah mempercayai adegan yang dipalsukan oleh Breno. Aku kehilangan keseimbangan dan dia memanfaatkan situasi itu untuk mencium aku. Hal ini pernah terjadi sebelumnya dan kamu mempercayainya sekali lagi." saat Tony membantunya berdiri, dia terus berbicara. "Hanya orang gila yang tidak akan mencintai orang sepertimu Tony, dan aku belum menganggap diriku orang gila." katanya sambil tersenyum.

"Maafkan aku sayang." dia meminta maaf. "Jika sesuatu terjadi padamu, aku tidak tahu apa yang akan kulakukan. Aku akan membunuh orang itu." katanya, memeluknya setelah melihat bahwa dia tidak terluka.

"Sayangku, hanya ada dua orang di dunia ini yang akan kucintai seumur hidupku dan kamu tahu bahwa kamu adalah salah satunya."

Epilog

Hari itu adalah hari Minggu sore yang indah. Mereka bertiga sedang bergembira di sisi danau. Amanda menyaksikan putranya dan Tony bermain sepak bola, mereka tampak seperti ayah dan anak. Sebenarnya, sudah lama sekali Amanda tidak bertemu dengan Breno. Sidang telah berlangsung dan seperti yang diharapkan, ia mendapatkan hak asuh penuh atas anaknya. Breno tampaknya tidak kecewa dengan berita yang menunjukkan bahwa satu-satunya tujuannya adalah untuk mendapatkan Amanda kembali, tetapi dia mengizinkannya untuk melihat putranya kapan pun dia mau, tidak memaksakan jadwal. Niatnya adalah untuk mendorong sang ayah untuk berpartisipasi dalam pertumbuhan anak.

Namun, sang ayah tetap acuh tak acuh, meskipun ia mengunjunginya secara teratur, menjemputnya dari sekolah di akhir pekan. Dia tahu bahwa kehadirannya tidak akan bertahan lama, dan dia juga tahu bahwa anaknya juga berpikiran sama, meskipun dia masih kecil. Lebih baik seperti ini. Pikirnya. Lucas tidak perlu menderita lagi, dan sekarang mereka bahagia dengan keluarga yang secara tidak sengaja telah dibentuk oleh Breno.

Amanda merasa sangat puas, terutama karena keluarganya akan bertambah lagi. Dia dan Tony telah mengajukan permohonan untuk mengadopsi seorang anak. Menurut pekerja sosial, mereka akan segera menerima gadis kecil cantik yang mereka temui ketika mereka memutuskan untuk mengunjungi anak-anak untuk diadopsi. Mereka terpesona olehnya sejak pertama kali dan tak lama lagi dia akan menjadi bagian dari mereka juga.

Sambil tersenyum, Amanda bangkit dari handuknya dan bergabung dengan para pemain yang menyambutnya dengan penuh suka cita, karena mereka sedang membutuhkan seorang penjaga gawang.

About the Author

Dill Ferreira is a novelist and children's books author from Goiás, Brazil, where she now lives with her son. Her literary debut was "Casamento por Aparências", the first book in the "Aparências" series, which earned her the Interarte Goiás prize as one of the best novels of the year 2012. In 2014 she became NEO Acadêmica at the Academia Feminina de Letras e Artes de Goiás. In 2016 she proudly received the trophy named after Cora Coralina – one of the greatest Brazilian writers of the twentieth century, as well as her fellow citizen – as one of the leading authors of Goiás' literary scene.

Dill also loves animals. "Niquito", her children's series, was inspired by a lovely pet dog that has been with her for many years.

www.ingramcontent.com/pod-product-compliance
Lightning Source LLC
Chambersburg PA
CBHW021439150726
47989CB00001B/304